高职高专电气自动化技术专业规划教材

GAOZHI GAOZHUAN DIANQI ZIDONGHUA JISHU ZHUANYE GUIHUA JIAOCAI

U0140784

单片机实用教程

主　编　孙惠芹

副主编　李　珍　韩彬彬　李　莉

编　写　王　翔　刘　松　王淑文

主　审　丁　辉

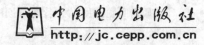

中国电力出版社

http://jc.cepp.com.cn

内 容 提 要

本书为高职高专电气自动化技术专业规划教材。

全书共 10 章，主要内容包括单片机发展与应用概述、MCS-51 系列单片机结构与工作原理、MCS-51 系列单片机的指令系统、汇编语言程序设计、并行输入输出接口、中断系统、MCS-51 系列单片机的定时器/计数器、串行口与串行通信、单片机的系统扩展、MCS-51 系列单片机的接口技术。

本书可作为高职高专院校电气自动化技术、机电一体化技术、电子信息工程技术、通信技术等专业单片机项目教学课程教材，还可供相关专业师生与工程技术人员学习、参考。

图书在版编目（CIP）数据

单片机实用教程/孙惠芹主编. —北京：中国电力出版社，2009

高职高专电气自动化技术专业规划教材

ISBN 978 - 7 - 5083 - 8691 - 1

Ⅰ. 单… Ⅱ. 孙… Ⅲ. 单片微型计算机—高等学校：技术学校—教材 Ⅳ. TP368.1

中国版本图书馆 CIP 数据核字（2009）第 053269 号

中国电力出版社出版、发行

（北京三里河路 6 号　100044　http：//jc. cepp. com. cn）

北京丰源印刷厂印刷

各地新华书店经售

*

2009 年 6 月第一版　　2009 年 6 月北京第一次印刷

787 毫米×1092 毫米　16 开本　12.25 印张　293 千字

定价 **19.60** 元

前 言

　　MCS-51 系列单片机是学习单片机技术的系统平台，也是单片机应用系统开发的一个重要系列。本书以"理论和实践紧密结合，理论与实践教学一体化，培养学生动手能力"作为编写的主要出发点，用丰富的实例讲解 MCS-51 系列单片机原理和软硬件开发技术。

　　本书系统地介绍了单片机的结构、单片机编程语言以及单片机开发的技巧，由浅入深地介绍了单片机控制的编程技巧，对读者系统掌握单片机应用系统的设计思想及解决实际问题具有重要的引导作用。

　　本书第 1、4、5 章由天津职业大学李珍编写；第 2、3、8 章由天津职业大学孙惠芹编写；第 6 章由天狮职业技术学院韩彬彬编写，第 7 和 9 章由天津职业大学李莉编写；第 10 章由天津职业大学王翔编写。全书由孙惠芹统稿。参加编写、校对工作的还有天津电子信息学院刘松教授、天津师范大学刘南平副教授等。

　　本书编写过程中，得到了天津大学戴居丰教授、沈宝锁教授的关心和帮助，亦得到了天津职业大学李雅轩教授的大力支持；本书由常州轻工职业技术学院丁辉主审，提出了宝贵的修改意见，在此一并表示衷心的感谢。

　　由于时间仓促，加之作者水平有限，书中难免有错误和不妥之处，恳请读者批评指正。

编 者

2008 年 12 月于天津职业大学

目　录

第 1 章

单片机发展与应用概述

实训一 单片机应用系统的演示

单片机自诞生起就步入了人们的生活，如洗衣机、电冰箱、电子玩具等家用电器配上单片机后，增加了功能，提高了智能化程度，备受人们喜爱。

1. 实训内容

通过单片机控制的模拟交通灯系统，熟悉一下单片机的控制功能。

首先了解实际交通灯的变化规律。假设一个十字路口为东西南北走向。初始状态东西南北四个方向均为红灯。然后，东西方向绿灯通车，南北方向红灯，20s 后，东西方向黄灯闪 3 次，南北方向仍然红灯；然后转南北方向绿灯通车，东西方向红灯，20s 后南北方向黄灯闪 3 次，东西方向仍然红灯，往复循环。有急救车通过时，两个方向交通信号灯全变成红灯，以便让急救车通过。设急救车通过路口时间为 10s，急救车通过后，交通恢复正常。

控制模拟交通灯的硬件电路如图 1-1 所示。

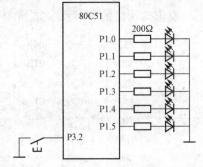

图 1-1 控制模拟交通灯的硬件电路图

2. 实训内容分析

系统中使用的 MCS-51 系列单片机中的 80C51，有 4 个 8 位并行口 P0、P1、P1、P3 可以分别连接输入/输出设备。使用其中的 P1 口作为输出口，连接发光二极管，控制 6 个 LED 灯（红，绿，黄），模拟交通灯管理。P3 口的 P3.2 位为输入，连接按键，按键按下，表示有紧急情况发生。对控制程序来说，这一输入信号称为外部中断申请信号。红、黄、绿灯分配情况如下：

P1.0 LED0 红 ⎫
P1.1 LED1 黄 ⎬ 南北方向红、黄、绿灯
P1.2 LED2 绿 ⎭

P1.3 LED3 红 ⎫
P1.4 LED4 黄 ⎬ 东西方向红、黄、绿灯
P1.5 LED5 绿 ⎭

交通灯的状态见表 1-1。

表 1-1　　　　　　　　　交通灯状态表

P1.5	P1.4	P1.3	P1.2	P1.1	P1.0	控制码	状态说明
东西绿灯	东西黄灯	东西红灯	南北绿灯	南北黄灯	南北红灯		
0	0	1	0	0	1	09H	东西红灯 南北红灯

P1.5	P1.4	P1.3	P1.2	P1.1	P1.0	控制码	状态说明
东西绿灯	东西黄灯	东西红灯	南北绿灯	南北黄灯	南北红灯		
1	0	0	0	0	1	21H	东西绿灯 南北红灯
0	1	0	0	0	1	11H	东西黄灯闪南北红灯
0	0	1	1	0	0	0CH	南北绿灯 东西红灯
0	0	1	0	1	0	0AH	南北黄灯闪东西红灯

注　高电平点亮发光二极管。

3. 实训参考程序

模拟交通灯的参考程序如下：

```
            F1ASH    EQU    00H          ;黄灯闪烁标志
            STOP     EQU    01H          ;救护车通过标志
            SY       EQU    P1.1         ;南北黄灯
            EY       EQU    P1.4         ;东西黄灯
            ORG      0000H
            LJMP     START                ;主程序
            ORG      0003H                ;中断服务程序
            SETB     STOP                 ;设置南北、东西均红灯标志
            RETI
            ORG      0030H
START：     MOV      SP,#70H             ;设置堆栈指针
            SETB     IT0                  ;中断设置
            SETB     EA
            SETB     EX0
            MOV      P1,#00001001B       ;南北、东西均红灯
            CLR      STOP                 ;清除救护车通过标志
LOOP：      JB       STOP,ALLRED          ;查询中断标志
            MOV      P1,#00100001B       ;南北红灯,东西绿灯
            MOV      R2,#80              ;延时 20s
            ACALL    DELAY
            JB       STOP,ALLRED
            MOV      P1,#00000001B       ;南北红灯,东西黄灯闪
            CLR      FLASH
            MOV      R7,#9
LOOP1：     MOV      C,FLASH
            MOV      EY,C                 ;东西黄灯闪
            MOV      R2,#02
            ACALL    DELAY
            CPL      FLASH
```

```
        DJNZ     R7,LOOP1
        JB       STOP,ALLRED
        MOV      P1,#00001100B        ;南北绿灯,东西红灯
        MOV      R2,#80               ;延时 20s
        ACALL    DELAY
        JB       STOP,ALLRED
        MOV      P1,#00001010B        ;东西红灯,南北黄灯闪
        CLR      FLASH
        MOV      R7,#9
LOOP2:  MOV      C,FLASH
        MOV      SY,C                 ;南北黄灯闪
        MOV      R2,#02
        ACALL    DELAY
        CPL      FLASH
        DJNZ     R7,LOOP2
        LJMP     LOOP                 ;程序循环
ALLRED: MOV      P1,#00001001B        ;东西、南北红灯
        CLR      STOP
        MOV      R2,#40               ;延时 10s
        ACALL    DELAY
        LJMP     LOOP
DELAY:  MOV      R1,#00H              ;延时 0.25s 子程序
DELAY2: MOV      R0,#00H
DELAY1: JB       STOP,DEALY3
        DJNZ     R0,DEALY1
        DJNZ     R1,DELAY2
        DJNZ     R2,DELAY
DELAY3: RET
        END
```

4. 实训步骤

系统操作步骤如下:

(1) 按照图 1-1 所示硬件电路图连接发光二极管和按键。

(2) 把程序烧入到单片机中。

(3) 开启电源,观察交通灯变化。

5. 实训总结

在烧入单片机的软件程序中,除主程序外还调用了延时子程序和中断服务程序,使用了单片机伪指令、寄存器指令、位指令等多种指令形式和简单程序、循环程序等多种编程方法。通过这个简单的单片机应用系统的演示,可以看到单片机应用系统是由硬件电路和程序构成的,只有把二者结合起来,才能达到控制目的。因此,必须掌握单片机系统的软、硬件构成,以后各章将逐步学习这些软硬件知识。

1.1　单片机的发展概况

1.1.1　计算机的发展

计算机的发展经历了从电子管、晶体管、集成电路到超大规模集成电路四个阶段，即通常所说的第一代、第二代、第三代、第四代计算机。现在广泛使用的微型计算机是大规模集成电路技术发展的产物，属于第四代计算机。由于实际应用的需要，微型计算机向着两个不同的方向发展：一个是高速度、大容量、高性能的高档微机方向发展，另一个是稳定可靠、体积小、价格低廉的单片机方向发展，形成了通用计算机系统和嵌入式计算机系统（即单片机系统）两大分支。

通用计算机系统主要用于大型科学研究和试验以及超高速数学计算，它的研究水平标志着一个国家的科学技术和工业发展的程度，象征着一个国家的实力。通用计算机系统的数据总线宽度从 8 位、16 位、32 位发展到了 64 位，操作系统不断完善，突出发展其高速计算能力，并在数据处理、模拟仿真、人工智能、图像处理、多媒体及网络通信中得到广泛应用。

通用计算机的高成本和大体积使其无法嵌入到大多数仪器仪表、家用电器、汽车、机器人等智能化仪器中。20 世纪 70 年代嵌入式微型计算机诞生之后，把计算机的应用领域推向了全社会。嵌入式微型计算机不断增强控制能力，降低成本，减小体积，改善开发环境，目前可广泛地嵌入到现代电子系统中，对社会生产力的发展和人类生活的改变起到了极大的促进作用。

1.1.2　什么是单片机

单片机也称为"单片微型计算机"、"微控制器"、"嵌入式微控制器"等。单片机一词源于"Single Chip Microcomputer"，简称 SCM，国际上逐渐用 MCU（Micro Controller Unit）代替。单片机就是将 CPU、RAM、ROM、定时器/计数器和多种接口电路都集成到一块集成电路芯片上的微型计算机，一块芯片就构成了一台小型计算机。它已成为工业控制领域、智能仪器仪表、尖端武器、日常生活中最广泛使用的计算机。

1.1.3　单片机的发展

单片机自诞生以来已发展出上百种系列近千个机种，单片机的发展历史大致分为以下几个阶段：

（1）第一阶段（1976～1978 年）：低性能单片机的探索阶段。以 Intel 公司的 MCS-48 系列为代表，采用了单芯片结构，即在一块芯片内含有 8 位 CPU、定时器/计数器、并行 I/O 口、RAM 和 ROM 等，主要用于工业领域。

（2）第二阶段（1978～1982 年）：高性能单片机阶段。这一阶段单片机带有串行 I/O 口，8 位数据线、16 位地址线、控制总线等，开发了较丰富的指令系统。典型的单片机为 MCS-51 系列，这类单片机的应用范围较广，并在不断地改进和发展。

（3）第三阶段（1982～1990 年）：16 位单片机阶段。16 位单片机除 CPU 为 16 位外，片内 RAM 和 ROM 容量进一步增大，实时处理能力更强，体现了微控制器的特征。例如 Intel 公司生产的 MCS-96 系列单片机，振荡频率为 12MHz，片内 RAM 为 232B，ROM 为 8KB，中断处理能力为 8 级，片内带有 10 位 A/D 转换器和高速输入/输出部件等。

（4）第四阶段（1990 年至今）：微控制器的全面发展阶段。这阶段各公司的产品在尽量兼容的同时，出现了高速、强运算能力、寻址范围大的 8 位、16 位、32 位通用型单片机，以及小型廉价的专用型单片机。

1.2 单片机的主要生产厂家和机型

MCS-51 系列单片机是美国 Intel 公司于 1980 年推出的产品，典型产品有 8031（内部没有程序存储器）、8051（芯片采用 HMOS）和 8751 等通用产品。20 世纪 80 年代中期以后，Intel 公司以专利转让的形式把 8051 内核给了许多半导体厂家，现在占市场份额较大的公司有 Philips、Dallas、Atmel、WinBond、ADI、LG、Siemens 公司等。这些厂家生产的单片机是 MCS-51 系列的兼容产品，准确地说是与 MCS-51 系列指令系统兼容的单片机。这些单片机与 8051 的系统结构（主要是指令系统）相同，采用 CMOS 工艺，因而常用 80C51 来称呼所有具有 MCS-51 系列指令系统的单片机，他们对 8051 一般都作了一些扩充，功能更强。但 MCS-51 系列单片机内核实际上已经成为一个 8 位单片机的标准。各高校仍用 MCS-51 系列单片机作为代表进行理论基础学习。

目前我国常用的单片机主要产品有 Intel 公司的 MCS-51 系列单片机及其增强型系列，Philips 公司的 8XC552、89C66X 系列，Atmel 公司的与 MCS-51 系列单片机兼容的 51 系列等。很多其他公司产品型号已无法按统一规律命名。

1. Intel 公司系列单片机

Intel 公司的单片机每一类芯片的 ROM 根据型号不同，一般有片内掩膜 ROM、片内 EPROM 和外接 EPROM 三种形式。片内掩膜 ROM 的单片机适合已定型的产品，其他型号适合于研制产品和生产样机。MCS-51 系列单片机的性能比较见表 1 - 2。MCS-51 系列分为 51 和 52 两个子系列，52 子系列是增强型，这两种系列都采用 HMOS 工艺，即高密度短沟道工艺，功耗大。80C51 系列采用 CHMOS 工艺，保持 HMOS 的高速度和高密度，又具有 CMOS 低功耗的特点。Intel 公司还有其他型号单片机，其存储器容量更大。

表 1 - 2 MCS-51 系列单片机性能比较表

| 系列 | 片内存储器 | | | | 定时器/计数器 | 并行 I/O 口 | 串行口 | 中断源 | 制造工艺 |
	无片内 ROM	片内 ROM	片内 EPROM	片内 EEPRAM					
51 系列	8031	8051 (4KB)	8751 (4KB)	128B+128B 的 SFR	2×16 位	4×8 位	1	5	HMOS
	80C31	80C51 (4KB)	87C51 (4KB)	128B+128B 的 SFR	2×16 位	4×8 位	1	5	CHMOS
52 系列	8032	8052 (8KB)	8752 (8KB)	256B+128B 的 SFR	3×16 位	4×8 位	1	6	HMOS
	80C232	80C252 (8KB)	87C252 (8KB)	256B+128B 的 SFR	3×16 位	4×8 位	1	7	CHMOS

2. Philips 公司系列单片机

Philips 公司生产的与 MCS-51 系列单片机兼容的 80C51 系列单片机，片内具有 I^2C 总线、A/D 转换器、定时监视器等丰富的外围部件。其主要产品有 80C51、80C52、80C31、

80C528、83C522、83C751 等，其中 83C522 功能最强，83C751 体积最小。

3. Atmel 公司系列单片机

Atmel 公司生产的 CMOS 型 51 系列单片机，具有 MCS-51 系列单片机内核，用 FlashROM 代替 ROM 作为程序存储器，具有价格低、编程方便等优点。其主要产品有 89C51、89F51、89C52、89LV52、89C55 等。

1.3　单片机的特点和应用领域

单片机是微型计算机的一个重要分支，结构上的最大特点是把 CPU、存储器、定时器/计数器和多种输入/输出接口电路集成在一块超大规模电路芯片上，就其组成和功能而言，一块单片机芯片就是一台微型计算机。单片机具有如下显著特点：

（1）集成度高、体积小、可靠性高。单片机把各功能部件集成在一块芯片上，内部采用总线结构，减少了各芯片间的连线，大大提高了单片机的可靠性与抗干扰能力。另外，其体积小，对于强磁场环境易于采取屏蔽措施，适合恶劣环境工作。

（2）控制功能强。一般单片机指令系统中均有丰富的转移指令、逻辑操作以及位处理功能。

（3）低功耗、低电压、便于生产的便携式产品。

（4）外部总线增加了 I^2C 及 SPI 等串行总线方式，进一步简化了结构。

（5）专用型单片机可针对某一类产品设计，小封装、低价格，外围器件和外部设备接口电路集成度更高。

单片机广泛应用于工业控制领域、智能仪器仪表、尖端武器、日常生活中。

1. 单片机在智能仪器中的应用

单片机广泛使用于各种仪器仪表中，可以提高仪器仪表的智能化程度，提高测量精度，简化仪器仪表的硬件结构。

2. 单片机在机电一体化中的应用

机电一体化是机械工业的发展方向。单片机作为机电一体产品中的控制器件，能发挥其体积小、功能强的优点，可以大大提高机械产品的自动化、智能化程度。

3. 单片机在实时控制中的应用

单片机广泛使用于各种实时控制系统中，单片机的实时处理能力和控制功能，可使系统保持在最佳工作状态，提高系统的工作效率和产品质量。

4. 单片机在人类生活中的应用

单片机自诞生起，就步入了人们的生活。如洗衣机、电冰箱、电子玩具等家用电器配上单片机后，提高了智能化程度，增加了功能，备受人们喜爱。单片机将使人类生活更加方便、舒适、丰富多彩。

思 考 题 与 习 题

1. 什么是单片机，它与一般计算机有何区别？

2. 单片机主要应用于哪些领域？

实训二 单片机仿真软件的使用

为了方便单片机产品开发人员、工程技术人员、大中专学生学习使用和尽快掌握单片机技术，许多公司开发了能在 Window 环境下运行的单片机仿真集成开发系统。MedWin 集成开发环境是万利电子有限公司（简称万利公司）的高性能集成开发环境。它是集编辑、编译/汇编、在线仿真调试及模拟仿真调试为一体，Windows 风格的用户窗口，配合该公司的系列仿真器，可以方便地学习和使用 MCS-51 系列单片机。如果不使用该公司的仿真器，也可利用 MedWin 集成开发环境提供的模拟仿真功能，通过计算机模拟调试用汇编语言编写的软件程序，还可以模拟单片机中的定时器/计数器、中断、串口传送数据等，是初学单片机技术和工程技术人员的有力助手。

1. MedWin 集成开发环境的下载

MedWin 集成开发环境的安装程序可向万利公司索取或从 www.Manley.com.cn 下载，下载步骤如下：

（1）打开"www.Manley.com.cn"网页，如图 1-2 所示。

图 1-2 万利电子网页

（2）在"客户服务"栏中，双击"资料下载"，打开如图 1-3 所示的对话框。

（3）双击"MedWinV2.39 中文版"，即可下载该软件。

2. MedWin 集成开发环境的安装

MedWin 集成开发环境的安装步骤如下：

（1）执行"MedWinV2.39 中文版"的"setup.exe"命令，打开如图 1-4 所示的"安装－MedWinV2.39 中文版"对话框。

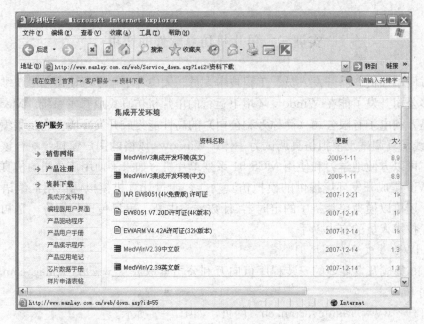

图 1-3　资料下载对话框

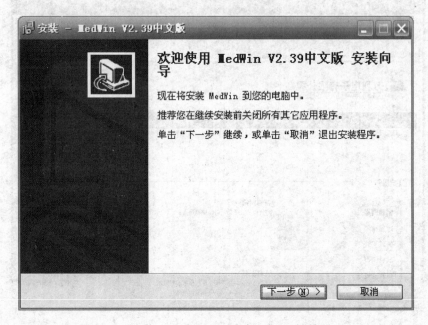

图 1-4　"安装－MedWinV2.39 中文版"对话框（一）

　　（2）单击"下一步"，打开图 1-5 所示的对话框，选择软件安装目录。

　　（3）单击"下一步"，打开图 1-6 所示的对话框，选择在哪里放置程序快捷方式。

　　（4）单击"下一步"，打开图 1-7 所示的对话框，选择安装程序执行哪些附加任务。

　　（5）单击"下一步"，打开图 1-8 所示的对话框，准备开始安装。

　　（6）单击"安装"按钮，开始安装。安装完毕，打开如图 1-9 所示的 MedWinV2.39 安装完成对话框，单击"完成"按钮，完成安装。

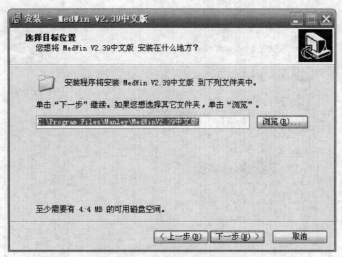

图 1-5　"安装－MedWinV2.39 中文版"对话框（二）

图 1-6　"安装－MedWinV2.39 中文版"对话框（三）

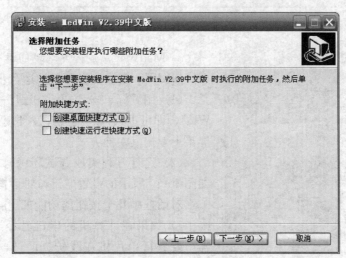

图 1-7　"安装－MedWinV2.39 中文版"对话框（四）

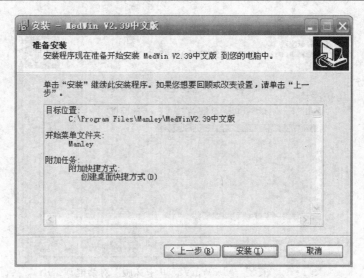

图 1-8　"安装－MedWinV2.39 中文版"对话框（五）

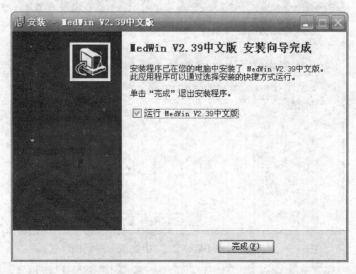

图 1-9　MedWinV2.39 安装完成对话框

图 1-10　设置通讯口对话框

3. MedWin 集成开发环境的运行

MedWin 集成开发环境的运行步骤如下：

（1）用鼠标单击"开始→程序→Manley→Med-Win"，即可进入万利集成开发环境，也可在计算机屏幕上双击其快捷方式。

（2）运行万利集成调试环境时，屏幕上会出现如图 1-10 所示的设置通讯口对话框。

对话框中几个按钮的功能如下：

1）如果在计算机的串口已经连接了万利仿真器，要进行单片机在线仿真调试，单击"仿真器"按钮，可进入图 1-11 所示的仿真调试对话框。

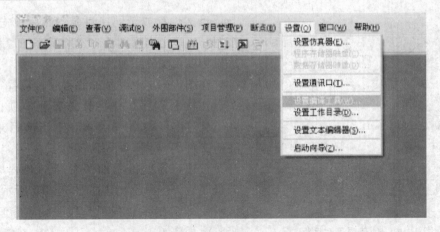

图 1-11　仿真调试对话框

2) 如果没有连接仿真器，而只是利用计算机进行模拟仿真调试，则单击"模拟仿真"按钮，同样可进入图 1-11 所示的仿真调试对话框。

若第一次使用该软件，需进行仿真设置才能使用。单击菜单"设置→设置编译工具"，屏幕上出现图 1-12 所示设置编译工具对话框，建议选择第一项系统默认的汇编器和连接器选项，也可选第三项用户自己设定编译环境，单击"确定"按钮。这样就可以使用该软件进行模拟仿真了。

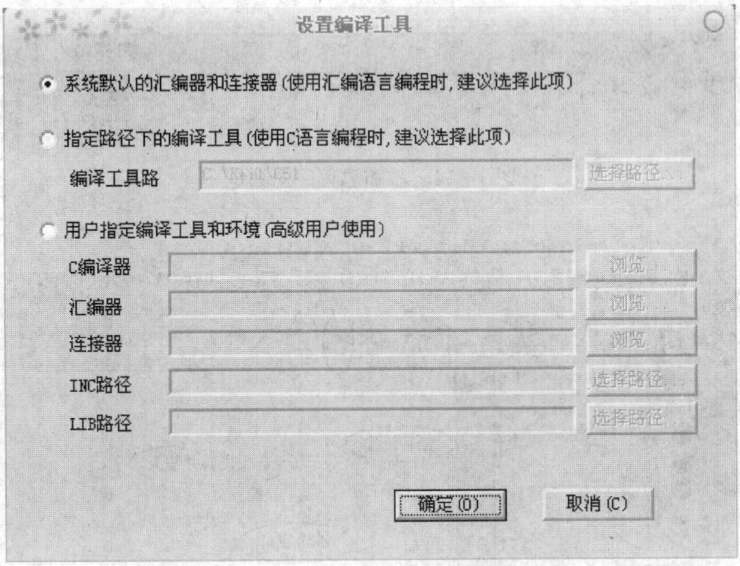

图 1-12　设置编译工具对话框

（3）项目的建立：项目相当于一个管理文件，每个项目可以管理多个子文件。第一次使用须创建项目。单击菜单"项目管理→新建项目文件"，屏幕上出现如图 1-13 所示创建项目对话框。

在"项目名"栏目为项目文件取一个名字，如"project1"，单击"高级"按钮可以选择项目的存放路径，仿真软件一般要求将源程序（用汇编语言或 C 语言助记符编写的程序）

图 1-13　创建项目对话框

与项目文件存放于同一目录；然后单击"确定"按钮，屏幕上出现图 1-14 所示添加源程序对话框，为项目文件添加源程序。

在图 1-14 中可添加源程序，选择一个或几个存在的源程序，并将其添加至本项目，也可在"文件名"栏目中键入一个当前目录下不存在的文件名（以 .asm 为文件扩展名），按"打开"按钮，为项目添加一个新的源程序。添加源程序后，屏幕上出现如图 1-15 所示对话框，这时便可以在屏幕右侧源程序编辑窗口编辑和修改源程序了。

图 1-14　添加源程序对话框

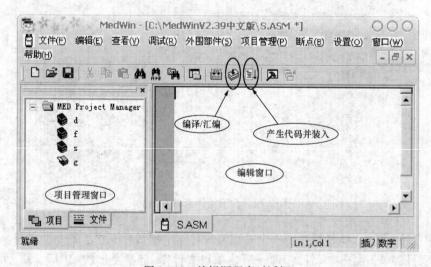

图 1-15　编辑源程序对话框

（4）源程序的编写与编译：把源程序转换成计算机能识别的机器语言程序的过程称为汇编/编译。

源程序编写完毕，按"Ctrl＋F7"快捷键，或单击图 1-15 中"编译/汇编"按钮，还可单击菜单"项目管理→编译/汇编"命令，就可完成源程序的编译。如果程序中有语法错误，则会在源程序编辑窗口中将有错误的语句用高亮度的红色条显示，将光标定位在源程序的第一个错误之处，并在下面的消息窗口中显示错误的原因。用鼠标双击错误语句，红色条将定位到源程序相应的错误位置。

程序修改完毕，需要再重复进行编译/汇编。如果进行在线仿真调试，编译/汇编完成后，还要把程序装入仿真器中，称为"产生代码并装入"。若想一次完成汇编和装入程序过程，可直接单击菜单"项目管理→产生代码并装入"，也可单击图 1-15 中"产生代码并装入"按钮，则出现图 1-16 所示对话框。

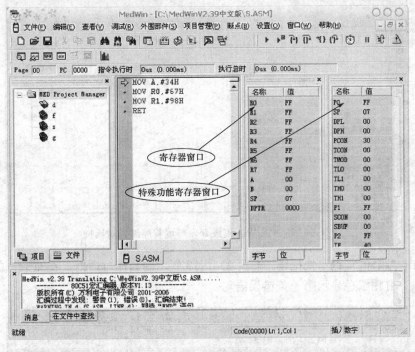

图 1-16　程序正常运行对话框

万利仿真器支持源程序级调试，可在程序调试中随时修改指令语句，但修改程序后，需重新进行编译/汇编。

图 1-16 所示对话框中，源程序窗口中左边的黄色箭头为程序计数器 PC 指针，小蓝点表示程序可单步执行的每一步，在小蓝点处单击鼠标左键可设置程序执行时停留的位置即断点（断点符号为△），再次用鼠标左键单击断点符号可取消断点。当鼠标在变量和寄存器上悬停时，鼠标位置处将出现该变量的值，且分别以十进制数（前）和十六进制数（后）显示。

例如以求和程序"he. asm"为例，说明其编译过程。

程序清单：ORG　0030H

　　　　　MOV A,＃30H

　　　　　MOV R1,48H

　　　　　ADD A,R1

```
MOV   30H,A
END
```

编译过程：

1）运行 MedWin 集成开发环境，新建"he. asm"程序，在程序编辑窗口中，输入求和程序"he. asm"，如图 1-17 所示。

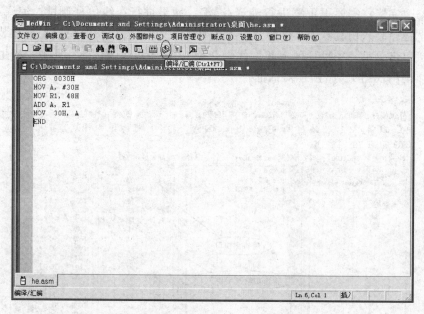

图 1-17　MedWin 集成开发环境程序编译对话框

2）单击"编译/汇编"快捷键，打开图 1-18 所示的编译对话框，在对话框的下面指出程序的错误，并用红色显示第一条错误语句。

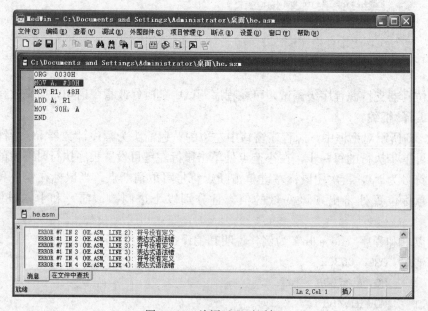

图 1-18　编译过程对话框

3）修改错误语句后，重新编译，结果如图 1-19 所示。

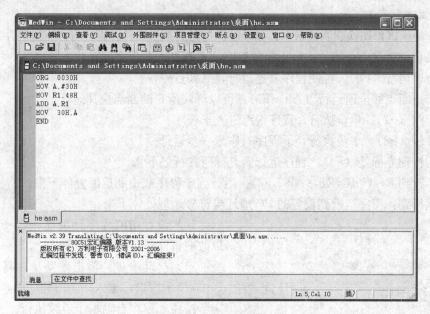

图 1-19 编译结果对话框

4. MedWin 集成开发环境的菜单简介

Windows 环境下的 MedWin 集成开发环境窗口中有多个菜单项，可以方便地进行编程、汇编、运行等操作。下面分别介绍菜单功能。

（1）查看菜单：

1）寄存器（R）：寄存器窗口，以十六进制形式显示所选系列单片机中的寄存器 R0～R7、A、B、DPH、DPL、SP 和 PSW 中的数值。

2）特殊功能寄存器（S）：CPU 所包含的特殊功能寄存器窗口，其值以十六进制显示。

选择这两项子菜单，寄存器窗口和特殊功能寄存器窗口将出现在图 1-16 中源程序编辑窗口右侧。

3）反汇编窗口：将程序代码以机器码方式及源程序方式显示。

4）观察窗口：它分为第一观察组（1）、第二观察组（2）、第三观察组（3）、第四观察组（4）。为了方便用户，避免多次添加和删除需要观察的变量，MedWin 集成开发环境设置的几个观察窗口，可把变量添加至观察窗中。

5）数据区 IData：片内 RAM 区，被 MOV@Ri，A 或 MOV A，@Ri 指令间接寻址访问的数据区。

6）数据区 Data：片内 RAM 和 SFR 区域，被直接访问的数据区。

7）数据区 Code：程序代码空间。

8）数据区 Xdata：片外数据空间。

9）数据区 Bit：片内 20H～2FH 对应位寻址区和 SFR 位寻址区。

10）消息窗口：显示编译/汇编程序的结果。

11）项目管理器：项目管理窗口。

以上打开的所有窗口，可以调节大小、改变位置，还可通过菜单"窗口"，使它们横向、纵向平铺或重叠布局。

（2）调试主菜单：

1）开始调试：切换到调试状态，如果已经打开了项目文件，则进行产生代码并装入操作。

2）终止调试（Ctrl＋D）：终止调试程序，重新进入源程序编辑状态。

3）全速运行（F9）：可使程序全速运行，遇断点停止。

4）禁止断点并全速运行（Alt＋F9）：可以屏蔽所有的断点全速运行。

5）跟踪（F7）：单步执行，程序跟踪进入子程序。

6）单步（F8）：单步执行，子程序只作为一步运行。

7）运行到光标处（F4）：程序运行到光标所在行停下来。

8）运行到 RETURN 处（Alt＋F8）：运行到子程序或中断返回处停下来。

9）执行到：程序运行到设置的 PC 地址或符号地址处停下来。

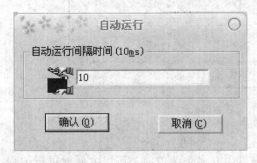

图 1-20　自动运行对话框

10）设置新的程序计数器（Ctrl＋N）：可以改变程序运行的当前位置。

11）自动单步：单击此菜单，将弹出如图 1-20 所示窗口，键入一个时间间隔，单击"确定"按钮，程序自动单步连续执行。

12）设置重复计数值：可以设定断点的计数值。

13）返回监控（Ctrl＋T）：程序停止运行，返回监控状态。

14）程序复位（Ctrl＋F2）：程序复位。

15）显示到下一步执行：将下一步将要执行的指令显示在屏幕的可见位置。

16）添加至观察窗口：将光标处的变量或寄存器的值添加到观察窗口。通过双击观察窗口里的变量，可以在线修改其值。

（3）外围部件菜单：

1）中断：中断状态对话框，包括 INT0、INT1、T0、T1、T2 和串口中断状态，以及优先级和中断允许设置，可以设置或清除相应中断，可改变中断状态，设置相应的控制字，如图 1-21 所示。

2）端口：端口设置对话框，单击其中的小亮点，可改变端口显示状态，如图 1-22 所示。P1 端口初态为点亮状态。

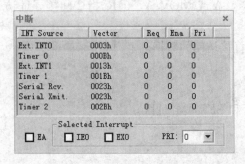

图 1-21　中断设置对话框

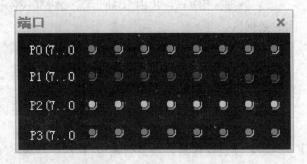

图 1-22　端口显示对话框

3）定时器/计数器 T0：设置 T0 工作模式和控制寄存器，即设置 TMOD 和 TCON 的值，如图 1-23 所示。可单击各设置值下的小亮点，改变或恢复设置值。

4）串行口：设置串行口的工作模式和控制寄存器，即设置 SMOD 和 SCON 的值，如图 1-24 所示。

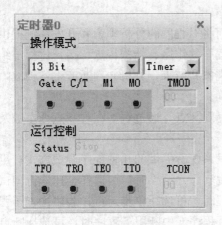

图 1-23　定时器对话框

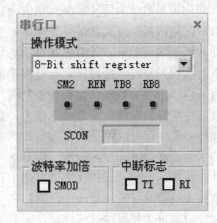

图 1-24　串口设置对话框

（4）项目管理菜单：

1）打开项目：打开一个已经存在的项目文件。

2）保存项目：保存当前项目文件。

3）添加文件：在已打开的项目中添加文件。

4）移除文件：在已打开的项目中移除文件。

5）编译/汇编（Ctrl＋F7）：根据文件的扩展名，编译/汇编当前源程序文件。

6）产生代码并装入（Ctrl＋F8）：根据文件的编辑状态，确定是否编译/汇编当前文件之后，对产生的"＊.OBJ"文件进行连接，再产生代码装载到仿真器。

（5）设置菜单：

1）设置仿真器：设置仿真 CPU 类型、时钟和存储器结构。

2）设置通信口：选择与计算机通信的接口参数或进入模拟调试。

3）设置向导：设置编译器/汇编器/连接器的路径，以及设置汇编和 C 语言的环境变量路径。

以上介绍的菜单项，也可通过快捷键来运行。Window 版集成开发环境 MedWin，具有 VC 风格的窗口和工作簿模式，方便用户开发和使用。

5. 实训内容与步骤

（1）按照使用要求，进入 MedWin 集成开发环境。

（2）设置汇编（或编译）环境。

（3）新建项目文件，选择教材内的某个汇编程序，输入源程序。

（4）汇编、检查错误，保证程序的"格式"和"语法"符合规定要求。

（5）生成文件，装入（Load）仿真器的单片机开发环境。

（6）参考说明，应用各种调试手段，排查程序中存在的各种问题，直至程序完全符合设计要求。

（7）选择"产生代码"生成相应的目标文件。

（8）开启烧写器，将程序写入芯片中。

（9）应用系统调试。

6. 实训分析与总结

实训分析与总结主要从如下几个方面进行：

（1）运用仿真系统调试简单程序关键在于如何将对程序的分析理解和开发系统提供的基本功能有机地结合起来，其前提条件是必须对源程序的作用、结构特点、运行过程与结果有较全面的认识，并能根据程序运行过程中出现的现象和结果，分析并判断产生各种故障现象的原因，再运用排除法逐一检验各种判断是否准确。

（2）在掌握程序结构特点的基础上，合理选择观测点，通过观察在观测点处参数及路径的变化检验程序运行的结果。

（3）为提高调试程序的效率，应对单片机开发系统所提供的几种程序调试方式有足够的了解并能熟练地运用。例如在调试过程中，若要观察最终结果时，可选择全速运行调试；若要观察相关指令的运行结果或运行路径的变化过程时，可选择单步运行；若要检查子程序的运行过程时，可选择跟踪运行调试；若要检查循环程序或中断服务程序时，可选择断点运行调试；若要定点检查程序运行到某处的结果时，可选择快速运行到光标处调试。但实际调试时究竟选用哪种方法更合适将随着分析能力与操作的熟练程度逐步提高。

（4）检验程序运行结果是否正确时，应运用单片机开发系统所提供的交互功能。将程序运行过程中，程序计数器 PC（地址）的变化、各单元（内部 RAM 和外部 RAM）内容的变化、特殊功能寄存器内容的变化、堆栈指针 SP 内容的变化与程序的理论分析结果相对照。

（5）编制程序和调试程序是一个多次反复的过程，并非一次就能排除全部故障，特别是单片机应用系统的硬件电路和汇编程序相结合的综合调试就更加复杂。因此，必须通过反复调试，不断修改硬件和软件，直到最终符合设计要求为止。如果在调试中能够根据实验现象预先对产生故障的原因加以判断和分析，并制订出相应的调试方法和步骤，可缩小排除故障的范围，提高调试效率。

第 2 章

MCS-51 系列单片机结构与工作原理

单片机系统的开发应用在机电一体化、智能化仪表、工业控制、家用电器等方面成果显著。本章以 MCS-51 系列单片机为基础介绍单片机系统的结构和工作原理。

2.1 单片机的内部结构

80C51 单片机是 MCS-51 系列单片机的典型产品，本书以其作为代表进行系统的讲解。80C51 单片机具有中央处理器、程序存储器（ROM）、数据存储器（RAM）、定时/计数器、并行接口、串行接口、中断系统和振荡电路八大系统。80C51 单片机通过数据总线、地址总线和控制总线三大总线结构与单片机外围电路交换信息。其内部结构框图如图 2-1 所示。

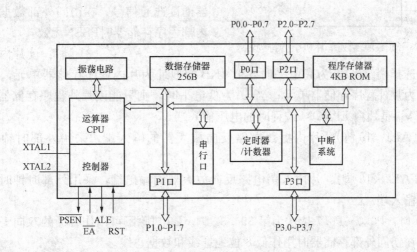

图 2-1　80C51 单片机内部结构框图

2.2 单片机的引脚及其功能

2.2.1 MCS-51 系列单片机的引脚与功能

MCS-51 系列单片机有双列直插式的 DIP 封装和方形封装两种封装形式，HMOS 工艺的单片机采用 40 脚的 DIP 封装形式，其引脚排列如图 2-2 所示。

各引脚的功能如下：

（1）V_{CC}（40 脚）：电源端，正常工作电压为 +5V。

（2）V_{SS}（20 脚）：接地端。

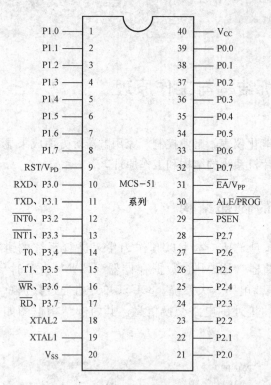

图 2-2　MCS-51 系列单片机引脚排列图

（3）RST/V_{PD}（9 脚）：复位信号输入端。当晶振在运行状态中只要复位引脚出现 2 个机器周期的高电平，即可复位。该引脚的第二功能是备用电源输入端，接上＋5V 备用电源当芯片突然断电时，能保护片内 RAM 数据，使复电后能正常运行。

（4）ALE/$\overline{PROG}$（30 脚）：ALE 是地址锁存允许信号。它的作用是把 CPU 从 P0 口分时输出的低八位地址锁存在锁存器中。在正常情况下 ALE 输出信号恒定为 1/6 振荡频率，并可用作外部时钟或定时。该引脚的第二功能$\overline{PROG}$是对 EPROM 编程时的编程脉冲输入端。

（5）$\overline{PSEN}$（29 脚）：读片外程序存储器选通信号输出端。当执行外部程序存储器数据时，$\overline{PSEN}$将产生负脉冲作为外部程序存储器的读选通信号。在访问外部数据存储器和内部程序存储器时$\overline{PSEN}$无效。

（6）$\overline{EA}$/V_{PP}（31 脚）：读片内与片外程序存储器的选择端。当$\overline{EA}$为高电平时，低 4KB 的地址为片内程序存储器单元，高于 4KB 以上的地址为片外程序存储器单元；当$\overline{EA}$为低电平时，则只能读片外程序存储器。该引脚的第二功能 V_{PP} 是片内 EPROM 编程时的电压输入端。

（7）XTAL1（19 脚）：片内振荡电路反向放大器的输入端，采用外部时钟时该引脚接地。

（8）XTAL2（18 脚）：片内振荡电路反向放大器的输出端，采用外部时钟时该引脚为振荡信号的输入端。

（9）P0 口：P0.0～P0.7 依次为第 39～32 脚。P0 口除了可以作普通的双向 I/O 口使用外，也可以在访问外部存储器时用作低 8 位地址线和数据总线。

（10）P1 口：P1.0～P1.7 依次为第 1～8 脚。P1 口是带内部上拉电阻的双向 I/O 口，向 P1 口写入"1"时，P1 口被内部电路上拉为高电平，可用作输入口。当作为输出口时，被外部拉低的 P1 口会因为内部上拉电阻的存在而输出电流。

（11）P2 口：P2.0～P2.7 依次为第 21～28 脚。P2 口也是带内部上拉电阻的双向 I/O 口，向 P2 口写入"1"时，P2 口被内部电路上拉为高电平，可用作输入口。当作为输出口时，被外部拉低的 P2 口会因为内部上拉电阻的存在而输出电流。在访问外部程序存储器和外部数据存储器时，P2 口可作为地址总线的高八位地址线。

（12）P3 口：P3.0～P3.7 依次为第 10～17 脚。P3 口也是带内部上拉电阻的双向 I/O 口，向 P3 口写入"1"时，P3 口被内部电路上拉为高电平，可用作输入口。当作为输出口时，被外部拉低的 P3 口会因为内部上拉电阻的存在而输出电流。同时，P3 口也具有第二功能，见表 2-1。

表 2 - 1		P3 口 第 二 功 能 表			
P3 口	信号名称	信 号 功 能	P3 口	信号名称	信 号 功 能
P3.0	RXD	串行数据接收端	P3.4	T0	定时器/计数器 0 输入端
P3.1	TXD	串行数据发送端	P3.5	T1	定时器/计数器 1 输入端
P3.2	$\overline{INT0}$	外中断 0 输入端	P3.6	$\overline{WR}$	外部数据存储器写信号
P3.3	$\overline{INT1}$	外中断 1 输入端	P3.7	$\overline{RD}$	外部数据存储器读信号

2.2.2　MCS-51 系列单片机的片外三总线结构

MCS-51 系列单片机有很强的外部扩展功能，当最小应用系统不能满足实际应用系统要求时，需要在单片机外部连接相应的外围芯片以满足要求。扩展的外围电路主要有程序存储器的扩展、数据存储器的扩展、I/O 口的扩展等。

MCS-51 系列单片机由于受管脚数量的限制，数据总线和地址总线采用复用技术，共用 P0 口，为了便于同外围芯片正确地连接，需要将数据线和地址线分离开，所以在单片机外部增加了地址锁存器。控制总线使用 P3 口。图 2-3 所示为 MCS-51 系列单片机片外三总线结构。

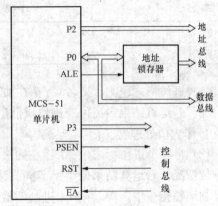

图 2-3　MCS-51 系列单片机片外三总线结构

（1）地址总线（AB）：地址总线为 16 位，可寻址范围为 2^{16} = 64KB。16 位地址总线由并口 P0 经地址锁存器提供低 8 位地址（A0~A7）；并口 P2 直接提供高 8 位地址（A8~A15）。由于 P0 口还要作数据总线，只能分时用作低 8 位地址线，所以 P0 输出的低 8 位地址必须用锁存器锁存。锁存器的锁存控制信号为 ALE 输出信号。P2 口具有输出锁存功能，所以不需外加锁存器。

（2）数据总线（DB）：数据总线为 8 位，由并口 P0 提供，用于单片机与外部存储器和 I/O 设备之间传送数据。P0 口为三态双向口，可以进行双方向的数据传送。

（3）控制总线（CB）：由并口 P3 的第二功能状态和 4 根独立控制线 RST、$\overline{EA}$、ALE、$\overline{PSEN}$ 组成。

2.3　单片机的中央处理器

中央处理器（CPU）是单片机系统的核心部件，是决定单片机功能特性的主要因素，由运算器和控制器组成。

2.3.1　运算器

运算器包括算术/逻辑部件 ALU（Arithmetic and Logic Unit）、布尔处理器、累加器 A、寄存器 B、暂存寄存器、程序状态字寄存器 PSW 以及十进制调整电路等。运算部件的功能是实现数据的算术逻辑运算、位变量处理和数据传送操作。

1. 算术/逻辑部件 ALU

单片机的 ALU 具有加、减、乘、除等基本算术运算和与、或、异或、循环、求补、清零等基本逻辑运算功能。

2. 累加器 A

累加器 A 又称为特殊功能寄存器 ACC，既可存放操作数，也可用来存放运算的中间结果，是最繁忙的寄存器。

3. 寄存器 B

寄存器 B 是另一特殊功能寄存器，可作通用寄存器使用。除此之外，寄存器 B 在执行乘法运算指令时，用来存放其中一个乘数和乘积的高 8 位；在执行除法运算指令时，用来存放除数和结果的余数。

4. 程序状态字寄存器 PSW

程序状态字寄存器 PSW 是 8 位寄存器，用来存储当前指令执行后的状态，便于程序查询和判别。程序状态字寄存器各位的定义见表 2-2。

表 2-2 　　　　　　　　　　　　　PSW 各位的定义表

位	D7	D6	D5	D4	D3	D2	D1	D0
位定义	C	AC	F0	RS1	RS0	OV	/	P

（1）进位标志位 C，又名 CY：在加法和减法运算时，表示运算结果最高位的进位或借位情况。若运算结果最高位有进位或借位，则 C＝1，否则 C＝0。在进行位操作运算时，标志位 C 作为位处理器。

（2）半字节进位标志位 AC：在加法和减法运算时，表示运算结果高低半字节间的进位或借位情况。若运算结果低半字节向高半字节有进位或借位，则 AC＝1，否则 AC＝0。在十进制调整指令中，AC 作为十进制调整的判别位。

（3）自定义位 F0：用户自定义标志位。

（4）RS1、RS0：工作寄存器组选择标志位（详见 2.4.2 数据存储器）。

（5）溢出标志位 OV：结果有溢出时，OV＝1，否则 OV＝0。做加法或减法时，由硬件电路将 OA 置位或清零，以指示运算结果是否溢出。OV＝1 反映运算结果超出了累加器的数值范围（无符号数的范围为 0～255，有符号数的范围为 −128～＋127，要以补码形式表示）。进行无符号数的加法或减法时，OV 的值与进位位 C 的值相同；进行有符号数的加法时，如最高位、次高位之一有进位，或做减法时，如最高位、次高位之一有借位，OV 被置位，即 OV 的值为最高位和次高位值的异或（OV＝C7⊕C6）。当 OV＝1 时，表示运算结果有溢出是错误的；当 OV＝0 时，表示运算结果正确。

（6）奇偶校验标志位 P：累加器 A 中的"1"的个数为奇数时 P＝1，否则 P＝0。

2.3.2　控制器

控制器是单片机的神经中枢，包括定时控制逻辑、指令寄存器 IR、指令译码器 ID、程序计数器 PC、堆栈指针寄存器 SP 和数据指针寄存器 DPTR 等控制部件。控制器以晶振频率为基准作为 CPU 的时序，控制取指令、执行指令、存取操作数和运行结果等。控制器发出各种控制信号，完成一系列定时控制的微操作，用来协调单片机内部各功能部件之间的数据传送、数据运算等操作，并对外发出地址锁存信号 ALE、外部程序存储器选通信号

$\overline{PSEN}$，以及通过 P3.6 和 P3.7 发出数据存储器读$\overline{RD}$、写$\overline{WR}$等控制信号，并且接收处理外接的复位和外部程序存储器访问控制信号$\overline{EA}$等。

1. 定时控制逻辑与振荡器

单片机的定时控制功能是用片内的时钟电路和定时电路来完成的。片内的时钟电路有两种：内部时钟电路和外部时钟电路，如图 2-4 所示（详见 2.5 单片机的时钟电路与时序）。

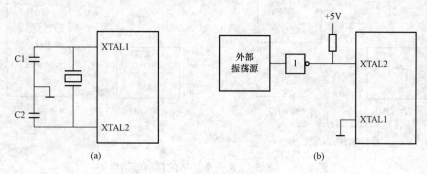

图 2-4　单片机的时钟电路

(a) 内部时钟电路；(b) 外部时钟电路

2. 指令寄存器 IR 和指令译码器 ID

指令寄存器 IR 是存放指令代码的地方。当执行指令时，CPU 把从 ROM 中读取的指令代码存入指令寄存器，然后经指令译码器 ID 译码后由定时控制电路发出相应的控制信号，完成指令所指定的操作。

3. 程序计数器 PC

程序计数器 PC 用于存放 CPU 下一条将要执行指令的地址，是一个 16 位的专用寄存器，可寻址范围是 0000H～0FFFFH 共 64KB，但它本身没有地址，是不能寻址的，用户不能对其读写。程序中每条指令存放在 ROM 区的某一单元，并都有自己的存放地址。CPU 要执行哪条指令，就把该条指令所在的单元地址送到地址总线。在顺序执行程序中，当 PC 的内容被送到地址总线后，会自动加 1，指向 CPU 下一条将要执行的指令地址，所以程序计数器具有自动加"1"的功能。

4. 堆栈指针寄存器 SP

堆栈指针寄存器 SP 是一个 8 位的特殊功能寄存器，存储堆栈的栈顶地址。系统复位后，SP 的初始值为 07H（详见 2.6 单片机的堆栈）。

5. 数据指针寄存器 DPTR

数据指针寄存器 DPTR 是一个 16 位的特殊功能寄存器，由高字节寄存器 DPH 和低字节寄存器 DPL 两个 8 位寄存器组成。DPTR 既可用于外部数据寄存器的地址指针，也可用于程序存储器查询表格数据的地址指针。DPTR 既可以作为一个 16 位寄存器使用，也可以作为两个独立的 8 位寄存器使用。

2.4　存储器的结构

MCS-51 系列单片机在物理上有四个存储空间，分别是片内程序存储器和片外程序存储器、片内数据存储器和片外数据存储器。但如果根据存储器地址分配来分，可分为三部分，即片内、片外统一编址的 64KB 的程序存储器，片内独立编址的 256B 数据存储器和片外独立编址的 64KB 数据存储器，如图 2 - 5 所示。

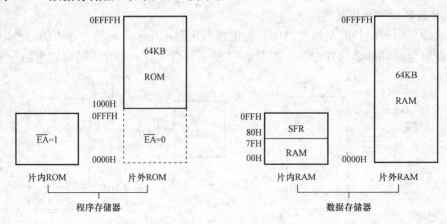

图 2 - 5　MCS-51 系列单片机的存储器结构

由图可见，三个存储空间地址是重叠的，MCS-51 指令系统设计了不同的数据传送指令以区分不同的存储空间。用 MOVC 指令访问片内、片外程序存储器，用 MOV 指令访问片内数据存储器，用 MOVX 指令访问片外数据存储器。

2.4.1　程序存储器

程序存储器用于存放程序和表格常数。MCS-51 系列单片机中 8031 内部无程序存储器，必须外扩程序存储器；8051 和 8751 单片机有 4KB（0000H～0FFFH）的片内程序存储器和 60KB（1000H～FFFFH）的片外可扩展程序存储器。在程序运行中，如果 $\overline{EA}$ 为高电平，CPU 运行时从片内地址 0000H 开始执行程序，当 PC 值超过 0FFFH，自动转到片外程序存储器的 1000H～0FFFFH 地址空间去执行程序；如果 $\overline{EA}$ 为低电平，CPU 只能从外部程序存储器的 0000H 地址开始执行指令。

程序存储器的低端地址单元留给系统作特殊使用，见表 2 - 3。

表 2 - 3　　　　　　　　　　　程序存储器的低端地址单元功能

低端地址单元功能	单元地址	低端地址单元功能	单元地址
复位后初始化引导程序	0000H～0002H	外部中断 1	0013H～001AH
外部中断 0	0003H～000AH	定时器/计数器 1 溢出中断	001BH～0022H
定时器/计数器 0 溢出中断	000BH～0012H	串行端口中断	0023H～002AH

2.4.2　数据存储器

数据存储器用于数据的暂存或存放程序运算的中间结果等，分片内数据存储器和片外数据存储器。片内数据存储器为 256B，地址范围是 00H～0FFH；片外数据存储器为 64KB，地址范围是 0000H～0FFFFH。

1. 片内数据存储器

MCS-51 系列单片机有 256B 的片内数据存储器，其中 00H～7FH 为低 128B；80H～0FFH 为高 128B，又称特殊功能寄存器（SFR）区。

（1）片内低 128B 数据存储器。片内低 128B 的数据存储器可划分为工作寄存器区、位寻址区和用户 RAM 区三个区域，见表 2-4。

表 2-4　　　　　　　　　　　片内低 128B 的数据存储器分布表

地址范围	区　　域	地址范围	区　　域
30H～7FH	用户 RAM 区	10H～17H	工作寄存器组 2
20H～2FH	位寻址区	08H～0FH	工作寄存器组 1
18H～1FH	工作寄存器组 3	00H～07H	工作寄存器组 0

　　工作寄存器区地址范围是 00H～1FH，分为四组，每组由 8 个工作寄存器（称为 R0～R7）组成，每个工作寄存器占有一个地址单元。在程序运行中，只允许一个工作寄存器组工作，称为当前工作寄存器组，因此每组工作寄存器不会因名称相同而混淆。

　　程序状态字寄存器 PSW 中 RS1、RS0 位的数值决定四个工作寄存器组哪一组为当前工作寄存器组，见表 2-5。

表 2-5　　　　　　　RS1、RS0 确定的当前工作寄存器组

组号	RS0	RS1	片内 RAM 地址	通用寄存器名称
0	0	0	00H～07H	R0～R7
1	0	1	08H～0FH	R0～R7
2	1	0	10H～17H	R0～R7
3	1	1	18H～1FH	R0～R7

　　位寻址区地址范围是 20H～2FH，共有 16 字节单元共 128 位，位地址范围为 00H～7FH，位地址分布见表 2-6。这些单元可以按字节操作，也可以用位地址寻址对应单元中的某一位。

表 2-6　　　　　　　　　　位　地　址　分　布　表

字节地址	位　　　地　　　址							
	7	6	5	4	3	2	1	0
2FH	7H	7E	7D	7C	7B	7A	79	78
2EH	77	76	75	74	73	72	71	70
2DH	6F	6E	6D	6C	6B	6A	69	68
2CH	67	66	65	64	63	62	61	60
2BH	5FH	5EH	5DH	5CH	5BH	5AH	59	58
2AH	57	56	55	54	53	52	51	50
29H	4F	4E	4D	4C	4B	4A	49	48
28H	47	46	45	44	43	42	41	40
27H	3F	3E	3D	3C	3B	3A	39	38
26H	37	36	35	34	33	32	31	30
25H	2F	2E	2D	2C	2B	2A	29	28
24H	27	26	25	24	23	22	21	20
23H	1F	1E	1D	1C	1B	1A	19	18
22H	17	16	15	14	13	12	11	10
21H	0F	0E	0D	0C	0B	0A	09	08
20H	07	06	05	04	03	02	01	00

由表 2-6 可见，位地址与单元地址是重叠的，指令系统采用不同的寻址方式来区分位地址和字节地址的操作。用位寻址方式访问 00H~7FH 位地址，用直接寻址和间接寻址方式访问 00H~7FH 字节地址单元（详见第 3 章）。

用户 RAM 区地址范围是 30H~0FFH，堆栈区也可以设在这里。

（2）特殊功能寄存器区。MCS-51 系列单片机共有 21 个特殊功能寄存器（SFR），离散地分布在片内 80H~0FFH 地址范围。特殊功能寄存器的功能是固定的，用户不得更改。对 SFR 的字节操作只能采用直接寻址方式，SFR 既可用寄存器名表示，也可用寄存器单元地址表示。有 11 个 SFR 可以位寻址，这些可位寻址的寄存器地址特征是都能被 8 整除，即字节地址末位是"8"或"0"。位寻址的 SFR 的某位可用位地址、位符号或位名称表示。MCS-51 系列单片机的所有特殊功能寄存器见表 2-7。

表 2-7　　　　　　　　　　　　　特殊功能寄存器一览表

SFR	位 地 址								字节地址
	7	6	5	4	3	2	1	0	
B	0F7	0F6	0F5	0F4	0F3	0F2	0F1	0F0	0F0H
A	0E7	0E6	0E5	0E4	0E3	0E2	0E1	0E0	0E0H
PSW	0D7	0D6	0D5	0D4	0D3	0D2	0D1	0D0	0D0H
	C	AC	F0	RS1	RS0	OV	/	P	
IP	0BF	0BE	0BD	0BC	0BB	0BA	0B9	0B8	0B8H
			PS	PT1	PX1	PT0	PX0		
P3	0B7	0B6	0B5	0B4	0B3	0B2	0B1	0B0	0B0H
	P3.7	P3.6	P3.5	P3.4	P3.3	P3.2	P3.1	P3.0	
IE	0AF	0AE	0AD	0AC	0AB	0AA	0A9	0A8	0A8H
	EA			ES	ET1	EX1	ET0	EX0	
P2	0A7	0A6	0A5	0A4	0A3	0A2	0A1	0A0	0A0H
	P2.7	P2.6	P2.5	P2.4	P2.3	P2.2	P2.1	P2.0	
SBUF									99H
SCON	9F	9E	9D	9C	9B	9A	99	98	98H
	SM0	SM1	SM2	REN	TB8	RB8	TI	RI	
P1	97	96	95	94	93	92	91	90	90H
	P1.7	P1.6	P1.5	P1.4	P1.3	P1.2	P1.1	P1.0	
TH1									8DH
TH0									8CH
TL1									8BH
TL0									8AH

续表

SFR	位 地 址								字节地址
	7	6	5	4	3	2	1	0	
TMOD	GATE	C/$\overline{\text{T}}$	M1	M0	GATE	C/$\overline{\text{T}}$	M1	M0	89H
TCON	8F	8E	8D	8C	8B	8A	89	88	88H
	TF1	TR1	TF0	TR0	IE1	IT1	IE0	IT0	
PCON	SMOD				GF1	GF0	PD	IDL	87H
DPH									83H
DPL									82H
SP									81H
P0	87	86	85	84	83	82	81	80	80H
	P0.7	P0.6	P0.5	P0.4	P0.3	P0.2	P0.1	P0.0	

2. 片外数据存储器

片外数据存储器地址范围是 0000H～0FFFFH，用 MOVX 指令访问，用 16 位地址指针 DPTR 寻址，最大寻址范围是 64KB。当访问片外低 256B 单元存储区时，也可用寄存器间接寻址方式。

2.5　单片机的时钟电路与时序

单片机是在时钟电路的指挥下，按照一定的时序进行有条不紊的工作。

2.5.1　时钟电路

MCS-51 系列单片机的时钟电路分内部时钟电路和外部时钟电路两种。

1. 内部时钟电路

MCS-51 系列单片机内部有一个高增益的反相放大器，其输入端为芯片引脚 XTAL1，输出端为芯片引脚 XTAL2，将 XTAL1 和 XTAL2 与外部的石英晶体及两个电容连接起来可构成一个石英晶体振荡器，如图 2-4 (a) 所示。一般晶体的振荡频率范围是 1.2～12MHz。

2. 外部时钟电路

当有多片单片机组成系统时，为了使单片机之间时钟信号实现同步，应当引入唯一的共用外部脉冲信号作为各单片机的振荡脉冲。当采用外部时钟电路时，片内的反相放大器不工作，所以外部的脉冲信号由 XTAL2 引入，XTAL1 接地，如图 2-4 (b) 所示。

2.5.2　单片机的时序

所谓时序是指执行各种信号的时间序列，表明了指令执行中各种信号之间的相互关系。单片机本身是一个复杂的同步时序电路，为了保证同步方式的实现，全部电路应在统一的时钟信号控制下严格地按照时序进行工作。MCS-51 系列单片机有四个定时单位，从小到大依次为拍节、状态、机器周期和指令周期。

拍节是指单片机提供定时信号振荡源的周期，用"P"表示。

振荡脉冲经二分频为单片机的时钟信号，将时钟信号周期定义为状态，用"S"表示。所以一个状态包括两个拍节，前半周期为拍节 1 (P1)，后半周期为拍节 2 (P2)。

规定 6 个状态（12 个拍节）组成一个机器周期。用 S1～S6 表示 6 个状态，用 S1P1、S1P2、S2P1、S2P2、…、S6P1、S6P2 表示 12 个拍节，如图 2-6 所示。

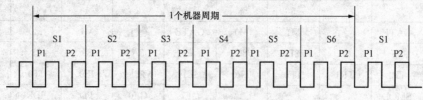

图 2-6　单片机的时序定时单位

指令周期是指单片机执行一条指令所占用的时间。指令周期用占用机器周期的数目表示，一个指令周期通常包含 1～4 个机器周期。MCS-51 系列单片机除乘法、除法指令是 4 周期指令外，其余都是单周期指令或双周期指令。若用 12MHz 晶振，则单周期指令和双周期指令的指令时间分别为 $1\mu s$ 和 $2\mu s$，乘法和除法指令为 $4\mu s$。

80C51 单片机的典型单周期指令时序如图 2-7 所示。

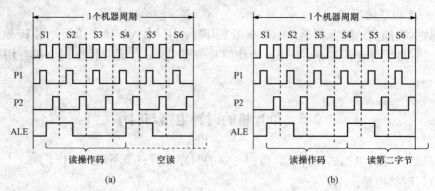

图 2-7　单周期指令时序
（a）单字节指令；（b）双字节指令

80C51 单片机的典型双周期指令时序如图 2-8 所示。由图 2-8 可见，2 个机器周期中 ALE 信号有效 4 次；后 3 次读操作无效。访问外部 RAM 的双周期指令时，在第二机器周期无读操作码的操作，而是进行外部数据存储器的寻址和数据选通。

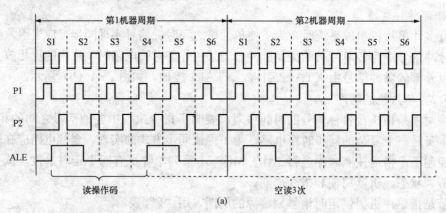

图 2-8　双周期指令时序（一）
（a）访问片内 RAM 的双周期指令时序

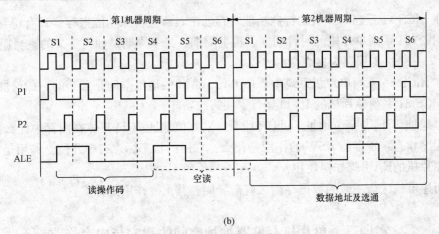

（b）

图 2-8　双周期指令时序（二）

（b）访问外部 RAM 的双周期指令时序

2.6　单片机的堆栈

堆栈是片内数据存储器中只允许数据从一端插入或删除的、连续的线性表，是一种数据结构。堆栈有压栈和出栈两种操作。压栈是将数据存入堆栈，称为 PUSH；出栈是将数据从堆栈中取出，称为 POP。MCS-51 系列单片机的堆栈操作遵循"先进后出"的原则。如在执行子程序调用和中断处理程序前，需要将断点和现场的数据压栈保存，执行完子程序和中断程序后，需要将断点和现场的数据出栈，即恢复现场。

2.7　单片机的复位操作及复位电路

单片机的复位是为了使单片机系统以及外围电路恢复某种确定的初始状态。常见的复位电路有上电复位电路和按钮复位电路，如图 2-9 所示。

单片机复位后，并行接口 P0～P3 端口处于高电平；堆栈指针 SP 为 07H，第一个入栈内容将写入 08H 单元；其他特殊功能寄存器和程序计数器 PC 均被清零。即复位后，PC＝0000H，所以程序从 0000H 地址单元开始执行，启动后，片内 RAM 为随机值，且运行中的复位操作不改变片内 RAM 的内容；IP、IE 和 PCON 的有效位为 0，各中断源处于低优先级且均被关断，串行通信的波特率不加倍，PSW＝00H，当前工作寄存器为 0 组。

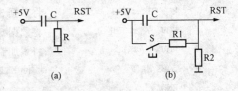

图 2-9　常见复位电路

（a）上电复位电路；（b）上电及按钮复位电路

思 考 题 与 习 题

1. MCS-51 系列单片机包含哪些主要逻辑功能部件？

2. 在 MCS-51 系列单片机的特殊功能寄存器中，哪些特殊功能寄存器具有位寻址功能？

3. MCS-51 系列单片机的时钟周期、机器周期、指令周期是如何定义的？当振荡频率为 6MHz 时，一个机器周期为多少微秒？

4. 在 MCS-51 系列单片机系统中，ROM、RAM 的地址空间是重叠的，如何加以区分？

5. MCS-51 系列单片机的 P3 口具有哪些第二功能？

6. 位地址 7CH 与字节地址 7CH 有什么区别？位地址 7CH 具体在内存中什么位置？

7. 程序状态字寄存器 PSW 的作用是什么？常用的状态标志有哪几位？作用是什么？

8. 单片机的 $\overline{EA}$ 引脚如何使用？

9. 简述堆栈区与一般的数据存储区有何异同？其重要作用是什么？

实训三　单片机存储器地址空间的观察与内容修改

1. 实训能力目标

（1）掌握 Medwin 集成开发环境进行汇编语言程序的编辑、汇编与代码生成过程。

（2）掌握 Medwin 集成开发环境下存储器、SFR 值的观察与修改方法。

（3）掌握 MCS-51 系列单片机不同存储区的特点。

2. 实训内容

（1）项目及文件的建立：

1）在 D 盘建立 1 个"单片机实验"文件夹。

2）进入 Medwin 集成开发环境。

3）新建 1 个 TEST3_1.MPF 项目，保存在"单片机实验"文件夹下。

4）新建 1 个 TEST3_1.ASM 文件，保存在"单片机实验"文件夹下。

5）在编辑窗口输入如下程序：

```
        ORG 0000H          ;指出第 1 条指令从地址为 0000H 的 ROM 单元开始存放
        LJMP MAIN          ;要求跳到 MAIN 语句执行
        ORG 0030H          ;指出后面的指令从地址为 0030H 的 ROM 单元开始存放
MAIN:   MOV R0,#58H        ;将数据 58H 送入 R0
        MOV R1,#30H        ;将数据 30H 送入 R1
        MOV A,#68H         ;将数据 68H 送入累加器 A
        MOVX @R1, A        ;将累加器 A 数据送入片外的@R1 单元
        LJMP MAIN          ;跳回 MAIN 语句,重新执行
        END
```

6）对程序进行汇编（Assemble）、生成（Build）操作，并观察消息窗口。

（2）ROM 区的观察：

1）打开反汇编窗口，观察指令的位置及对应机器码，将它们填入表 2 - 8 中。

2）将原来的 ORG 0030H 改为 ORG 0100H，重新汇编，再次观察反汇编窗口，记录变化，思考变化原因。

3）将 ORG 0100H 改回 ORG 0030H，将原来的 MOV R0，#58H 改为 MOV R0，#98H，重新汇编，再次观察反汇编窗口，记录变化并思考原因。

表 2-8　　　　　　　　　　**指令在 ROM 中的位置及指令代码**

程　　序	在 ROM 中的地址	指令代码
ORG 0000H		
LJMP MAIN		
ORG 0030H		
MAIN: MOV R0, ♯58H		
MOV R1, ♯30H		
MOV A, ♯68H		
MOVX @R1 A		
LJMP MAIN		
END		

4) 打开 RAM、XRAM 窗口，观察 0000H～0100H 单元的内容，观察与刚才在反汇编窗口的内容是否有联系？为什么？

（3）片内 RAM 工作寄存器组区的观察与内容修改：

1) 打开寄存器窗口、RAM 窗口和 SFR 窗口。

2) 单步执行 LJMP MAIN 指令，观察黄色指针位置和 PC 的变化，填入表 2-9 中。

3) 单步执行 MOV R0，♯58H 指令，观察指令运行前后黄色指针位置和 PC 的变化、R0 及片内 00H 单元内容的变化，填入表 2-9 中，并思考 R0 和片内 00H 单元有什么关系？

4) 单步执行 MOV R1，♯30H 指令，观察指令运行前后黄色指针位置和 PC 的变化、R1 及片内 01H 单元内容的变化，填入表 2-9 中，并思考 R1 和片内 01H 单元有什么关系？

表 2-9　　　　　　　　　　**寄存器窗口和 RAM 窗口内容观察结果表**

指　　令	寄存器窗口		RAM 窗口		SFR 窗口	
	执行前	执行后	执行前	执行后	执行前	执行后
LJMP MAIN					PC=	PC=
MAIN: MOV R0, ♯58H	R0=	R0=	(00H)= (07H)=	(00H)= (07H)=	PC=	PC=
MOV R1, ♯30H	R1=	R1=	(01H)= (08H)=	(01H)= (08H)=	PC=	PC=
MOV A, ♯68H			(0EAH)=	(0EAH)=	A=	A=
MOVX @R1 A			(30H)片外=	(30H)片外=	A=	A=
LJMP MAIN					PC=	PC=

5) 直接在寄存器窗口将 R0、R1 内容分别修改为 57H、42H。观察 RAM 区 00H 和 01H 单元的变化。

6) 在 RAM 区直接修改 00H、01H 单元内容为 99H、88H，观察寄存器区 R0、R1 的变化。

7) 将原程序改为如下程序：

```
        ORG 0000H              ;指出第1条指令从地址为0000H的ROM单元开始存放
        LJMP MAIN              ;要求跳到MAIN语句执行
        ORG 0030H              ;指出后面的指令从地址为0030H的ROM单元开始存放
MAIN: SETB  RS1               ;将RS1置位
        CLR    RS0             ;将RS0清零
        MOV R0,#58H            ;将数据58H送入R0
        MOV R1,#30H            ;将数据30H送入R1
        MOV  A,#68H            ;将数据68H送入累加器A
        MOVX  @R1,A            ;将累加器A数据送入片外的@R1单元
        LJMP MAIN              ;跳回MAIN语句,重新执行
        END
```

重新汇编。单步执行程序,观察每条指令执行前后寄存器区和RAM区变化,填入表2-10,并与表2-9对比。

表 2-10 　　　　　　　　　　　**工作寄存器区观察结果**

指　　令	寄存器窗口		RAM窗口	
	执行前	执行后	执行前	执行后
MAIN: SETB RS1	PSW=	PSW=		
CLR RS0	PSW=	PSW=		
MOV R0, #58H	R0=	R0=	(00H)= (10H)=	(00H)= (10H)=
MOV R1, #30H	R1=	R1=	(01H)= (11H)=	(01H)= (11H)=
MOV A, #68H	A=	A=		
MOVX @R1 A			(30H)片外=	(30H)片外=

(4) 片内RAM位寻址区的观察与内容修改:

1) 在D盘"单片机实验"文件夹中新建1个TEST3_2.MPF项目,新建1个TEST3_2.ASM文件名。

2) 输入以下程序段:

```
        ORG 0000H
        LJMP  MAIN
        ORG 0030H
MAIN: MOV 20H,#00H
        MOV 21H,#00H
        SETB 20H.0
        CLR 20H.0
        SETB 00H
        CLR 00H
        SETB 20H.1
        CLR 20H.1
```

```
        SETB 01H
        CLR 01H
        SETB 21H. 7
        CLR 21H. 7
        SETB 0FH
        CLR 0FH
        MOV R0,20H
        LJMP MAIN
        END
```

汇编文件后，打开 RAM 窗口和寄存器窗口，单步执行程序，观察每条指令执行前后的结果，填入表 2-11 中，并体会位寻址、字节寻址、位地址、字节地址的意义。

表 2-11　　　　　　　　　　位 寻 址 区 观 察 结 果

程　　序	RAM 区实际观察结果		寻 址 方 式
	执 行 前	执 行 后	
ORG 0000H			
LJMP　MAIN			
ORG 0030H			
MAIN：MOV 20H，#00H	(20H)=	(20H)=	
MOV 21H，#00H	(21H)=	(21H)=	
SETB 20H. 0	(20H)=	(20H)=	
CLR 20H. 0	(20H)=	(20H)=	
SETB 00H	(20H)=	(20H)=	
CLR 00H	(20H)=	(20H)=	
SETB 20H. 1	(20H)=	(20H)=	
CLR 20H. 1	(20H)=	(20H)=	
SETB 01H	(20H)=	(20H)=	
CLR 01H	(20H)=	(20H)=	
SETB 21H. 7	(21H)=	(21H)=	
CLR 21H. 7	(21H)=	(21H)=	
SETB 0FH	(21H)=	(21H)=	
CLR 0FH	(21H)=	(21H)=	
MOV R0, 20H	(R0)=	(R0)=	
LJMP MAIN			
END			

3）执行 MOV R0，20H 前，在 RAM 窗口直接将 20H 单元内容修改为 05H，再执行该指令，结果会怎样？

（5）片内 RAM 通用数据区的观察与内容修改：

1）在 D 盘"单片机实验"文件夹中新建 1 个 TEST3_3. MPF 项目，新建 1 个 TEST3_

3. ASM 文件名。

2）输入下列程序段：

```
        ORG 0000H
        LJMP  MAIN
        ORG 0030H
MAIN:   MOV 30H,＃00H
        MOV 30H,＃87H
        MOV R0,＃30H
        MOV @R0,＃00H
        MOV @R0,＃87H
        MOV 7FH,＃44H
        MOV R0,＃7FH
        MOV @R0,＃55H
        LJMP MAIN
        END
```

汇编后，打开 RAM 窗口和寄存器窗口，单步执行程序，观察每条指令执行前后的结果，填入表 2 - 12 中。

表 2 - 12   片内 RAM 通用数据区的观察结果

程 序	执 行 前	执 行 后	寻 址 方 式
LJMP MAIN			
ORG 0030H			
MAIN: MOV 30H, ＃00H	(30H)＝	(30H)＝	
MOV 30H, ＃87H	(30H)＝	(30H)＝	
MOV R0, ＃30H	R0＝	R0＝	
MOV @R0, ＃00H	(30H)＝	(30H)＝	
MOV @R0, ＃87H	R0＝ (30H)＝	R0＝ (30H)＝	
MOV 7FH, ＃44H	(7FH)＝	(7FH)＝	
MOV R0, ＃7FH MOV @R0, ＃55H	R0＝ (7FH)＝	R0＝ (7FH)＝	

3）在程序中添加指令，将数 99H 送地址为 60H 的 RAM 单元，要求用直接寻址和间接寻址两种方法，并进行调试验证。

4）在程序中添加指令并调试：将地址为 58H 的 RAM 单元内容送 R7。执行前要求直接在 RAM 窗口预置 58H 单元内容为 67H，观察执行后的结果。

（6）片内 RAM 特殊功能寄存器（SFR）区的观察与内容修改：

1）在 D 盘"单片机实验"文件夹中新建 1 个 TEST3＿4. MPF 项目，新建 1 个 TEST3＿

4. ASM 文件名。

2) 输入下列程序段：

```
            ORG 0000H
            LJMP  MAIN
            ORG 0030H
    MAIN：MOV A, #81H
            MOV 0E0H, #82H
            MOV R0, #0E0H
            MOV @R0, #45H
            MOV B, #00H
            MOV 0F0H, #02H
            MOV DPTR, #1234HH
            MOV DPH, #05H
            MOV DPL, #48H
            ADD A, #81H
            MOV A, #48H
            ADD A, #59H
            SETB ACC. 5
            CLR ACC. 5
            LJMP MAIN
            END
```

汇编后，打开 SFR 窗口、寄存器窗口、RAM 窗口，单步执行程序，观察每条指令执行前后的结果，填入表 2-13。

表 2-13　　　　　　　　　　　　　　SFR 区 观 察 结 果

程　序	SFR 区	RAM 区	寻址方式
MAIN：MOV A, #81H	A= PSW=	(0E0H)= (0D0H)=	
MOV 0E0H, #82H	A= PSW=	(0E0H)= (0D0H)=	
MOV R0, #0E0H MOV @R0, #45H	R0= A= PSW=	(00H)= (0E0H)= (0D0H)=	
MOV B, #00H	B= PSW=	(0F0H)= (0D0H)=	
MOV 0F0H, #02H	B= PSW=	(0F0H)= (0D0H)=	
MOV DPTR, #1234HH	DPTR= PSW=	(83H)= (82H)= (0D0H)=	

程　序	SFR 区	RAM 区	寻址方式
MOV DPH，♯05H	DPH= PSW=	(83H)= (0D0H)=	
MOV DPL，♯48H	DPL= PSW=	(82H)= (0D0H)=	
ADD A，♯81H	A= PSW=	(0E0H)= (0D0H)=	
MOV A，♯48H	A= PSW=	(0E0H)= (0D0H)=	
ADD A，♯59H	A= PSW=	(0E0H)= (0D0H)=	
SETB ACC.5	A= PSW=	(0E0H)= (0D0H)=	
CLR ACC.5	A= PSW=	(0E0H)= (0D0H)=	

3）在程序开始添加两组指令 MOV 0F0H，♯66H 和 MOV R0，♯0F0H、MOV @R0，♯66H，单步执行程序，观察每条指令执行前后的结果。

（7）外 RAM 区的观察与内容修改：

1）在 D 盘"单片机实验"文件夹中新建 1 个 TEST3_5.MPF 项目，新建 1 个 TEST3_5.ASM 文件名。

2）输入下列程序段：

```
        ORG 0000H
        LJMP  MAIN
        ORG 0030H
MAIN:  MOV A,♯81H
        MOV DPTR,♯1000H
        MOV  A,♯56H
        MOVX @DPTR,A
        MOV DPTR,♯1001H
        MOV  A,♯96H
        MOVX @DPTR,A
        MOVX  A,@DPTR
        LJMP MAIN
        END
```

汇编，打开 SFR 窗口、XRAM 窗口，单步执行程序，观察每条指令执行前后的结果，填入表 2-14。

表 2 - 14　　　　　　　　　　　XRAM 区 观 察 结 果

程　　序	SFR 区和寄存器区	XRAM 区	寻 址 方 式
MAIN: MOV A, #81H	A=		
MOV DPTR, #1000H	DPL= DPH=		
MOV A, #56H MOVX @DPTR, A	DPL= DPH=	(1000H)=	
MOV DPTR, #1001H	DPL= DPH=		
MOV A, #96H MOVX @DPTR, A	DPL= DPH=	(1001H)=	
MOVX A, @DPTR	A=		

3. 思考题

(1) 为什么有些语句没有机器码？

(2) PC 的作用是什么？为什么程序要将第 1 条指令放在 ROM 的 0000H 单元？为什么通常不将主程序安排在 0000H～002BH 单元，而是将它们安排在这些单元后面，并在 0000H 单元放 1 条"LJMP 主程序名"的指令？

实训四　单片机的指令仿真

利用 Medwin 集成开发仿真软件，通过上机练习，执行简单指令，并观察 ROM、RAM 区单元内容的变化。

1. 实训目的

(1) 熟悉 Medwin 集成开发环境的使用方法。

(2) 掌握 MCS-51 系列单片机汇编指令的正确书写方法。

(3) 熟悉 MCS-51 系列单片机汇编指令的寻址方式。

(4) 正确判断 MCS-51 系列单片机汇编指令运行后 RAM 区单元内容。

2. 实训内容

(1) 在 D 盘"单片机实验"文件夹中新建 1 个 TES4 _ 1. MPF 项目，新建 1 个 TEST4 _ 1. ASM 文件名。

(2) 输入下列程序段：

```
ORG 0030H
MOV A, #5BH
MOV R1, #40H
MOV R2, #10H
MOV R3, #10H
MOV 30H, #48H
MOV @R1, 30H
END
```

表 2 - 15　　执 行 指 令 结 果

指　　令	执行结果	
MOV A，#5BH	A=	(0E0H)=
MOV R1，#40H	R1=	(01H)=
MOV R2，#10H	R2=	(02H)=
MOV R3，#10H	R3=	(03H)=
MOV 30H，#48H	(30H)=	
MOV @R1，30H	(40H)=	

汇编后，打开寄存器窗口、RAM 窗口，单步执行程序，观察每条执行前后的结果，填入表 2 - 15 中。

3. 思考题

（1）指令执行过程中，CPU 如何传输数据？

（2）总结指令执行后，RAM 单元存储内容变化的特点。

第 3 章

MCS-51 系列单片机的指令系统

单片机的正常工作需要有硬件系统和相应软件系统的支持，才能充分发挥其运算和控制的功能。指令系统是单片机软件系统的基础，不同类型的单片机指令系统也不尽相同。本章介绍 MCS-51 系列单片机的汇编语言指令系统。AT89S52 单片机的指令系统兼容 MCS-51 系列单片机的指令系统。

3.1 汇编语言指令格式

指令是使单片机执行操作的命令，提供给用户编程使用的一种语言。单片机只能识别二进制代码，以二进制代码来描述指令功能的语言，称为机器语言。由于机器语言不便识别、记忆、理解和使用，因此用助记符来表示机器语言，助记符形成的语言称为汇编语言。汇编语言是一种便于识别、记忆、理解和使用的指令形式，它和机器语言指令一一对应，是由单片机的硬件特性所决定的。可见，指令可以用机器语言和汇编语言两种形式来描述。源程序不能被单片机直接识别并执行，必须经过一个过程把它翻译成用机器语言编写的目的程序，这个过程称为汇编。汇编有机器汇编和手工汇编两种方式。机器汇编是用专门的汇编程序，在计算机上进行翻译；手工汇编是编程员把汇编语言指令逐条翻译成机器语言指令。现在主要使用机器汇编，但有时也用到手工汇编。

单片机能执行的所有指令集合，称为单片机的指令系统。指令系统全面概括了单片机的操作功能，是提供给用户使用单片机的软件资源。为了加深对单片机硬件组成原理的理解，学习指令系统既要从编程使用的角度掌握指令的使用格式及每条指令的功能，又要掌握每条指令在单片机内部的微观操作过程。

1. 指令格式

（1）汇编语言指令格式：

［标号:］操作码助记符［目的操作数］［，源操作数 1］…［，源操作数 n］［；注释］

其中带方括号 ［ ］部分为可选项。

例如：1000H MOV 30H, ♯48H   ; (30H) = 48H

MOV A,   ♯48H   ; A = 48H

标号为可选项，表示该指令在 ROM 中存储地址的符号，是由 1～6 个字母或数字组成的字符串。通常在子程序入口或转移指令的目的地址处赋予标号。如上例的第一条语句有标号 1000H，第二条语句无标号。

操作码助记符简称操作码，规定指令所实现的操作功能，通常采用具有相关含义的英语单词或缩写表示。如上例的 MOV，表示传送数据。

操作数表示参与指令操作的数据或数据所在单元的地址以及操作结果存放的地址。在一条指令中操作数可以有一个、两个或三个，也可以没有操作数。操作码与操作数之间以空格分隔，操作数与操作数之间用逗号"，"分隔。如上例的第一条语句的 30H 为目的操作数，48H 为源操作数。

注释是用户为方便阅读而加的注释信息，其内容不影响指令的执行。注释以"；"开始，一行写不满在转行时还要以"；"开始。如上例的第一条语句的（30H）＝48H，第二条语句的 A＝48H。

（2）机器语言指令格式。机器语言指令格式也由操作码和操作数两部分组成。在 MCS-51 系列单片机指令系统中，根据存储指令机器码所占单元数分为单字节指令、双字节指令和三字节指令。

1）单字节指令指存储机器码只占一个字节存储单元。

例如指令：　　　　　RET

机器码为：　　| 00100010 |　　22H

又例如指令：　MOV　A，R0

机器码为：　　| 11101000 |　　0E8H

该指令中，操作数有 A、R0 两个，但对应的机器码中却只有一个字节，操作数的信息被隐含在操作码中了。一般操作数为累加器 A、工作寄存器 R0～R7、寄存器 DPTR 的信息会被隐含在操作码中。

2）双字节指令指存储机器码占两个字节存储单元，第一个字节为操作码，第二个字节为操作数。

例如指令：　　MOV　A，#66H

机器码为：　　| 01110100 |　　74H 为操作码

　　　　　　　| 01100110 |　　66H 为操作数

累加器 A 的信息隐含在操作码中。

3）三字节指令指存储机器码占三个字节存储单元，第一个字节为操作码，第二和第三字节均为操作数。

例如指令：　MOV　50H，#99H

机器码为：　　| 01110101 |　　操作码 75H

　　　　　　　| 01010000 |　　操作数 1 为 50H

　　　　　　　| 10011001 |　　操作数 2 为 99H

2. 指令系统中符号说明

在 MCS-51 指令系统中，指令中一些常用符号的含义如下：

Rn（n＝0～7）：指当前工作寄存器组的工作寄存器 R0～R7。

Ri（i＝0，1）：指当前工作寄存器组的工作寄存器 R0 和 R1。其内容一般为数据存储单元的地址。

#data：8 位操作数，也称立即数。# 为立即数前缀符号，以区别直接地址。

#data16：16 位立即数。

Direct：片内数据存储单元的 8 位直接地址，可以是内部 RAM 的低 128 个单元的地址或特殊功能寄存器的单元地址或寄存器符号。

addrll：目的地址的低 11 位，用于 ACALL、AJMP 指令中，寻址范围是 2KB。

addr16：16 位目的地址，用于 LCALL、LJMP 指令中，寻址范围是 64KB。

rel：相对偏移量，用 8 位带符号数的补码表示，用于相对转移指令中作地址偏移量，其对应的十进制值范围为 $-128 \sim +127$。

Bit：片内 RAM 中可直接寻址的位地址。

/：位操作指令中操作数的前缀，表示将该操作数的内容取反。

(X)：表示以 X 为地址的单元中的内容，X 可以是寄存器或单元地址。例如：如果地址为 30H 单元中存储的数据为 80H，则表示为（30H）=80H。

((X))：表示以（X）的数据为地址的单元中的内容。例如：如果（30H）＝80H，(80H)=38H，则（(30H)）=(80H)=38H。

←：表示数据传输的方向。

$：表示当前指令的起始存放地址。

3.2　指令的寻址方式

寻址方式就是寻找操作数地址的方式。在编程时，数据的存放、传送、运算都要通过指令来完成。编程员必须自始至终清楚操作数的位置，以及如何将其传送到适当的寄存器去参与运算。寻址方式的多少反映了指令系统的可操作性能，寻址方式越多，单片机的功能越强，灵活性越大，能更有效地处理各种数据。MCS-51 系列单片机有立即寻址、直接寻址、寄存器寻址、寄存器间接寻址、变址寻址、相对寻址和位寻址 7 种寻址方式。

3.2.1　立即寻址

立即寻址是指令中直接给出参与操作的常数的寻址方式，这个常数称为立即数。立即数可以是 8 位数据，也可以是 16 位数据，分别用"♯data"和"♯data16"表示。

例如：

```
MOV  A,♯5AH              ;将立即数 5AH 送入累加器 A 中
```

这是一条双字节指令，机器码为"74H　5AH"，源操作数的寻址方式为立即寻址。该指令的执行过程如图 3-1（a）所示。

例如：

```
MOV  DPTR,♯2018H         ;将 16 位立即数 2018H 送入数据指针 DPTR 中
```

这是一条三字节指令，机器码是"90H　20H　18H"。源操作数的寻址方式也使用立即寻址，指令的执行过程如图 3-1（b）所示。

3.2.2　直接寻址

直接寻址是指令中给出操作数所在存储单元地址的寻址方式，这个存储单元地址称为直接地址，用符号"direct"表示。利用直接寻址可访问片内 RAM 的 00H～0FFH 单元中的内容。

特殊功能寄存器 SFR 只能用直接寻址方式访问。当直接寻址某个特殊功能寄存器时，直接地址可以用它的单元地址，也可以用它的寄存器符号。这两种表示方式指令对应的机器码是唯一的。例如指令 MOV　A，0F0H 和 MOV　A，B 功能完全相同，都是将寄存器 B

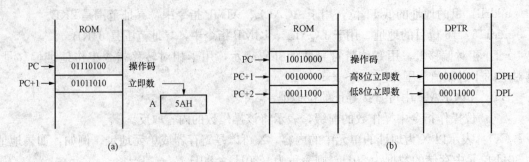

图 3-1 立即寻址方式示意图

(a) 8 位立即数的立即寻址；(b) 16 位立即数的立即寻址

的内容送到累加器 A 中，前一条指令中源操作数采用 B 寄存器的单元地址表示，后一条指令中是直接用 B 寄存器的名称来表示，这两条指令汇编后的机器码都是"0E5H　0F0H"。

例如：

MOV A,38H　　　　　　　;将片内 RAM38H 单元中的内容送入累加器 A

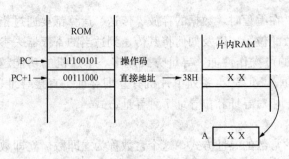

图 3-2 直接寻址方式示意图

源操作数为直接寻址，38H 为操作数的地址。这是一条双字节指令，机器码是"0E5H　38H"，指令的执行过程如图 3-2 所示。

3.2.3 寄存器寻址

寄存器寻址是以指令中给定寄存器的内容作为操作数据的寻址方式。这类寄存器包括当前工作寄存器 R0～R7、累加器 A、寄存器 B 等。

注：寄存器 B 仅在乘、除法中为寄存器寻址，在其他指令中看作直接寻址；累加器 A 即可是寄存器寻址，也可是直接寻址。除此之外，其余的特殊功能寄存器都是直接寻址。

直接寻址与寄存器寻址区别在于：直接寻址是以操作数所在字节地址出现在编码中，占用一个字节；寄存器寻址是将寄存器编码与操作数放在同一个字节，指令编码短、执行快。

例如：

INC　R2　　　　　　　　;将当前工作寄存器 R2 的内容加 1

指令中的操作数使用寄存器寻址方式，机器码是"0AH"，指令的执行过程如图 3-3 所示。指令的机器码表示为 00001rrr，其中的 rrr 与工作寄存器的编号有关，如本例中用到了 R2，则 rrr＝010，找到这个工作寄存器所在的单元，将其中的内容加 1 后，结果仍然存在 R2 中。

3.2.4 寄存器间接寻址

寄存器间接寻址是以指令中给定寄存器的内容作为操作数地址的寻址方式，即存放在寄存器中的内容不是操作数，而是操作数所在存储单元的地址。

利用寄存器间接寻址可访问片内 RAM 的 00H～7FH 单元中的内容和片外 RAM 的 0000H～0FFFFH 单元中的内容。访问片内 RAM 中的数据时，只能使用寄存器 R0、R1 的

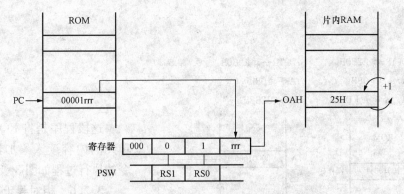

图 3-3　寄存器寻址方式示意图

间接寻址，且对 SFR 区不能进行访问；而访问片外 RAM 中的数据时，可使用 R0、R1 或 DPTR 间接寻址。在寄存器名前加前缀符"@"表示寄存器间接寻址。

例如：

```
MOV  A,@R0              ;A←((R0))
```

该指令为单字节指令，机器码为"0E6H"，指令中源操作数为寄存器间接寻址。假设 R0 中的内容是 58H，而 58H 单元的内容为 5AH，则指令的功能是：以寄存器 R0 的内容 58H 为单元地址，把该单元中的内容 5AH 送到累加器 A 中，执行过程如图 3-4 所示。

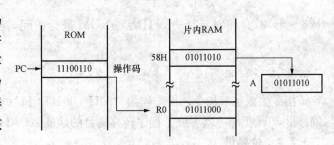

图 3-4　寄存器间接寻址方式示意图

3.2.5　变址寻址

变址寻址是以程序计数器 PC 的当前值或数据指针寄存器 DPTR 的内容作为基址，以累加器 A 的内容作为偏移量，两者相加的和作为操作数地址的寻址方式。变址寻址只能对 ROM 进行寻址，常用于查表操作。

1. 以程序计数器 PC 的当前值为基址

```
MOVC  A,@A+PC          ;(PC)←(PC)+1,A←((A)+(PC))
```

这条指令是单字节指令，源操作数为变址寻址。PC 的当前值是从程序存储器中取出该条指令后的 PC 值，它等于该条指令首字节地址加指令的字节数。该指令的功能是将 PC 内容加 1，然后与累加器 A 的内容相加，形成操作数的地址 (A)+(PC)，将其内容 ((A)+(PC)) 送到累加器 A 中。

2. 以数据指针寄存器 DPTR 的内容为基址

```
MOVC  A,@A+DPTR        ;A←((A)+(DPTR))
```

这条指令的源操作数为变址寻址。该指令的功能是将数据指针寄存器 DPTR 的内容与累加器 A 的内容相加，其和作为操作数的地址 (A)+(DPTR)，将其内容 ((A)+(DPTR)) 送到累加器 A 中。

例如：

```
MOV    DPTR,#2280H      ;DPTR←#2280H
MOV    A,  #08H          ;A←#08H
MOVC   A,  @A+DPTR       ;A←(2288H)
```

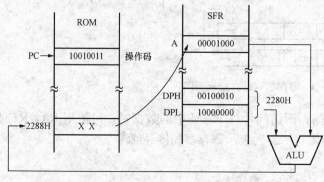

这段程序是将 ROM 中 2288H 单元的内容读入累加器 A 中，指令的执行过程如图 3-5 所示。

3.2.6 相对寻址

相对寻址是将程序计数器 PC 当前值与指令中给出的相对地址偏移量 rel 相加，得到程序转移的目的地址，即目的地址＝PC 当前值＋rel。rel 是带符号的 8 位二进制数的补码，其范围为

图 3-5 变址寻址方式示意图

−128～＋127。相对寻址方式只能对 ROM 进行访问，主要用于转移指令中。

例如：

```
2008H:SJMP  30H           ;PC←(PC)+2+rel
```

该指令为双字节指令，操作码为"80H 30H"。PC 的当前值＝2008H＋2＝200AH，把它与偏移量 30H 相加，就形成了程序转移的目的地址 203AH。其执行过程如图 3-6 所示。

3.2.7 位寻址

位寻址是在位操作指令中直接给出位操作数的地址的寻址方式。位寻址可对片内 RAM 的位寻址区和可位寻址的特殊功能寄存器的位进行寻址。指令中的位地址用符号"bit"表示。

例如：

```
MOV    C,32H             ;C←(32H)
```

该指令为双字节指令，操作码为"0A2H 32H"。源操作数为位寻址方式。该指令的功能是将位地址 32H 的内容送到进位标志 C 中。该指令的执行过程如图 3-7 所示。

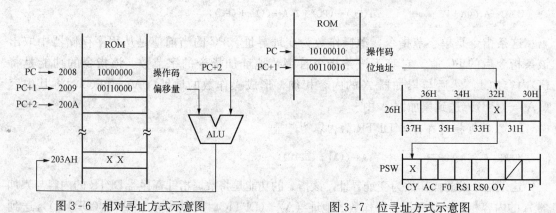

图 3-6 相对寻址方式示意图　　　　　　　图 3-7 位寻址方式示意图

3.3　MCS-51 系列单片机的指令系统

MCS-51 系列单片机共有 111 条指令，具有功能强、指令短、执行快等特点。这 111 条指令按字节数可分为单字节指令 49 条、双字节指令 45 条和三字节指令 17 条，按指令执行时间可分为单机器周期指令 64 条、双机器周期指令 45 条和 4 个机器周期的指令 2 条，按功能可分为数据传送类指令 28 条、算术操作类指令 24 条、逻辑操作类指令 25 条、控制转移类指令 17 条和位操作类指令 17 条。

3.3.1　数据传送指令

数据传送类指令共 28 条，按寻址对象不同可按以下分类：

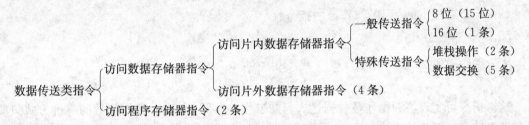

1. 访问片内 RAM 的数据传送指令

该类指令可实现数据在片内 RAM 单元之间、寄存器之间以及片内 RAM 单元与寄存器之间的传送。数据传送类指令在将源操作数的数据传送到目的操作数指定的存储单元后，源操作数单元的数据维持不变。

（1）以累加器 A 为目的操作数的指令：

```
MOV  A,  #data          ;A←#data
MOV  A,  direct         ;A←(direct)
MOV  A,  Rn             ;A←(Rn)
MOV  A,  @Ri            ;A←((Ri))
```

这组指令可实现将源操作数的数据送入累加器 A 中。源操作数的寻址方式分别为立即寻址、直接寻址、寄存器寻址和寄存器间接寻址方式。

例如：若（A）=8CH，（R0）=10H，（R5）=47H，（10H）=0D8H，（70H）=0F2H，执行下列指令后，累加器 A 中内容分别为：

```
MOV  A,  #78H           ;(A) = 78H
MOV  A,  70H            ;(A) = 0F2H
MOV  A,  R5             ;(A) = 47H
MOV  A,  @R0            ;(A) = 0D8H
```

注：一般习惯上，在表示寄存器 Rn、累加器 A、数据寄存器 DPTR 等的内容时，可以直接用 A=8CH、R0=10H 表示即可，但表示 direct 单元的内容时，必须加括号。

（2）以直接地址为目的操作数的指令：

```
MOV  direct,  #data          ;direct←#data
MOV  direct1, direct2        ;direct1←(direct2)
```

```
MOV  direct, A                    ;direct←A
MOV  direct, Rn                   ;direct←Rn
MOV  direct, @Ri                  ;direct←((Ri))
```

这组指令可实现将源操作数数据送入直接地址所指的存储单元中。源操作数的寻址方式分别为立即寻址、直接寻址、寄存器寻址和寄存器间接寻址方式。

例如：若 R3=4AH，B=60H，R1=48H，(48H)=62H，执行下列指令后，对应单元的内容分别为：

```
MOV  80H, R3                      ;(80H)=4AH
MOV  TMOD, B                      ;TMOD=60H
MOV  36H, @R1                     ;(36H)=62H
```

（3）以寄存器 Rn 为目的操作数的指令：

```
MOV  Rn, #data                    ;Rn←#data
MOV  Rn, direct                   ;Rn←(direct)
MOV  Rn, A                        ;Rn←A
```

这组指令可实现将源操作数数据送入当前工作寄存器 Rn 中。源操作数的寻址方式只能是立即寻址和直接寻址方式。不能采用寄存器寻址和寄存器间接寻址方式，因为寄存器 Rn 之间不能传送数据，所以下类指令是不存在的。

```
MOV  Rn, Rn
MOV  Rn, @Ri
```

例如：若 A=54H，R5=48H，(70H)=0FEH，执行下列指令后，R5 中的内容分别为：

```
MOV  R5, A                        ;R5=54H
MOV  R5, 70H                      ;R5=0FEH
MOV  R5, #0A3H                    ;R5=0A3H
```

（4）以寄存器间接地址为目的操作数的指令：

```
MOV  @Ri, #data                   ;(Ri)←#data
MOV  @Ri, direct                  ;(Ri)←(direct)
MOV  @Ri, A                       ;(Ri)←A
```

这组指令可实现将源操作数数据送入寄存器间接寻址的片内 RAM 单元中。源操作数的寻址方式为立即寻址和直接寻址方式，同样，不能采用寄存器寻址和寄存器间接寻址方式。

例如：若 A=48H，则执行指令：

```
MOV  R0,  #30H
MOV  @R0, A
```

执行结果是：R0=30H，(30H)=48H，A=48H。

（5）以 DPTR 为目的操作数的指令

```
MOV  DPTR, #data16                ;DPTR←#data16
```

这条指令可将 16 位立即数送入数据寄存器 DPTR。立即数的高 8 位送入 DPH，立即数的低 8 位送入 DPL。

例如：

```
MOV  DPTR, ♯2008H                    ;DPTR←♯2008H
```

指令的执行结果是：DPTR＝2008H，其中 DPH＝20H，DPL＝08H。

2. 访问片外 RAM 的数据传送指令

访问片外 RAM 的数据时，指令的操作码是 MOVX，片外 RAM 的数据只能与片内累加器 A 之间通过寄存器间接寻址方式进行传送，Ri 或 DPTR 可作间接寻址的寄存器。Ri 用作片外 RAM 的低 8 位地址指针，寻址范围是 256B，DPTR 用作片外 RAM 的 16 位地址指针，寻址范围是 64KB。

（1）用 Ri 作间接寻址寄存器的指令：

```
MOVX A,    @Ri                       ;A←((Ri))
MOVX @Ri, A                          ;(Ri)←(A)
```

例如：将累加器 A 的内容送到片外 RAM 的 60H 单元中的程序段为：

```
MOV  R0,   ♯60H                      ;R0←♯60H
MOVX @R0, A                          ;(60H外)←A
```

（2）用 DPTR 作间接寻址寄存器的指令：

```
MOVX A,    @DPTR                     ;A←((DPTR))
MOVX @DPTR, A                        ;(DPTR)←A
```

例如：将片外 RAM2008H 单元中的内容送到片内 38H 单元的程序段为：

```
MOV  DPTR, ♯2000H                    ;DPTR←♯2000H
MOVX A,    @DPTR                     ;A←(2000H)
MOV  30H, A                          ;(30H)←A
```

另外，将片外 RAM1000H 单元中的内容送到片外 2000H 单元的程序段为：

```
MOV  DPTR,  ♯1000H                   ;DPTR←♯1000H
MOVX A,    @DPTR                     ;A←(1000H)
MOV  DPTR,  ♯2000H                   ;DPTR←♯2000H
MOVX @DPTR, A                        ;(2000H)←(A)
```

由此可见，片内 RAM 与片外 RAM 单元间以及两个片外 RAM 单元之间是不能直接进行数据传送的，必须经过累加器 A 来间接地传送。

例如：设（30H）＝63H，（63H）＝26H，（P1）＝0CAH，判断下列程序执行后的结果。

```
MOV  R0,   ♯30H                      ;R0←♯30H
MOV  A,    @R0                       ;A←(30H),A=63H
MOV  R1,   A                         ;R1←A,R1=63H
MOV  B,    @R1                       ;B←(63H),B=26H
MOV  @R1, P1                         ;(R1)←P1,(63H)=0CAH
```

```
MOV  P2,  P1                    ;P2←P1,P2 = 0CAH
```

结果是：A＝63H，B＝26H，63H＝0CAH，P2＝0CAH。

3. 访问 ROM 的数据传送指令

```
MOVC A,  @A+PC                 ;PC←(PC)+1
                               ;A←((A)+(PC))
MOVC A,  @A+DPTR               ;A←((A)+(DPTR))
```

这组指令的操作码是 MOVC，可把 ROM 中源操作数的内容送入累加器 A。ROM 中除了存放程序之外，还会存放一些数据表格，常利用这组指令到 ROM 中查找表格数据，并将它送入累加器 A，所以这组指令也称为查表指令。指令的源操作数为变址寻址方式，前一条指令以 PC 当前值作为基址寄存器，A 为变址寄存器，PC 的当前值与 A 中的内容相加得到 16 位地址，将该地址所指 ROM 单元的内容送到累加器 A。后一条指令是以 DPTR 作基址寄存器，A 为变址寄存器，A 的内容与 DPTR 的内容相加得到 16 位地址，将该地址所指 ROM 单元的内容送入累加器 A。

例如：在利用表格求整数的平方时，可以将要求平方的数据（设小于 6）存入寄存器 R1 中，并在 ROM 中存入表 3-1 的数据表格，执行如下的程序段，即可求得某整数的平方值。

表 3-1

单元地址	数　据	单元地址	数　据
⋮	⋮	2006H	09H
2000H	00H	2007H	00H
2001H	00H	2008H	10H
2002H	01H	2009H	00H
2003H	00H	200AH	19H
2004H	04H	200BH	00H
2005H	00H	⋮	⋮

```
MOV  A,   R1           ;A←R1  求平方数据传入累加器 A 中
RL   A                 ;A←A*2  数据求平方后结果可能是 16 位数据占 2 个存储
                       ;单元
MOV  DPTR ♯2000H       ;DPTR = 2000H  基址传入 DPTR
MOVC A    @A+DPTR      ;A←((A)+(DPTR))查表求数据平方的低 8 位
MOV  30H  A            ;(30H)=A  保存低 8 位结果
INC  A                 ;A←A+1
MOVC A    @A+DPTR      ;A←((A)+(DPTR))查表求数据平方的高 8 位
MOV  31H  A            ;(31H)=A  保存高 8 位结果
```

4. 数据交换类指令

前述的数据传送类指令是将操作数自源地址单元传送到目的地址单元，指令执行后，源

地址单元的操作数不变，目的地址单元的操作数则修改为源地址单元的操作数。数据交换指令是在片内 RAM 单元与累加器 A 之间进行双向传送，指令执行后双方的操作数都修改为对方的操作数。数据交换类指令有字节交换和半字节交换两种指令。

（1）字节交换指令：

```
XCH  A,  direct              ;A←→(direct)
XCH  A,  Rn                   ;A←→Rn
XCH  A,  @Ri                  ;A←→((Ri))
```

这组指令可将累加器 A 的内容与源操作数相互交换。源操作数的寻址方式分别为直接寻址、寄存器寻址和寄存器间接寻址。

（2）半字节交换指令：

```
XCHD A,  @Ri                 ;A₃~₀ ←→((Ri))₃~₀
```

该指令可将累加器 A 的低 4 位与寄存器 Ri 间接寻址单元内容的低 4 位相互交换，各自的高 4 位维持不变。

例如：设 R0＝30H，（30H）＝4AH，A＝28H，则分别执行字节变换和半字节变换指令的结果为：

```
XCH  A,  @R0                 ;A = 4AH,(30H) = 28H
XCHD A,  @R0                 ;A = 2AH,(30H) = 48H
```

5. 堆栈操作指令

堆栈是指单片机的片内 RAM 中连续的具有先进后出特点的存储单元区。堆栈可保护和恢复 CPU 的工作现场，也可实现片内 RAM 单元之间的数据传送和交换。堆栈操作有进栈和出栈。进栈指令用于保存片内 RAM 单元（低 128 字节）或特殊功能寄存器 SFR 的内容。出栈指令用于恢复片内 RAM 单元（低 128 字节）或特殊功能寄存器 SFR 的内容。堆栈操作时，堆栈指针 SP 始终指向栈顶位置，一般在初始化时应对 SP 进行设定。

（1）进栈指令：

```
PUSH  direct                 ;SP←(SP) + 1
                             ;(SP)←(direct)
```

该指令是先将堆栈指针 SP 的内容加 1（指针上移一个单元），然后将直接寻址的单元内容送到 SP 指针所指的堆栈单元中（栈顶）。

例如：设 SP＝09H，DPTR＝2348H，执行下列指令：

```
PUSH   DPL                   ;(SP) + 1 = 0AH→SP;(DPL) = 48H→(0AH)
PUSH   DPH                   ;(SP) + 1 = 0BH→SP;(DPH) = 23H→(0BH)
```

执行结果为 （0AH)＝48H，（0BH)＝23H，SP＝0BH。

（2）出栈指令：

```
POP  direct                  ;direct←((SP))
                             ;SP←(SP) - 1
```

该指令可将堆栈指针 SP 所指的单元（栈顶）内容弹出，并送入直接寻址的 direct 单元中，然后 SP 的内容减 1（指针下移一个单元）。

例如：设 SP＝32H，（31H）＝48H，（32H）＝23H，执行下列指令：

```
POP    DPH              ;((SP)) = (32H) = 23H→DPH
                        ;(SP) - 1 = 32H - 1 = 31H→SP
POP    DPL              ;((SP)) = (31H) = 48H→DPL
                        ;(SP) - 1 = 31H - 1 = 30H→SP
```

执行结果为 DPTR＝2348H，SP＝30H。

注：栈操作指令中累加器 A 必须写全名：PUSH　ACC 和 POP　ACC，而不能写成：PUSH　A 和 POP　A。

3.3.2　算术运算指令

算术运算指令包括加、减、乘、除四则运算和加 1、减 1 及 BCD 码的运算调整等。算术运算操作会影响程序状态字寄存器 PSW 中的进（借）位标志 C、辅助进（借）位标志 AC、溢出位标志 OV 和奇偶标志 P 等。加减法运算时，用户根据编程需要既可以把参加运算的两个操作数看作是无符号数（0～255）的运算，也可以看作是带符号数的补码（-128～+127）的运算。运算结果会对 PSW 中的标志位产生同样的影响。

若把两个加数当作无符号数，由 C 标志来判断结果是否正确。若 C＝0，表明无溢出，结果正确；若 C＝1，表示有溢出，运算结果超出了 0～256 的范围，这时应将包括进位值在内的 9 位二进制数作为结果。

若把两个加数当作带符号数的补码，由 OV 标志来判断结果是否正确。若溢出标志 OV＝0，表明未溢出，结果正确，但应注意此时的进位值应丢弃；若溢出标志 OV＝1，表示溢出，说明运算结果出错，超出了-128～+127 的范围。

1. 加法指令

（1）不带进位的加法指令：

```
ADD  A, ♯data           ;A←A + ♯data
ADD  A, direct          ;A←A + (direct)
ADD  A, Rn              ;A←A + Rn
ADD  A, @Ri            ;A←A + ((Ri))
```

这组加法指令可将源操作数和累加器 A 中的操作数相加，其结果存放到 A 中。源操作数分别为立即寻址、直接寻址、寄存器寻址和寄存器间接寻址。

对程序状态字寄存器 PSW 标志位的影响如下：

1）进（借）位标志 C：和的位 7 有进位时，C＝1；和的位 7 无进位时，C＝0。

2）辅助进（借）位标志 AC：和的位 3 有进位时，AC＝1；和的位 3 无进位时，AC＝0。

3）溢出位标志 OV：和的位 7、位 6 只有一个有进位时，OV＝1；和的位 7、位 6 同时有进位或同时无进位时，OV＝0。溢出表示运算结果超出数值所允许的范围。

4）奇偶标志位 P：当 A 中数据 1 的个数为奇数时，P＝1；为偶数时，P＝0。

【例 3-1】　设有两个无符号数放在 A 和 R2 中，设 A＝0C6H，R2＝68H，执行指令：ADD　A，R2 后，试分析运算结果及对标志位的影响。

解

A	11000110	198
(R2) +	01101000	+ 104
A	100101110	302

结果是：A＝2EH，C＝1，AC＝0，OV＝0，P＝0。

两个无符号数相加，要根据 C 来判断，由 C＝1 可知本次运算结果发生了溢出，结果超出了 255，应该是包括 C 在内的 9 位二进制数 100101110（即 302）。

【例 3 - 2】 设 A＝84H，R2＝8DH，执行指令：ADD　A，R2 后，试分析运算结果及对标志位的影响。

解

A	10000100
R2 +	10001101
A	100010001

结果是：A＝11H，C＝1，AC＝1，OV＝1，P＝0。

若 84H 和 8DH 是无符号数，则和为 111H；若 84H 和 8DH 是带符号数，则两个负数相加和为正数是错误的，由 OV＝1 表示出来。

（2）带进位加法指令：

```
ADDC A,  #data        ;A←A+ #data+C
ADDC A,  direct       ;A←A+(direct)+C
ADDC A,  Rn           ;A←A+Rn+C
ADDC A,  @Ri          ;A←A+((Ri))+C
```

这组指令可将累加器 A 的内容、指令中的源操作数和 C 位的值相加，并把相加结果存放到 A 中，其中，所加进位标志 C 的内容是在该指令执行前已存在的进位标志的内容，而不是该指令执行中产生的 C 的内容。

带进位加法指令对 PSW 标志位的影响与不带进位加法指令相同。在多字节加法运算中，由于带进位加法指令考虑到了低字节相加时产生向高字节的进位情况，常用于多字节加法运算中的高字节相加。

（3）加 1 指令：

```
INC A               ;A←A+1
INC direct          ;direct←(direct)+1
INC Rn              ;Rn←Rn+1
INC @Ri             ;(Ri)←((Ri))+1
INC DPTR            ;DPTR←DPTR+1
```

这组指令是使操作数所指 RAM 单元中的内容加 1。操作数可采用直接寻址、寄存器寻址和寄存器间接寻址方式。

这组指令中除 INC　A 指令对奇偶标志位（P）有影响外，其余指令执行时均不会对 PSW 的任何标志位产生影响。

（4）十进制调整指令：

```
DA    A
```

该指令用于 BCD 码的加法运算，跟在 ADD 或 ADDC 指令后，将累加器 A 中按二进制相加后的结果自动调整成 BCD 码相加的结果。

BCD 码是用 4 位二进制编码代表 1 位十进制数，即用 0000B～1001B 表示 0～9，1010B～1111B 不使用，它是遵循逢十进位的原则，1001B（9）加 1 不等于 1010B（A），而应该等于 00010000（10）。而 BCD 加法在计算机中是按二进制加法完成的，低 4 位的进位遵循逢十六进一的原则，只有当 1111B（F）加 1 才等于 00010000（10），这样会造成结果值少了 6，必须对结果进行修正，重新加上 6 之后，结果才正确。因此在进行 BCD 码加法时，必须对二进制加法的结果进行修正，使其满足逢十进位的原则。修正的方法是：

若（A0～A3）＞9 或 AC＝1，则（A0～A3）＋6H→（A0～A3）；

若（A4～A7）＞9 或 C＝1，则（A4～A7）＋6H→（A4～A7）。

若上诉两种情况同时发生，或高 4 位虽等于 9，但低 4 位修正后有进位，所以结果应加 66H。

例如：设 A＝(01010110)$_{BCD}$＝56$_{BCD}$，(R3)＝(01100111)$_{BCD}$＝67$_{BCD}$，C＝0，执行指令：

```
ADD   A, R3
DA    A
```

执行过程为：

```
  A        01010110
R3 +      01100111
  A        10111101      ←得到二进制加法的结果
     +        0110      ←低 4 位＞9，加 6 修正
          11000011
     +        0110      ←高 4 位＞9，加 6 修正
         100100011      ←得到 BCD 码加法的正确结果
```

执行后 A＝(00100011)$_{BCD}$＝23，C＝1，运算结果为 123。

【例 3-3】　设有两个 16 位无符号数，被加数存放在片内 RAM 的 30H（低位字节）和 31H（高位字节）中，加数存放在 40H（低位字节）和 41H（高位字节）中。试写出求两数之和，并把结果存放在 30H 和 31H 单元中的程序。

解　程序为：

```
MOV   R0,   #30H              ;地址指针 R0 赋值
MOV   R1,   #40H              ;地址指针 R1 赋值
MOV   A,    @R0               ;被加数的低 8 位送 A
ADD   A,    @R1               ;被加数与加数的低 8 位相加,和送 A,并影响 C 标志
MOV   @R0,  A                 ;和的低 8 位存 30H 单元
INC   R0                     ;修改地址指针 R0
```

```
INC  R1                           ;修改地址指针 R1
MOV  A,   @R0                      ;被加数的高 8 位送 A
ADDC A,   @R1                      ;被加数的高 8 位与加数的高 8 位及 C 相加,和送 A
MOV  @R0,A                         ;和的高 8 位存 31H 单元
```

2. 减法指令

（1）带借位减法指令：

```
SUBB A, ♯data                     ;A←A- ♯data-C
SUBB A, direct                    ;A←A-(direct)-C
SUBB A, Rn                        ;A←A-Rn-C
SUBB A, @Ri                       ;A←A-((Ri))-C
```

该组指令是从累加器 A 中减去源操作数数据及标志位 C，结果再送到累加器 A 中。源操作数分别采用立即寻址、直接寻址、寄存器寻址和寄存器间接寻址方式。

MCS-51 系列单片机指令系统，没有提供不带借位的减法指令。若要进行不带借位的减法运算，只需先将 C 位清零即可。

减法指令对程序状态字寄存器 PSW 标志位的影响如下：

1）进（借）位标志 C：差的位 7 有借位时，C=1；差的位 7 无借位时，C=0。

2）辅助进（借）位标志 AC：差的位 3 有借位时，AC=1；差的位 3 无借位时，AC=0。

3）溢出位标志 OV：差的位 7、位 6 只有一个有借位时，OV=1；差的位 7、位 6 同时有借位或同时无借位时，OV=0。溢出表示运算结果超出数值所允许的范围。

4）奇偶标志位 P：当 A 中数据 1 的个数为奇数时，P=1；为偶数时，P=0。

【例 3-4】　设 A=98H，R3=6AH，C=1，执行指令 SUBB　A，R3 后，分析执行结果及对标志位的影响。

解

A	10011000		98H
R3	01101010		6AH
− C	1	−	1
A	00101101		2DH

结果是：A=2DH，C=0，AC=1，OV=1

若看成无符号数相减，因 C=0，表示无借位，152−106−1=45。

若看成带符号数相减，因 OV=1，表示溢出，结果出错，（−152）−（+106）−1=+45。

（2）减 1 指令：

```
DEC  A                            ;A←A-1
DEC  direct                       ;direct←(direct)-1
DEC  Rn                           ;Rn←Rn-1
DEC  @Ri                          ;(Ri)←((Ri))-1
```

这组指令是使操作数所指 RAM 单元中的内容减 1。除 DEC　A 指令影响 P 标志位外，其余操作均不影响 PSW 的各标志位。

3. 乘法指令

```
MUL  AB                          ;B←(A×B)₁₅₋₈,A←(A×B)₇₋₀
```

该指令是把累加器 A 和寄存器 B 中两个 8 位无符号整数相乘，所得结果的低 8 位存于累加器 A 中，高 8 位存于寄存器 B 中。

乘法指令执行时 PSW 的 C 标志位总是被清 0 的。当乘积大于 0FFH 时，OV=1 表示乘积为 16 位数；当乘积小于 0FFH 时，OV=0，表示乘积为 8 位数。

例如：设 A=64H，B=3CH，执行指令 MUL AB 后，结果是 A×B=1770H，则 A=70H，B=17H，C=0，OV=1。

4. 除法指令

```
DIV  AB                          ;A←A÷B的商,B←A÷B的余数
```

该指令是把累加器 A 和寄存器 B 中的两个 8 位无符号整数相除，所得商的整数部分存于累加器 A 中，余数存于寄存器 B 中。

除法指令执行中 PSW 的 C 标志位总是被清 0。寄存器 B 中的除数为 00H 时，OV=1，表示本次运算无意义，否则，OV=0。

例如：设 A=0F0H，B=20H，执行指令 DIV AB 后，结果是 A=07H，B=10H，C=0，OV=0。

3.3.3 逻辑运算及移位指令

逻辑运算类指令包括逻辑与、逻辑或、逻辑异或、清零和取反等 20 条指令，移位操作类指令包括对累加器 A 进行循环移位的 5 条指令。逻辑运算与移位类指令的执行一般不影响 PSW 的各标志位（除 P 位外）。

1. 逻辑与指令

```
ANL  A,      #data        ;A←A∧#data
ANL  A,      direct       ;A←A∧(direct)
ANL  A,      Rn           ;A←A∧Rn
ANL  A,      @Ri          ;A←A∧((Ri))
ANL  direct, #data        ;direct←(direct)∧#data
ANL  direct, A            ;direct←(direct)∧A
```

前 4 条指令均以累加器 A 为目的操作数，功能是将累加器 A 的内容和源操作数数据按位进行逻辑与操作，结果存在累加器 A 中，源操作数内容不变。源操作数采用立即寻址、直接寻址、寄存器寻址和寄存器间接寻址方式。指令执行结果影响 PSW 的奇偶标志位 P，其他位不影响。

后 2 条指令以片内的 RAM 存储单元为目的操作数，功能是将片内的某一单元内容和源操作数数据按位进行逻辑与操作，结果存在片内的原单元中，源操作数内容不变。源操作数采用立即寻址和直接寻址方式。指令执行结果影响 PSW 的奇偶标志位 P，其他位不影响。

当某位与"0"相与时结果为"0"，与"1"相与结果保持不变。因此在程序设计中，逻辑与指令常用于对目的操作数中的某些位屏蔽（清 0），即将需屏蔽的位与"0"相与，其余

位与"1"相与。

【例 3 - 5】　分析下列两条指令的执行结果。

（1）ANL　30H，♯0FH

（2）ANL　A，♯80H

解　指令（1）执行后，将 30H 单元内容的高 4 位屏蔽（清 0），只保留了低 4 位。如果设（30H）=39H，执行指令后结果为（30H）=09H。

指令（2）执行后，累加器 A 的内容只保留了最高位，而其余各位均被屏蔽掉。该指令常用于判断累加器 A 中带符号数的正负。若 A 中为负数，则指令执行后 A=10H；若 A 中为正数，则指令执行后 A=00H。

2. 逻辑或指令

```
ORL  A,      #data          ;A←A∨#data
ORL  A,      direct         ;A←A∨(direct)
ORL  A,      Rn             ;A←A∨Rn
ORL  A,      @Ri            ;A←A∨((Ri))
ORL  direct, #data          ;direct←(direct)∨#data
ORL  direct, A              ;direct←(direct)∨A
```

前 4 条指令均以累加器 A 为目的操作数，功能是将累加器 A 的内容和源操作数数据按位进行逻辑或操作，结果存在累加器 A 中，源操作数内容不变。源操作数采用立即寻址、直接寻址、寄存器寻址和寄存器间接寻址方式。指令执行结果影响 PSW 的奇偶标志位 P，其他位不影响。

后 2 条指令以片内的 RAM 存储单元为目的操作数，功能是将片内的某一单元内容和源操作数按位进行逻辑或操作，结果存在片内的原单元中，源操作数内容不变。源操作数采用立即寻址和寄存器寻址方式。指令执行结果影响 PSW 的奇偶标志位 P，其他位不影响。

当某位与"1"相或时，结果为"1"；与"0"相或，结果保持不变。因此在程序设计中，逻辑或指令常用于对目的操作数中的某些位置位，即将需置位的位与"1"相或，其余位与"0"相或。

【例 3 - 6】　分析下列两条指令的执行结果。

（1）ORL　30H，♯0FH

（2）ORL　A，♯7FH

解　指令（1）执行后，将 30H 单元内容的低 4 位置位，高 4 位保持不变。如果设（30H）=39H，执行指令后结果为（30H）=3FH。

指令（2）执行后，累加器 A 的内容只保留了最高位，而其余各位均被置位。该指令也可以用于判断累加器 A 中带符号数的正负。若 A 中为负数，则指令执行后 A=0FFH；若 A 中为正数，则指令执行后 A=7FH。

【例 3 - 7】　请写出将工作寄存器 R2 中数据的高 4 位和 R3 中的低 4 位拼成一个数，并将该数存入 30H 的程序。

解　程序为：

```
MOV R0,  #30H                    ;R0 作地址指针
```

```
MOV    A,    R2
ANL    A,    #0F0H          ;屏蔽低 4 位
MOV    B,    A              ;中间结果存 B 寄存器
MOV    A,    R3
ANL    A,    #0FH           ;屏蔽高 4 位
ORL    A,    B              ;组合数据
MOV    @R0,  A              ;结果存 30H 单元
```

3. 逻辑异或指令

```
XRL    A,    #data          ;A←A⊕#data
XRL    A,    direct         ;A←A⊕(direct)
XRL    A,    Rn             ;A←A⊕Rn
XRL    A,    @Ri            ;A←A⊕((Ri))
XRL    direct, #data        ;direct←(direct)⊕#data
XRL    direct, A            ;direct←(direct)⊕A
```

前 4 条指令均以累加器 A 为目的操作数，功能是将累加器 A 的内容和源操作数数据按位进行逻辑异或操作，结果存在累加器 A 中，源操作数内容不变。源操作数采用立即寻址、直接寻址、寄存器寻址和寄存器间接寻址方式。指令执行结果影响 PSW 的奇偶标志位 P，其他位不影响。

后 2 条指令以片内的存储单元为目的操作数，功能是将片内的某一单元内容和源操作数数据按位进行逻辑异或操作，结果存在片内的原单元中，源操作数内容不变。源操作数采用立即寻址和寄存器寻址方式。指令执行结果影响 PSW 的奇偶标志位 P，其他位不影响。

当某位与"1"相异或时，结果取反；与"0"相异或，结果保持不变。因此在程序设计中，逻辑异或指令常用于对目的操作数中的某些位取反，即需取反的位与"1"相异或，其余位与"0"相异或。

【例 3 - 8】   分析指令 XRL 30H，#0FH 的执行结果。

解   指令执行后，将 30H 单元内容的低 4 位取反，高 4 位保持不变。如果设（30H）= 80H，执行指令后结果为（30H）= 8FH。

例如，分析下列程序的执行结果：

```
MOV    A,   #77H           ;A = 77H
XRL    A,   #0FFH          ;A = 77H⊕FFH = 88H
ANL    A,   #0FH           ;A = 88H∧0FH = 08H
MOV    P1,  #64H           ;(P1) = 64H
ANL    P1,  #0F0H          ;(P1) = 64H∧F0H = 60H
ORL    A,   P1             ;A = 08H∨60H = 68H
```

4. 取反与清零指令
（1）取反指令：

```
CPL    A                   ;A←(Ā);将累加器 A 的内容取反
```

（2）清零指令：

```
CLR   A                        ;A←00H;将累加器 A 的内容清 0
```

5. 移位类指令

(1) 累加器 A 循环左移：

```
RL   A
```

该指令是将累加器 A 的内容依次向左循环移动 1 位，即：$D_{n+1}←(D_n)$（$n=0\sim6$），$D_0←(D_7)$。

在二进制运算中，操作数左移一位，相当于操作数扩大 2 倍，因此利用左移指令，可实现对累加器 A 中的无符号数乘 2 运算。

例如，执行下列指令后，A 中的内容变化为：

```
MOV   A,  ♯11H             ;A = 11H(17_D)
RL   A                     ;A = 22H(34_D)
RL   A                     ;A = 44H(68_D)
RL   A                     ;A = 88H(136_D)
RL   A                     ;A = 11H(17_D)
```

(2) 累加器 A 带进位循环左移：

```
RLC   A
```

该指令是将累加器 A 的内容和进位标志 C 的内容一起循环左移 1 位，即 $D_{n+1}←(D_n)$（$n=0\sim6$），$C←(D_7)$，$D_0←(C)$。该指令操作会影响 C 位。

(3) 累加器 A 循环右移：

```
RR   A
```

该指令是将累加器 A 的内容依次向右循环移动 1 位，即 $(D_{n+1})→D_n$，$(D_0)→D_7$（$n=0\sim6$）。

在二进制运算中，操作数右移一位，相当于操作数缩小 2 倍，因此利用右移指令，可实现对累加器 A 中的无符号数除以 2 运算。

(4) 累加器 A 带进位循环右移：

```
RRC   A
```

该指令是将累加器 A 的内容和进位标志 C 的内容一起循环右移 1 位，即 $(D_{n+1})→D_n$（$n=0\sim6$），$(D_0)→C$，$(C)→D_7$。该指令操作会影响 C 位。

例如，设 A＝5AH，且 C＝0，则：

执行指令 RL　A 后，A＝0B4H。

执行指令 RR　A 后，A＝2DH。

执行指令 RLC　A 后，A＝0B4H。

执行指令 RRC　A 后，A＝2DH。

6. 累加器 A 半字节交换

```
SWAP   A
```

该指令是将累加器 A 中内容的高 4 位与低 4 位互换。

例如，若 A＝0D5H，C＝0，执行下列指令后，观察 A 中内容的变化。

(1) RR A   ; A = 0EAH

(2) RRC A   ; A = 6AH, C = 1

(3) RL A   ; A = 0ABH

(4) RLC A   ; A = 0AAH, C = 1

(5) SWAP A ; A = 5DH

3.3.4 控制转移指令

1. 无条件转移指令

无条件转移指令是使程序无条件转移到指定的地址去执行，包括长转移指令、绝对转移指令、相对转移指令和间接转移指令 4 条。该类指令不影响标志位。

(1) 长转移指令：

LJMP addr16   ;PC←addr16

该指令是将指令中的 16 位目的地址 addr16 传输给 PC，程序无条件地转向目的地址 addr16 处，继续执行程序。该指令在 ROM 中的转移范围是 64KB；缺点是执行时间长，字节多。

(2) 短转移指令：

AJMP addr11   ; PC←(PC) + 2,PC10～0←addr11

该指令是将指令中的 addr11 作为转移目的地址的低 11 位，和 PC 当前值的高 5 位形成 16 位目的地址，程序无条件地转移到该目的地址处，继续执行程序。该指令在 ROM 中的转移范围是 2KB。

例如，执行指令 2300H：AJMP 0FFH 后，(PC)＝20FFH，即转移目的地址为 20FFH，程序向前转到 20FFH 单元开始执行。

【例 3-9】 判断下面指令能否正确执行？

2056H AJMP 2D70H

解 PC 当前值为 PC＋2＝2058H，而转移地址 2D70H 超出 PC 当前值的 2KB 范围，故不能正确转移。

(3) 相对转移指令：

SJMP rel   ;PC←(PC) + 2 + rel

该指令是将 PC 当前值与地址偏移量 rel 的原码值相加作为目的地址传输给程序计数器，程序无条件地转移到该目的地址处，继续执行程序。

$$目的地址＝PC+2+rel=(PC)_{当前值}+rel$$

rel 是一个带符号的 8 位二进制数的补码（数值范围是 −128～＋127），所以相对转移指令的转移范围是 256B（以 PC 当前值为起点，向前可转移 128B，向后可转移 127B）。

在 SJMP rel 指令中，若 rel＝0FEH，则目的地址就是 SJMP 指令在 ROM 中的存储地址，程序就会在此无限循环，进入等待状态，称为动态停机。该指令称为踏步指令，常用

SJMP $ 代替。

用汇编语言编程时，指令中的相对地址 rel 往往用转移到的目的地址的标号（符号地址）表示。机器汇编时，能自动算出相对偏移量；但手工汇编时，需自己计算相对偏移量 rel。rel 的计算公式如下

$$rel = 目的地址 - 源地址 - 2$$

【例 3 - 10】 确定以下两条指令的目的地址？

1) 2300H SJMP 25H

2) 2300H SJMP 0D7H

解 1) 25H（00100101）为正数，程序将向后转移，所以

目的地址 = PC + 2 + rel = 2300H + 2 + 25H = 2327H

2) 0D7H（11010111）是负数，程序将向前转移，0D7H = $(-29H)_{补}$，所以

目的地址 = PC + 2 + rel = 2300H + 2 + (-29H) = 22D9H

（4）间接转移指令：

```
JMP        @A + DPTR                    ;PC←A + DPTR
```

该指令是将累加器 A 中 8 位无符号数与 DPTR 的内容相加作为目的地址传输给程序计数器，程序无条件地转移到该目的地址处，继续执行程序。转移地址不是在编程时确定的，而是在程序运行中动态确定的。DPTR 为基址寄存器，累加器 A 的内容为偏移量，在程序运行中累加器 A 的内容随时改变，根据 A 的不同值，可转移到不同的目的地址，实现多分支转移。该指令在执行后不会改变 DPTR 及 A 中原来的内容。

例如，根据累加器 A 值的不同，转到不同处理程序的入口的程序为：

```
        MOV    DPTR,#TABLE        ;表首地址送 DPTR
        JMP    @A + DPTR          ;根据 A 值转移
               ...
TABLE： AJMP   TAB1               ;当(A) = 0 时转 TAB1 执行
        AJMP   TAB2               ;当(A) = 2 时转 TAB2 执行
        AJMP   TAB3               ;当(A) = 4 时转 TAB3 执行
```

2. 条件转移指令

条件转移指令是根据对某一特定条件的判断，决定程序的执行方向。当满足给定的条件，程序就转移到目的地址去执行；条件不满足，则顺序执行下一条指令。条件转移指令采用相对寻址方式，若条件满足，则由 PC 的当前值与相对偏移量 rel 相加形成转移的目的地址。

（1）累加器 A 的判零转移指令：

```
JZ   rel            ;若 A = 0 则 PC←(PC) + 2 + rel
                    若 A≠0 则 PC←(PC) + 2

JNZ  rel            ;若 A≠0 则 PC←(PC) + 2 + rel
                    若 A = 0 则 PC←(PC) + 2
```

前一条指令是如果累加器 A 的内容为零，则程序转向指定的目的地址，否则程序顺序执行。后一条指令是如果累加器 A 的内容不为零，则程序转向指定的目的地址，否则程序顺序执行。

【例 3 - 11】 写出将片外 RAM 首地址为 DATA1 的一个数据块传送到片内 RAM 首地址为 DATA2 的存储区中，当遇到传送的数据为零时，停止传送的程序。

解 片外 RAM 向片内 RAM 的数据传送一定要经过累加器 A，利用判零条件转移正好可以判别是否要继续传送或者终止。参考程序如下：

```
        MOV    R0，#DATA1        ;R0 作为片外数据块的地址指针
        MOV    R1，#DATA2        ;R1 作为片内数据块的地址指针
LOOP:   MOVX   A，@R0            ;取外部 RAM 数据送入 A
        JZ     LOOP1            ;数据为零则终止传送
        MOV    @R1，A            ;数据传送至内部 RAM 单元
        INC    R0               ;修改指针,指向下一数据地址
        INC    R1
        SJMP   LOOP             ;循环取数
LOOP1:  SJMP   $
```

（2）比较转移指令：

```
CJNE   A，  #data，  rel
```
;若 A = data,则 PC←(PC) + 3
若 A＞data,则 PC←(PC) + 3 + rel,C = 0
若 A＜data,则 PC←(PC) + 3 + rel,C = 1

```
CJNE   A，  direct，  rel
```
;若 A = (direct),则 PC←(PC) + 3
若 A＞(direct),则 PC←(PC) + 3 + rel,C = 0
若 A＜(direct),则 PC←(PC) + 3 + rel,C = 1

```
CJNE   Rn，  #data，  rel
```
;若 (Rn) = data,则 PC←(PC) + 3
若 (Rn)＞data,则 PC←(PC) + 3 + rel,C = 0
若 (Rn)＜data,则 PC←(PC) + 3 + rel,C = 1

```
CJNE   @Ri，#data，  rel
```
;若 ((Ri)) = data,则 PC←(PC) + 3
若 ((Ri))＞data,则 PC←(PC) + 3 + rel,C = 0
若 ((Ri))＜data,则 PC←(PC) + 3 + rel,C = 1

比较转移指令有 4 条。这组指令是先对两个操作数进行比较，根据比较的结果来决定是否转移。若两个操作数相等，则不转移，程序顺序执行；若两个操作数不等，则转移。比较是进行一次减法运算，但其差值不保存，且两个数的原值不受影响，但改变 PSW 的相关标志位。可以进一步根据对标志位 C 值的判断，确定两个操作数的大小，实现多分支转移功能。

【例 3 - 12】 写出某温度控制系统中，温度的测量值 T 存在累加器 A 中，温度的给定值 Tx 存在 30H 单元的程序。要求：T＝Tx 时，程序返回（符号地址为 FANHUI）；T＞Tx 时，程序转向降温处理程序（符号地址为 JiangW）；T＜Tx 时，程序转向升温处理程序（符号地址为 ShengW）。

解 参考程序如下：

```
        MOV   30H,      #Tx
        MOV   A,        #T
        CJNE  A,        30H, LOOP     ;T≠Tx,转向 LOOP
        AJMP  FANHUI                  ;T＝Tx,转向 FANHUI
LOOP:   JC    ShengW                  ;T＜Tx,转向 ShengW
        AJMP  JiangW                  ;T＞Tx,转向 JiangW
```

（3）循环转移指令：循环转移指令有两条：

```
DJNZ  Rn,    rel                ;若(Rn)－1≠0,则 PC←(PC)＋2＋rel
                                 若(Rn)－1＝0,则 PC←(PC)＋2
DJNZ  direct, rel               ;若(direct)－1≠0,则 PC←(PC)＋3＋rel
                                 若(direct)－1＝0,则 PC←(PC)＋3
```

该指令每执行一次，就把第一操作数减 1，并把结果仍保存在第一操作数中，然后判断其是否为零。若不为零，则转移到指定的地址单元，否则顺序执行。这组指令在循环程序设计中十分有用，可以指定任何一个工作寄存器或者内部 RAM 单元作为循环计数器。

【例 3 - 13】　写出将片内 RAM 从 TAB 单元开始的 10 个无符号数相加（结果不超过 8 位二进制数），相加结果送 SUM 单元保存的程序。

解　参考程序如下：

```
        MOV   R0,    #0AH          ;设置循环次数
        MOV   R1,    #TAB          ;R1 作地址指针,指向数据块首地址
        CLR   A                    ;A 清零
LOOP:   ADD   A,     @R1           ;加一个数
        INC   R1                   ;修改指针,指向下一个数
        DJNZ  R0,    LOOP          ;R0 减 1,不为 0 循环
        MOV   SUM,   A             ;存 10 个数相加的和
```

3. 子程序调用和返回指令

在程序设计过程中，经常需要对某段程序反复执行，常将这种需多次反复执行的程序段称为子程序而单独编写，供主程序在需要时调用。主程序在需要时通过调用指令去调用子程序，子程序执行完再由返回指令返回到主程序，因此，调用指令应放在主程序中，返回指令应放在子程序最后位置。子程序还可调用其他的子程序，称为子程序嵌套。

（1）子程序调用指令。子程序调用指令有长调用指令和短调用指令。

1）长调用指令：

```
LCALL  addr16              ;PC←(PC)＋3
                            ;SP←(SP)＋1,(SP)←(PC₇~₀)
                            ;SP←(SP)＋1,(SP)←(PC₁₅~₈)
                            ;PC←addr16
```

这是一条三字节的指令，先将 PC＋3，PC 指向下一条指令的地址（称为断点地址），再将断点地址压入堆栈便于子程序的返回，然后把 addr16 传送给 PC，执行子程序。

2）短调用指令：

```
ACALL  addr11                          ;PC←(PC)+2
                                       ;SP←(SP)+1,(SP)←(PC_{7~0})
                                       ;SP←(SP)+1,(SP)←(PC_{15~8})
                                       ;PC_{10~0}←addr11
```

这是一条 2 字节的指令，先将 PC+2，PC 指向下一条指令的地址，再将断点地址压入堆栈，然后将指令中的 addr 11 传送到 PC 的低 11 位，和 PC 当前值的高 5 位合并形成 16 位的子程序入口地址，转入执行子程序。

（2）返回指令。返回指令包括子程序返回指令和中断返回指令（详见第 6 章）。

1）子程序返回指令：

```
RET                                    ;PC_{15~8}←((SP)),SP←(SP)-1,PC_{7~0}←((SP)),SP←(SP)-1
```

该指令是将保存在堆栈中的断点地址弹出，使 CPU 结束子程序，返回到断点地址处继续执行主程序。该指令应放在子程序结束处。

2）中断返回指令：

```
RETI                                   ;PC_{15~8}←((SP)),SP←(SP)-1,PC_{7~0}←((SP)),SP←(SP)-1
```

该指令是将保存在堆栈中的断点地址弹出，使 CPU 返回到断点地址处继续执行主程序。与子程序返回指令不同的是，它是从中断服务程序返回到主程序，所以该指令是中断服务程序的结束指令。而且 RETI 指令除恢复断点地址外，还恢复 CPU 响应中断时硬件自动保护的现场信息。执行 RETI 指令后，将清除中断响应时所置位的优先级状态触发器，使得已申请的同级或低级中断申请可以响应；而 RET 指令只能恢复断点地址。

4. 空操作指令

```
NOP                                    ;PC←(PC)+1
```

空操作指令是单字节指令。该指令执行时不进行任何有效的操作，不影响任何标志位，但消耗一个机器周期的时间，所以在程序设计中常用于短暂的延时。

例如，在数字电路设计中，常需要时钟信号，用程序段可使 P1.0 引脚向外输出周期为 10 个机器周期的方波作为时钟信号。程序段为：

```
START:CPL   P1.0                       ;1 个机器周期
      NOP                              ;1 个机器周期
      NOP                              ;1 个机器周期
      SJMP  START                      ;2 个机器周期
```

3.3.5 位操作指令

位操作指令共有 17 条，可以实现位的传送、位状态控制、逻辑运算和位条件转移等操作。位操作指令中，bit 是位变量的位地址，可使用五种不同的表示方法。例如程序状态字寄存器 PWS 的 C 位可以表示为：位地址 0D7H、位名称 C、寄存器名 . 位 PSW.7、字节地址 . 位 0D7H.7、用户事先定义过的符号地址。

1. 位数据传送指令

```
MOV  C, bit                            ;C←(bit)
```

```
MOV  bit, C                        ;bit←C
```

位数据传送指令可实现位累加器 C 与某个可位寻址的位（bit）之间的数据传送。前一条指令是将 bit 的内容传送到位累加器 C，后一条指令是将位累加器 C 中的内容传送到 bit。两个 bit 之间不能直接传送数据，必须通过位累加器 C 进行传送。

2. 位状态控制指令

```
CLR   C                            ;C←0
CLR   bit                          ;bit←0
SETB  C                            ;C←1
SETB  bit                          ;bit←1
```

前两条指令是把位累加器 C 和 bit 的内容清零，后两条指令是把位累加器 C 和 bit 的内容置 1。

例如，要设定工作寄存器组 2 为当前工作寄存器组，则可用以下指令实现：

```
SETB  RS1
CLR   RS0
```

3. 位逻辑运算指令

位逻辑运算包括位逻辑"与"、位逻辑"或"、位逻辑"非"三种操作。

（1）位逻辑"与"指令：

```
ANL   C,bit                        ;C←C∧(bit)
ANL   C,/bit                       ;C←C∧(bit̄)
```

该指令是将 bit 的值（或 bit 取反后的值），与位累加器 C 的值进行逻辑"与"操作，结果保存在位累加器 C 中。

（2）位逻辑"或"指令：

```
ORL   C,bit                        ;C←(C)∨(bit)
ORL   C,/bit                       ;C←(C)∨(bit̄)
```

该指令是将 bit 的值（或 bit 取反后的值），与位累加器 C 的值进行逻辑"或"操作，结果保存在累加器 C。

（3）位逻辑"非"指令：

```
CPL   C                            ;C←(C̄Y)
CPL   bit                          ;bit←(bit̄)
```

该两条指令是分别将位累加器 C 的内容或 bit 的内容取反。

【例 3 - 14】　在数字逻辑电路中，用编程的方法实现图 3 - 8 所示电路的逻辑功能。

解　参考程序：

```
MOV   C,    P1.1
ORL   C,    P1.2
ANL   C,    P1.0
MOV   P1.3, C
```

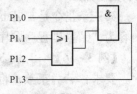

图 3 - 8　[例 3 - 14] 图

4. 位条件转移指令

（1）判断位累加器 C 的条件转移指令：

```
JC    rel                    ;若(C) = 1,则 PC←(PC) + 2 + rel
                             ;若(C)≠1,则 PC←(PC) + 2
JNC   rel                    ;若(C) = 0,则 PC←(PC) + 2 + rel
                             ;若(C)≠0,则 PC←(PC) + 2
```

前一条指令是判断位累加器 C 是否为 "1"，若 C＝1，则程序转移到目的地址；若 C≠1，则程序顺序执行。

后一条指令是判断位累加器 C 是否为 "0"，若 C＝0，则程序转移到目的地址；若 C≠0，则程序顺序执行。

【例 3 - 15】 在数值比较中，可以通过两个数值相减，查询进（借）位标志位判断两个数值的大小。试写出比较片内 RAM50H 和 51H 单元中两个 8 位无符号数的大小，把大数存入 60H 单元，若两数相等则把标志位 70H 置 1 的程序。

解 参考程序为：

```
       MOV  A,50H
       CJNE A,51H,LOOP
       SETB 70H
       RET
LOOP： JC   LOOP1
       MOV  60H,A
       RET
LOOP1：MOV  60H,51H
       RET
```

（2）判断位变量的条件转移指令：

```
JB    bit, rel               ;若(bit) = 1,则 PC←(PC) + 3 + rel
                              若(bit)≠1,则 PC←(PC) + 3
JNB   bit, rel               ;若(bit) = 0,则 PC←(PC) + 3 + rel
                              若(bit)≠0,则 PC←(PC) + 3
JBC   bit, rel               ;若(bit) = 1,则 PC←(PC) + 3 + rel,且(bit)←0
                              若(bit) = 0,则 PC←(PC) + 3
```

第一条指令是：若 bit 内容为 "1"，则程序转移到目的地址；若 bit 内容为 "0"，则程序顺序执行。

第二条指令是：若 bit 内容为 "0"，则程序转移到目的地址；若 bit 内容为 "1"，则程序顺序执行。

第三条指令是：若 bit 内容为 "1"，则程序转移到目的地址，且将 bit 内容清 0；若 bit 内容为 "0"，则程序顺序执行。

【例 3 - 16】 片内 RAM48H 单元中存有一个带符号数，试写出判断该数的正负性的程序，要求：若为正数，将 30H 位清 0；若为负数，将 30H 位置 1。

解 参考程序：

```
        MOV    A,      48H          ;48H 单元中的数据送 A
        JB     ACC.7,  LOOP         ;符号位等于1,是负数,转移
        CLR    30H                  ;符号位等于0,是正数,清标志位
        RET                         ;返回
LOOP:   SETB   30H                  ;标志位置1
        RET                         ;返回
```

思 考 题 与 习 题

1. 简述 MCS-51 系统单片机指令的寻址方式和所涉及的寻址空间。

2. 如何访问程序存储器,可采用哪些寻址方式?

3. 如何访问数据存储器,可采用哪些寻址方式?

4. 简述十进制调整的原因和方法。

5. 简述 LJMP 指令、AJMP 指令和 SJMP 指令用法上的不同之处。

6. 简述 MOVX 和 MOVC 指令的不同之处。

7. 编程完成下列功能:

(1) 将 R3 的内容传送到 R0。

(2) 将片内 RAM20H 单元的内容送 30H 单元。

(3) 将片内 RAM 的 40 单元的内容送片外 RAM2000H 单元。

(4) 将片外 RAM2000H 单元内容送片外 RAM2010H 单元。

(5) 将 ROM 1000H 单元内容送 A。

(6) 将 ROM 1000H 单元内容送片外 RAM2030H 单元

8. 判断下列指令是否是 MCS-51 系统单片机指令系统所允许的指令,且说明理由:

```
MOV R0,R1
DEC DPTR
CPL 30H
CPL R5
RLC R0
MOV A,@R3
MOVX A,@R1
PUSH DPTR
MOV PC,#2000H
MOV A,30H
MOV C,30H
MOV F0,C
MOV P0,ACC.3
CPL F0H
```

9. 阅读并分析下列程序。

(1) 执行以下程序段后, A=   , (30H)=

```
MOV    30H,  #0A4H              ORL   A,    @R0
MOV    A,    #0D6H              SWAP  A
MOV    R0,   #30H               CPL   A
MOV    R2,   #5EH               XRL   A,    #0FEH
ANL    A,    R2                 ORL   30H,  A
```

（2）执行以下程序段后，（40H）＝　　　，（41H）＝

```
CLR    C
MOV    A,    #56H
SUBB   A,    #0F8H
MOV    40H,  A
MOV    A,    #78H
SUBB   A,    #0EH
MOV    41H,  A
```

（3）设片内 RAM 中 59H 单元的内容为 50H，当执行下列程序后，寄存器 A、R0 和内部 RAM 50H，51H 单元的内容为何值？

```
MOV    A,    59H
MOV    R0,   A
MOV    A,    #00H
MOV    @R0,  A
MOV    A,    #25H
MOV    51H,  A
MOV    52H,  #70H
```

（4）设堆栈指针 SP 中的内容为 60H，片内 RAM30H 和 31H 单元的内容分别为 24H 和 10H，执行下列程序后，片内 RAM61H，62H，30H，31H，DPTR 及 SP 中的内容将有何变化？

```
PUSH   30H
PUSH   31H
POP    DPL
POP    DPH
MOV    30H,  #00H
MOV    31H,  #0FFH
```

（5）设 A＝23H，R1＝40H，（40H）＝05H，执行下列指令后，累加器 A 和片内 RAM40H 单元以及寄存器 R1 的内容各为何值？

```
XCH    A,    R1
XCHD   A,    @R1
```

（6）设 A＝88H，（10H）＝95H，执行下列指令后，A、B、C 中的内容各是多少？

```
ADD    A,    10H
MOV    B,    A
DA     A
```

（7）执行以下程序后，A、B 中的内容等于多少？

```
MOV   SP,   #30H
MOV   A,    #20H
MOV   B,    #3AH
PUSH  ACC
PUSH  B
POP   ACC
POP   B
```

（8）执行以下程序后，20H 单元中的内容等于多少？

```
MOV   20H,  #12H
MOV   R0,   #20H
MOV   A,    @R0
RL    A
RL    A
RL    A
MOV   @R0,A
```

10. 试编写两个 16 位无符号数相减的程序，要求被减数放在片内 RAM20H 和 21H 单元中（低字节在前），减数放在片内 RAM 30H 和 31H 单元中（低字节在前），结果存到片内 RAM40H 和 41H 单元中（低字节在前）。

11. 若片外 RAM（2000H）=X，（2001H）=Y，编程实现 Z=2X+3Y，结果存到片内 RAM40H 单元（设 Z<256）。

12. 试编程将一个双字节数存入片内 RAM，要求高字节存入片内 RAM 的 36H 单元，低字节存入 35H 单元。

13. 试编程实现多字节无符号数相加。设被加数与加数分别在以 ADR1 与 ADR2 为初址的片内数据存储器区域中，自低字节起，由低到高依次存放；它们的字节数为 L，要求和放回被加数的单元。

14. 试编程实现将 R1、R2、R3、R4 四个工作寄存器中的 BCD 码数据依次相加，要求中间计算结果与最后的和都仍为 BCD 码，且存入片内 RAM30H 开始的单元中（数据相加后其和仍为 BCD 码，无溢出）。

15. 试编程实现将片内 RAM 从 2AH 单元开始的 6 个字节的数据块送到片外 RAM0100H～0105H 单元。

16. 设单片机晶振频率为 6MHz，试写一个延时 10ms 的子程序。

17. 试编写程序以对片内 RAM50H 单元起始的 10 个连续单元的数据求平均值，并将结果存入片内 RAM5AH 单元。

18. 试编程实现双字节数依次右移 1 位。

19. 试编程实现对多字节数求补，要求多字节数由低字节到高字节依次存放在片内 RAM 以 30H 为起始地址的区域中，求补后放回原处。

20. 试编程实现双字节无符号数的乘法。

21. 编写程序将累加器 A 中的 8 位无符号数转换成 3 位压缩 BCD 数，百位数存放在片内 RAM20H 单元，十位和个位数存放在片内 RAM21H 单元。

22. 试利用查表指令编程实现将十进制数转换为 ASCII 码。

实训五　MCS-51 系列单片机指令系统的简单应用

1. 实训目的

（1）掌握指令运行后对操作数的影响。

（2）掌握片外数据存储器的修改方法。

（3）掌握简单程序的编写方法。

（4）掌握程序调试的技巧。

2. 实训内容

（1）把片外 RAM2230H 单元中内容传送到累加器 A 中，编写程序并仿真。

（2）将片内 RAM 30H～40H 单元内容，送到以 2000H 为首的片外 RAM，编写程序并仿真。参考流程图如图 3-9 所示。

（3）将片外数据存储器地址为 1000H～1020H 的数据块，全部送到片内 30H 开始单元中，并将原数据区全部清 0，编写程序并仿真。参考流程图如图 3-10 所示。

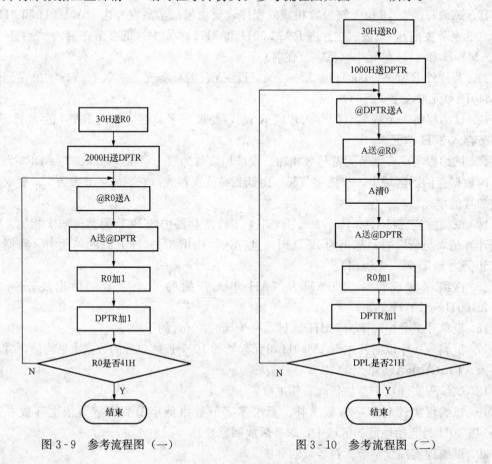

图 3-9　参考流程图（一）　　　　　图 3-10　参考流程图（二）

（4）编程实现，将片内 RAM40H 中存放的压缩 BCD 码拆成低四位和高四位，并转化成 ASCII 码，分别存入片内 RAM41H 和 42H 单元，41H 中存放高位，编写程序并仿真。
参考流程图如图 3 - 11 所示。

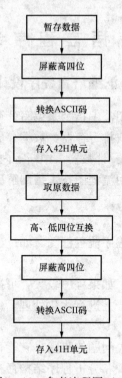

图 3 - 11　参考流程图（三）

3. 思考题

（1）总结片内 RAM 与片外 RAM、片外 RAM 间数据传输的特点。

（2）简述寄存器 R0、R1、DPTR 在数据传输的作用与应用特点。

第 4 章

汇 编 语 言 程 序 设 计

4.1 汇编语言程序设计概述

所谓汇编语言程序设计就是使用汇编指令来编写计算机程序。在进行单片机汇编语言程序设计时要注意：在程序中要具体安排寄存器、数据存储单元；熟悉单片机的硬件结构，特别是特殊功能寄存器、端口、定时器/计数器、中断等内容。

如果编写的程序较长，可以使用流程图技术帮助解决问题。通常，汇编语言程序设计的步骤如下：

（1）明确要解决的问题和要求。

（2）根据要解决的问题，制定程序流程框图。如过程较大，可以先画出粗框图，再根据要求对框图进行细化。

（3）根据程序框图，编写程序。如果程序较大，可按功能模块进行编写。

（4）对汇编语言程序进行调试，并进行优化处理。

4.1.1 程序流程图

程序流程图是用图解法表示解决问题的步骤，它能直观形象地表示各部分的逻辑关系及程序结构，利用流程图能方便地发现和分析程序结构存在的错误，便于掌握和进行交流，是程序设计的重要工具。

程序流程图是用几何图形（方框和圆框）、直线及文字说明来描述程序的。它不但可以形象地描述程序执行的过程，而且可清楚地表达程序结构的内在联系。流程图中所采用的各种常用符号如下：

（1）端点框。端点框是一个椭圆矩形，如图 4-1（a）所示，表示程序的开始或结束。在该框内可填入相应的文字。例如"开始"，"结束"或者程序名，起始地址等。

（2）流程线。流程线表示程序执行的流向，如图 4-1（b）所示。

（3）处理框。处理框表示一种处理功能或者过程，框内用文字简要说明，如图 4-1（c）所示。

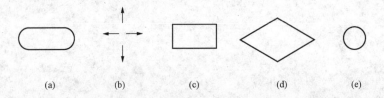

| (a) | (b) | (c) | (d) | (e) |

图 4-1　流程图中几种常用的符号

(a) 端点框；(b) 流程线；(c) 处理框；(d) 判断框；(e) 连接框

（4）判断框。判断框用于指示一个判定点，从这点产生分支。在框内应注明测试条件，而测试结果则注明在各分支流程线上，如图 4-1（d）所示。

（5）连接框。连接框表示流程中止而并非流程结束，通常用来连接同一页上的流程，以避免流程线的交叉，使流程图阅读起来清晰；它也可用来连接不同页上的流程，注意在连接处连接框内的标识符要相同，如图 4 - 1（e）所示。

4.1.2 伪指令

用汇编语言编写的程序通常需要汇编成机器码才能被执行。为了对源程序汇编更方便，在源程序中通常使用一些"伪指令"。伪指令是用来告诉汇编程序如何进行汇编的指令，它既不控制机器的操作也不能被汇编成机器代码，只能为汇编程序所识别并指导汇编如何进行，故称为"伪指令"。下面介绍 MCS-51 系列单片机中常用伪指令。

1. 起始地址伪指令 ORG（origin）

ORG 伪指令用来规定目标程序段或数据块的起始地址。其格式为：

［标号：］　ORG　16 位地址

其中，方括号内的标号是任选项，可有可无。

通常，在汇编语言程序的开始处均用 ORG 伪指令指定程序存放的起始地址。

2. 汇编结束伪指令 END

END 伪指令表示源程序到此结束，在一个程序中，只允许出现一条 END 语句，而且必须安排在源程序的末尾。否则，汇编程序对 END 语句后面的所有语句都不进行汇编。其格式为：

［标号：］　END

其中，方括号内的标号是任选项，可有可无。

例如：

```
        ORG    0030H          ;从程序存储器 0030H 开始存储程序
START:  MOV    A,#34H
        MOV    B,A
        END                   ;源程序到此结束
```

3. 赋值伪指令 EQU（equate）

EQU 伪指令表示将伪指令右边的数值或地址赋给左边用户定义的符号。其格式为：

字符名称　EQU　数据或地址

由 EQU 伪指令赋值的字符名称在源程序中可以作为立即数使用，也可以作为数据地址、代码地址或位地址。由 EQU 伪指令所定义的符号必须先定义后使用，故该语句通常放在程序开头。

例如：

```
BUFFER  EQU    08H            ;BUFFER 的值等于 08H
BLOCK   EQU    30H            ;将 30H 赋值给字符名称 BLOCK
MOV     A,#BUFFER            ;伪指令定义的符号作为立即数使用
MOV     B,BLOCK              ;伪指令定义的符号作为地址使用
```

4. 字节定义伪指令 DB（define byte）

DB 伪指令表示从指定的地址单元开始，定义若干个字节存储单元的内容。其格式为：

［标号：］　DB　8 位（二进制）数据表

例如：

```
        ORG     1000H
FIRST:  DB      73H,01H,91H,07H
TABLE:  DB      96,40H,'C','7',1101B
```

经汇编后，程序存储器有关单元内容为：(1000H) = 73H,(1001H) = 01H,(1002H) = 91H,(1003H) = 07H,(1004H) = 60H,(1005H) = 40H,(1006H) = 43H,(1007H) = 37H,(1008H) = 0DH。

其中，用''来定义的是字符 IIASC；1004H 单元中的 60H 就是十进制数 96D；1006H 单元中的 43H 是 C 的 ASCII 码；1007H 单元中的 37H 是 '7' 的 ASCII 码；1008H 单元中的 0D 就是二进制数 1101B。

5. 字定义伪指令 DW (define word)

DW 伪指令表示从指定的地址单元开始，定义若干个 16 位数据。其格式为：

［标号：］　DW　16 位（二进制）数据表

由于一个字长为 16 位，故要占据两个存储单元，其中高 8 位存入低地址单元，低 8 位存入高地址单元。

例如：

```
        ORG     1000H
TABLE:  DW      7654H,40H,12,'AB'
```

经汇编后，程序存储器中有关单元的内容：(1000H) = 76H,(1001H) = 54H,(1002H) = 00H,(1003H) = 40H,(1004H) = 00H,(1005H) = 0CH,(1006H) = 41H,(1007H) = 42H。

其中，存储 16 位数据需占据两个单元，高 8 位数据 76H 存入低地址单元 1000H，低 8 位数据存入高地址单元 1001H；数据 40H 高 8 位为 00H，低 8 位为 40H，分别存入 1004H 和 1005H 单元。

6. 数据地址赋值伪指令 DATA

DATA 伪指令表示将表达式指定的数据地址或代码地址赋予规定的字符名称。其格式为：

字符名称　　DATA　　表达式

DATA 伪指令的功能和 EQU 伪指令相似，但 DATA 伪指令所定义的符号可先使用后定义，在程序中它常用来定义数据地址，该语句一般放在程序的开头或末尾。

7. 定义空间伪指令 DS (Define Storage)

DS 伪指令表示从指定的地址单元开始，保留由表达式指定的若干字节空间作为备用空间。其格式为：

［标号：］DS　表达式

例如：

```
        ORG     1000H
        DS      0AH
        DB      71H,13H,11H
```

经汇编后从 1000H 单元开始，保留 10 个字节的存储单元，从 100AH 单元开始连续存放 71H，13H，11H 几个立即数。

注意：DB、DW、DS 伪指令只能用于程序存储器而不能用于数据存储器。

8. 位地址赋值伪指令 BIT

BIT 伪指令表示将位地址赋予规定的字符名称，常用于位处理的程序中。其格式为：

字符名称　　　BIT　　　位地址

例如：

```
FLAG    BIT    F0
X       BIT    P1.2
```

经汇编后是将 F0 及 P1.2（位地址）赋给变量 FLAG 和 X，在程序中就可以把 FLAG 和 X 作为位地址使用。

4.1.3　汇编语言源程序的汇编

计算机执行的程序可以用很多种语言来编写，但从语言结构及其与计算机的关系来看，分为高级语言、汇编语言和机器语言。

1. 机器语言

机器语言是用二进制代码"0"和"1"表示指令和数据的最原始的程序设计语言。因为计算机只能识别二进制代码，这种语言与计算机的关系最直接。计算机能立即识别这种语言，并立即执行，响应速度快。但对于使用者来说，用机器语言编写程序非常繁琐，且不易看懂，容易出错，不便于记忆。为了克服这些缺点，发展了汇编语言和高级语言。

2. 汇编语言

汇编语言是一种用助记符来表示的面向机器的程序设计语言。不同的机器使用的汇编语言一般是不同的，这种语言比机器语言直观、易懂、易于记忆。

用汇编语言编写程序比用机器语言方便，但计算机的 CPU 不能直接识别，所以在由计算机执行前，必须将它翻译成机器语言，这一过程称为汇编。早期的单板机需要经过人工汇编，把汇编语言翻译成机器能识别的机器语言，效率低；现在的单片机，如我们所选用的 MCS-51 系列单片机，各公司研制的仿真开发软件都具有很好的汇编功能，可以通过机器汇编，把源程序转化成机器语言。

用汇编语言编程，在空间和时间上都充分发挥了微型机的潜力。在实时控制的场合，通常采用汇编语言进行程序设计。但是，由于汇编语言不能独立于 CPU，不同的 CPU 使用的汇编语言种类不同，汇编语言种类繁多。

3. 高级语言

高级语言是一种面向过程或面向对象的独立于计算机硬件结构的通用计算机语言，例如 PASCAL、C 等。用它来编程，使用者不必了解计算机的内部结构，因此它比汇编语言更易学、易懂，通用性强，但程序执行的速度慢且占据存储空间较大，不易精确控制，故在高速实时系统中很少使用。

4.2　汇编语言实用程序设计

为了设计一个高质量的程序，必须掌握程序设计的一般方法，在汇编语言程序设计中，普遍采用结构化程序设计方法。结构化程序分为顺序结构、分支结构、循环结构三种。

4.2.1　顺序程序设计

顺序程序又称为直接程序，从第一条指令开始顺序执行程序，直到最后一条指令为止，它是程序结构中最简单的一种。

　　顺序程序虽然不难编写，但要设计出高质量的程序还要掌握一定的技巧。为此，需要熟悉指令系统，正确选择指令，掌握程序设计的基本技巧和方法，减少程序长度，最大限度地优化程序。例如在实训中，常通过数码管显示某些数字，这就要拆分某些存储单元内容。

　　【例 4 - 1】　用逻辑运算指令编程实现将内部数据区某单元中存放的压缩 BCD 码拆成低四位和高四位，分别存入其他单元。

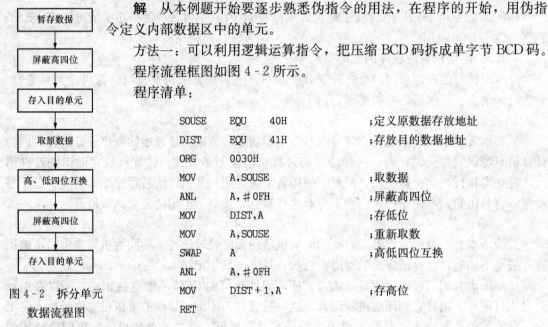

　　解　从本例题开始要逐步熟悉伪指令的用法，在程序的开始，用伪指令定义内部数据区中的单元。

　　方法一：可以利用逻辑运算指令，把压缩 BCD 码拆成单字节 BCD 码。程序流程框图如图 4 - 2 所示。

　　程序清单：

SOUSE	EQU	40H	;定义原数据存放地址
DIST	EQU	41H	;存放目的数据地址
ORG	0030H		
MOV	A,SOUSE		;取数据
ANL	A,#0FH		;屏蔽高四位
MOV	DIST,A		;存低位
MOV	A,SOUSE		;重新取数
SWAP	A		;高低四位互换
ANL	A,#0FH		
MOV	DIST+1,A		;存高位
RET			

图 4 - 2　拆分单元
数据流程图

　　进行高 4 位数转换时，也可使用指令"ANL A，＃0F0H"先屏蔽低位，再利用高低四位互换指令，把高位数交换到低位。

　　方法二：把 BCD 数除以 16，商存在累加器 A 中，余数存在寄存器 B 中，则相当于把该数右移了 4 位，刚好把两个 BCD 码分别移到 A、B 的低 4 位。

　　程序清单：

SOUSE	EQU	40H	
DIST	EQU	41H	
ORG	0030H		
MOV	A,SOUSE		;取数据
MOV	B,#16		;除数 16
DIV	AB		
MOV	DIST,B		;存低位
MOV	DIST+1,A		;存高位
RET			

　　两种方法都可以达到目的，但通过比较可以看出，第二种方法占用容量小，但执行速度慢，第一种方法比较常用，当程序较长时需考虑这些细节。

　　4.2.2　分支程序设计

　　如果在程序中需要根据不同条件采取不同处理方法，就应采用分支结构。分支程序可以通过转移指令实现。编程中常会用到无条件转移、条件转移、散转移指令。

1. 无条件转移

采用无条件转移时，程序执行方向是设计者事先安排的，与已执行程序的结果无关，使用时注意给出正确的转移目标地址即可。

2. 条件转移

采用条件转移时，要根据已执行程序对标志位或累加器等结果的影响，决定程序走向，形成分支。编写时注意：选择正确的转移条件和转移目标地址。

另外还要注意，在形成分支时，若不进行其他操作，两个分支不可转移到同一个目标地址。

在实训一中，就使用了多条 JB 指令，判断程序执行方向，它们是典型的分支程序。另外在其他工程实际中，也会遇到根据控制条件的不同，执行不同的控制程序情况，此处再举两个典型例子。

【例 4 - 2】　设有一无符号数变量 X，编写计算下列函数式的程序，并将结果存入 Y 中。

$$Y = \begin{cases} X^2 - 1 & X < 10 \\ X^2 + 8 & 10 \leqslant X \leqslant 15 \\ 2X & X > 15 \end{cases}$$

解　本例根据变量的不同，产生不同的计算结果，为典型的分支程序。判断变量分支可以有多种方法，可以采用把无符号数分成小于 10，10 与 15 之间，大于 15 三段，首先判断该变量是否小于 10；否则判断它是否大于 15；否则该变量在 10 与 15 之间的方法。然后，编写 3 个分支程序分别进行计算。

注意：变量与 10 和 15 相等情况的判断。变量≥15 时，进位 C 都为 1，所以，分支 X＞15 相当于判断 X≥16 情况。程序流程图如图 4 - 3 所示。

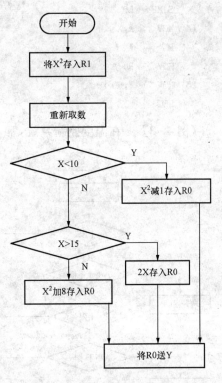

图 4 - 3　分支程序流程图

程序清单：

```
        X       EQU     30H
        Y       EQU     31H
        ORG     0030H
        MOV     A,X
        MOV     B,A
        MUL     AB              ;X²→A
        MOV     R1,A            ;暂存入 R1
        MOV     A,X             ;重新取数
        CJNE    A,#10,L1
L1: JC          L3              ;X<10 转
        CJNE    A,#16,L2
L2: JNC         L4              ;X>15 转
```

```
        MOV     A,R1
        ADD     A,#08H            ;X² + 8→A
        MOV     R0,A
        SJMP    L5
L3:     MOV     A,R1
        CLR     C
        SUBB    A,#01             ;X² - 1→A
        MOV     R0,A
        SJMP    L5
L4:     MOV     A,X               ;重新把 X 装入 A
        RL      A                 ;2X→A
        MOV     R0,A
L5:     MOV     Y,R0
        RET
```

【例 4 - 3】　在温度控制系统,常可以根据采集到的温度值,进行加热或停止加热的处理。假设采集到的温度值 X 存储在片内 RAM 50H 单元中,温度下限值存放在片内 RAM 51H 单元,温度上限值存放在片内 RAM 52H 单元。当采集到的温度值低于温度下限时,转向加热处理程序 UP;当采集到的温度值介于温度下限和温度上限之间时,返回主程序,不作任何处理;当采集到的温度值高于温度上限时,转向停止加热处理程序 DOWN。

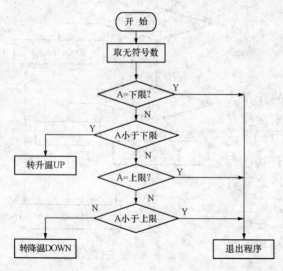

图 4 - 4　判断无符号数值范围流程图

解　判断数值范围的方法很多,经常采取首先判断数值是否小于下限或大于上限,再判断是否处于二者之间等方法,特别要注意相等情况,其流程图如图 4 - 4 所示。

程序清单:

```
        ORG     0030H
LOOP:   MOV     A,50H             ;取数据
        CJNE    A,51H,LOOP1       ;与下限比较,不等则转 LOOP1
        SJMP    LOOP3             ;相等,退出程序
LOOP1:  JC      UP                ;若小于下限,转升温 UP
        CJNE    A,52H,LOOP2       ;大于下限,则与上限比较
        SJMP    LOOP3             ;若相等,退出程序
LOOP2:  JNC     DOWN              ;若大于上限,转降温 DOWN
LOOP3:  RET                       ;在二者之间,退出程序
```

3. 散 转

根据某种已输入的结果,使程序转向各个处理程序中去,可以使用散转指令实现。使用

散转指令的方法是：首先建立一个转移指令表，表格首地址装入 DPTR 中，再使分支指针指向 A，则根据 A 值的不同，程序转向不同的分支。

【例 4 - 4】　根据键盘的功能键，执行不同的程序段。假定键盘上有 4 个功能键，处理功能如下：00 号键为加 1 功能；01 号键为减 1 功能；02 号键为左移功能；03 号键为右移功能。

解　将按键值存在片内数据单元，利用散转指令，根据不同的按键值，对片内数据区某单元内容实现不同的处理，程序设计的关键是建立一个转移指令表。若使用无条件转移指令 AJMP 指向处理程序入口，因其为双字节指令，各转移地址依次相差两个字节，所以累加器 A 中按键值应乘以 2，它的分支范围为 2KB。若使用 LJMP 作为处理程序入口，因为它是三字节指令，A 中按键值应乘以 3，它的分支范围为 64KB。

程序清单：

```
        KEY     EQU     30H             ;定义按键存储单元
        DIST    EQU     20H             ;定义处理数据存储单元
        ORG             0030H
LOOP:   MOV     A,KEY                   ;取按键值
        MOV     DPTR,＃TAB               ;建立转移指令表
        RL      A                       ;修正转移地址
        JMP     @A＋DPTR                 ;利用散转指令实现程序处理
TAB:    AJMP    JIA                     ;程序处理表格
        AJMP    JIAN
        AJMP    LEFT
        AJMP    RIGHT
        ……
JIA:    INC     DIST
        RET
JIAN:   DEC     DIST
        RET
LEFT:   MOV     A,DIST
        RL      A
        MOV     DIST,A
        RET
RIGHT:  MOV     A,DIST
        RR      A
        MOV     DIST,A
        RET
```

4.2.3　循环程序设计

1. 循环程序结构

在处理实际问题时，有时要求某些程序段多次重复执行，此时就应利用循环结构实现，这样可使程序简练，不易出错，节省存储单元。典型循环结构如图 4 - 5 所示。

循环程序一般由置循环初值、循环体、循环控制部分和循环修改四部分组成。置循环初值部分用来设置循环初始状态，如建立地址指针、设置循环计数器初值等；循环体是重复执行的数据处理程序段；循环修改通常包括修改地址指针、修改循环变量等，每循环一次，都

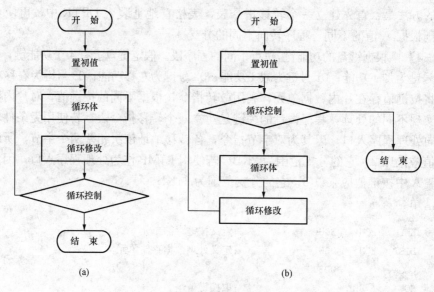

图 4 - 5　循环结构

(a) "先处理后判断" 结构；(b) "先判断后处理" 结构

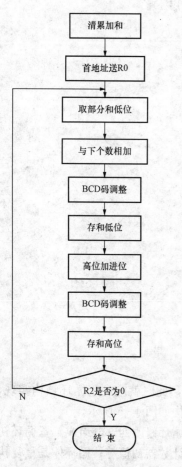

图 4 - 6　累计求和流程图

要对其修改；循环控制部分用来控制循环继续与否，当不满足终值条件，重复执行循环，当满足终值条件，则退出循环。

根据循环程序结构的不同可以把循环程序分为单循环和多重循环；根据循环结束条件不同，可以分成循环次数是已知的和未知的循环程序。

编写循环程序的关键是如何控制循环的继续与否，若循环次数是已知的，则可用循环次数计数器控制循环继续与否；若循环次数是未知的，可按问题的条件控制循环的结束与否。

2. 单循环程序设计

如果循环程序的循环体中不再包含循环程序，称为单循环程序。如实训一中，判断黄灯闪烁次数的程序就是典型的单循环程序。下面再举几个实际工程中常用实例。工程中，典型数据的采集通常采用求多个采集数据和，再取平均值的方法。

【例 4 - 5】　设采集的数据存放在片内 RAM 50H 开始的 10 个单元中，计算该 10 个 BCD 数的累加和。

解　本例已知循环次数，可先进行循环体处理，再判断循环是否结束。10 个 BCD 数累加，和有可能变为双字节数，设累加和存放在 R3、R4 中，R3 存高位；设计中要注意先把累加和设为 "0"，另外还要注意 BCD 码的调整，其流程图如图 4 - 6 所示。

程序清单:

```
            ORG     0030H
MAIN:   MOV     R3,#00H          ;清累加和高位
        MOV     R4,#00H          ;清累加和低位
        MOV     R2,#10           ;循环次数
        MOV     R0,#50H          ;源数据首地址
LOOP:   MOV     A,R4             ;取部分和低位
        ADD     A,@R0            ;部分和低位与下个数相加
        DA      A                ;BCD 数调整
        MOV     R4,A             ;存部分和低位
        MOV     A,R3             ;取部分和高位
        ADDC    A,#00H           ;加进位
        DA      A
        MOV     R3,A             ;存部分和高位
        INC     R0               ;修改源数据单元指针
        DJNZ    R2,LOOP          ;判断数据是否累加完
        RET
```

【例 4-6】 设有以"*"作为结束符的一串字符（长度不超过 100），放在片内 RAM 30H 开始的单元，要求统计字符串的长度，并存入寄存器 R2 中。

解　本例题属于未知循环次数的单循环程序，程序运行中应先判断字符串是否结束，再进行程序处理，其流程图如图 4-7 所示。

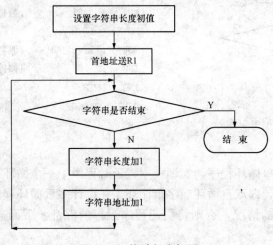

图 4-7　统计长度框图

程序清单:

```
            ORG     0030H
            MOV     R2,#00H          ;字符串长度初置
            MOV     R1,#30H          ;字符串首地址
LOOP:   CJNE    @R1,#'*',LOOP1       ;比较字符串是否为结束符
```

```
              AJMP    LOOP2
LOOP1：  INC     R2                  ;字符串长度加1
          INC     R1                  ;修改字符串首地址
          AJMP    LOOP
LOOP2：  END
```

工程实践中，若采集到的临时数据很多，片内 RAM 存储单元容量有限时，可把这些数据移到片外 RAM 存储。

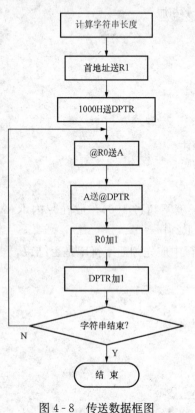

图 4-8　传送数据框图

【例 4-7】　编写程序，把片内 RAM 20H～30H 单元中的内容，传送到片外 RAM 1000H 开始的单元，并将原数据区清零。

解　通过单元地址相减可知字符串长度，可用该长度作为循环次数，但要注意单元地址相减得到的值要加 1 才是真正的字符串长度，其流程图如图 4-8 所示。

程序清单：

```
MAIN：    MOV   R1,＃20H        ;源字符串首地址
          MOV   A,＃30H         ;源字符串末地址
          CLR   C
          SUBB  A,R1            ;计算源字符串所在单元的长度
          INC   A               ;长度加1
          MOV   R2,A            ;存源字符串所在单元的长度
          MOV   DPTR,＃1000H    ;目的字符串首地址
LOOP1：   MOV   A,@R1           ;数据传送
          MOVX  @DPTR,A
          MOV   @R1,＃00H       ;原数据区清零
          INC   R1              ;修改地址指针
          INC   DPTR
          DJNZ  R2,LOOP1        ;判断字符串是否结束
          RET
```

3. 多重循环设计

前面几个例子都是单循环程序，实训一中，延时程序中一个循环程序的循环体中还包含一个或多个循环的结构，即双重循环或多重循环。在设计多重循环程序时，各循环层次要分明，不能出现层次交叉的情况，否则将引起程序运行的混乱。下面通过例题计算一下延时时间。

【例 4-8】　设单片机使用 6MHz 晶振（机器周期 T 为 $2\mu s$），试设计延迟 10ms 的子程序。

解　因执行每条指令都需要一定的时间，通过反复执行几条指令，就可实现延时。

程序清单：

```
          ORG    0100H
DEALY：   MOV    R6,＃10          ;置外循环计数10次
DEALY1：  MOV    R7,＃250         ;内循环计数250次
```

```
DEALY2: DJNZ    R7,DEALY2              ;该指令为双周期指令
        DJNZ    R6,DEALY1              ;外循环10次
        RET
```

循环程序的延时时间 $= (2\mu s \times 2 \times 250) \times 10 = 10000\mu s = 10ms$，若要精确计算时间，应该考虑其他指令执行时间因素。若需要更长延时，可采用多重循环。

4.2.4　查表程序

所谓查表法，就是对于一些复杂的函数运算，事先把其运算结果按一定规律编制成表格，存放在计算机的程序存储器中，当用户在程序中用到这些函数值时，直接在表格中寻找其对应的值即可。在控制应用场合或智能化仪器中常使用这种方法。

单片机中有两条专用的查表指令：MOVC　A，@A+DPTR 和 MOVC　A，@A+PC，这两条指令的功能是相同的。

"MOVC　A，@A+DPTR" 称为远程查表指令，建立的表格距离该指令范围 64KB，一般情况下，在程序中需用立即寻址的方式设置表格首地址 DPTR。

"MOVC　A，@A+PC" 称为近程查表指令，建立的表格距离该指令范围 2KB。需修正偏移量，使用起来较繁琐。

1. 简单查表法

简单查表法，是指变量 X 和查表得到的函数值 Y 是一一对应的关系。比如实训中，常使用数码管显示数字，其代码就可以通过查表方式获得。

【例 4 - 9】　假设片内 RAM 30H 单元中存有一个压缩 BCD 码，用查表的方法，将其共阴极 LED 显示的代码存入片内 RAM 31H、32H 单元中，其中 31H 中存放高位 BCD 码对应的 LED 显示码。

解　首先应建立一个供查表使用的共阴极 LED 数字显示代码表，再把压缩 BCD 码拆成单字节，并查找其对应代码。

程序清单：

```
LOOP: MOV    DPTR,#TAB              ;取表格首地址
      MOV    A,30H                 ;取压缩 BCD 码
      ANL    A,#0FH                ;屏蔽高位
      MOVC   A,@A+DPTR             ;查表取 LED 代码
      MOV    32H,A                 ;存低位的 LED 代码
      MOV    A,30H                 ;重新取压缩 BCD 码
      ANL    A,#0F0H               ;屏蔽低位
      SWAP   A
      MOVC   A,@A+DPTR
      MOV    31H,A
TAB:  DB     3FH,06H,5BH,4FH,66H,6DH,7DH,07H
      DB     7FH,6FH,77H,7CH,39H,5EH,79H,71H
      RET
```

2. 多字节查表法

[例 4 - 9] 中，查表得到的函数值 Y 为单字节，实际应用中，函数值 Y 有时为多字节，

但单片机函数运算指令很少，因此，函数值常通过查表法获得。

【例 4 - 10】　试编写查表程序，求 $Y = X^4$；设 $X = 0$，1，2，3，…，9。

解　因为 $9^4 = 6561 = 19A1H$，即函数值 Y 需要用 2 字节表示。首先建立一个表格，该表格中每两个单元存放 0，1，2，3，…，9 的 4 次方值，并按顺序存放。设 X 值存放在片内 RAM 30H 单元，函数值 Y 存放在片内 RAM31H、32H 单元。

程序清单：

```
            ORG    0030H
X    EQU    30H
START:  MOV    DPTR,＃TAB        ;取表格首地址
            MOV    A,X              ;取 X
            RL     A                ;X×2
            MOV    R3,A             ;暂存
            MOVC   A,@A+DPTR        ;查表,取低位
            MOV    31H,A            ;存低位
            MOV    A,R3             ;重新取数
            INC    A                ;指向下一个单元
            MOVC   A,@A+DPTR        ;查表,取高位
            MOV    32H,A            ;存高位
            RET
TAB:   DW    0000,0001,0016,0081,0256
       DW    0625,1296,2401,4096,6561
```

4.2.5　子程序设计

1. 子程序结构

在同一个程序中，经常会遇到许多地方需要执行同样的一项任务，而该任务又并非规则情况，不能用循环程序来实现，这时，可以对这项任务独立进行编写，形成一个子程序。在原来的主程序中需要执行该任务时，调用子程序，执行完该任务后，又返回主程序，继续以后的操作。这样简化了程序的逻辑结构，更便于调试，节省程序空间。

子程序是具有某种功能的程序段，其资源可以为所有调用程序共享，因此，子程序在功能上应具有通用性，结构上应具有独立性。它在结构上与一般程序的主要区别是子程序末尾有一条返回指令（RET），其功能是执行完子程序后通过堆栈内的断点地址弹出至 PC 返回到主程序，如图 4 - 9 所示。

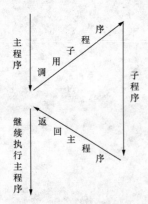

2. 子程序设计的注意事项

（1）每个子程序都应有唯一的入口（即有唯一的名称），以便主程序正确地调用。

（2）子程序只能以 RET 指令结束，返回主程序，不可以用长转移或短转移指令返回主程序。

（3）注意信息交换。调用子程序时，子程序如何从主程序处获得有关参数（入口参数）；返回主程序时，主程序如何从子程序得到需要的结果（出口参数），这就是所谓的"参数传递"。

图 4 - 9　子程序调用流程　　　主程序与子程序之间的参数传递方法通常有三种：利用寄存

器传递参数、利用寄存器间址传递参数、利用堆栈传递参数。

（4）注意保护和恢复现场。进入子程序时注意对正在使用的寄存器的保护，返回主程序时应将它们恢复原来的状态。

3. 子程序的调用和返回

在单片机的指令系统中，主程序调用子程序指令有 ACALL 和 LCALL，它的功能是将 PC 的当前值（调用指令的下一条指令地址称为断点）压入堆栈（保护断点），然后将子程序首地址送入 PC，使程序转入子程序执行。

子程序返回主程序指令为 RET。这条指令功能为将堆栈中存放的返回地址（即断点）弹出堆栈，送回到 PC 去，使程序继续从断点处执行。

一个主程序可多次地调用同一个子程序，也可以调用多个子程序。子程序也可调用其他子程序，称为子程序嵌套。

主程序在调用子程序时，要注意以下设置。

（1）在主程序中要安排相应的指令，提供子程序的入口条件即入口数据。

（2）在主程序中要安排相应的指令，处理子程序提供的出口数据。

（3）在需要保护现场的程序中，正确设置堆栈参数。

4. 子程序设计举例

实训一中，多次调用了延时子程序，下面再举几个常用实例。

【例 4-11】 用调用子程序的方法实现：$W = x^2 + y^2 + z^2$ 其中，x、y、z 均小于 9。

解 因为 x、y、z 均小于 9，则它们的平方和为单字节数，且其平方和不大于 243，也为单字节数，所以 x、y、z、W 可以各占用一个单元。本例中三次用到平方值，所以把求平方的程序段作为子程序。

主程序清单：

```
x      EQU    30H
y      EQU    31H
z      EQU    32H
W      EQU    33H
       ORG    0030H
MAIN:MOV    A,x              ;取 x 值
       LCALL  SQR             ;求 x 平方
       MOV    B,A             ;暂存
       MOV    A,y             ;取 y 值
       LCALL  SQR             ;求 y 平方
       ADD    A,B             ;x² + y²
       MOV    W,A             ;存入 W
       MOV    A,z             ;取 z 值
       LCALL  SQR             ;求 z 平方
       ADD    A,W             ;x² + y² + z²
       MOV    W,A             ;存入 W
       SJMP   $
```

子程序：入口参数是累加器 A 的数值（小于 9 的数），出口参数也是累加器 A（平方数）。

```
SQR: INC    A                  ;修正偏移量
     MOVC   A,@A+PC            ;查平方表
     RET
TAB: DB     0,1,4,9,16,25,36,49,64,81
```

【**例 4 - 12**】　编写程序,求片内数据区中两个无符号数据块中的最大值。每个数据块的第一个字节存放数据块长度（长度不大于 20），数据块的首地址大于 30H,最大值放在片内数据区。

解　（1）由于数据块的首地址大于 30H,最大值可以存放在片内的 2FH 单元。

（2）分别求出每个数据块的最大值,然后比较其大小,即可求出两个数据块的最大值。

（3）求最大值的过程采用子程序。

主程序清单:

```
          X      EQU    30H
          Y      EQU    60H
          BIG    EQU    2FH
          ORG    0030H
MAIN: MOV  R2,X                ;一个字符串长度
      MOV  R1,♯X+1             ;一个字符串首地址
      ACALL MAX                ;调最大值子程序
      MOV  20H,A               ;暂存数据
      MOV  R2,Y                ;另一个字符串长度
      MOV  R1,♯Y+1             ;另一个字符串首地址
      ACALL MAX                ;调最大值子程序
      CJNE A,20H,L
L:    JNC  L1
      MOV  A,20H
L1:   MOV  BIG,A               ;存最大值
      SJMP $
```

子程序:入口参数是字符串首地址 R1,出口参数是数据块中的最大值 A。

```
MAX:   MOV  A,♯00H            ;假设 A 中装有大值
NEXT:  CLR  C
       SUBB A,@R1             ;大值与字符串数值比较
       JNC  NEXT1             ;大值大于字符串数值,转移
       MOV  A,@R1             ;大值小于字符串数值,交换
       SJMP NEXT2
NEXT1: ADD  A,@R1             ;恢复原大值
NEXT2: INC  R1                ;修改字符串首地址
       DJNZ R2,NEXT
       RET
```

思 考 题 与 习 题

1. 汇编语言程序设计分哪几个步骤?

2. 试分别说明采用高级语言及汇编语言编程的优缺点。

3. 采用程序流程图有什么好处?

4. 什么叫"伪指令"? 伪指令与指令有什么区别?

5. MCS-51 系列单片机有哪几条伪指令? 它们的用途是什么?

6. 循环程序由哪几部分构成? 若要优化循环程序,首先该优化哪一部分? 为什么?

7. 子程序设计时的注意事项是什么? 何谓"参数传递"?

8. 下列程序段汇编后,从程序存储器 0030H 单元开始,有关内容将是什么?

```
        ORG    0030H
TAB1 EQU    1000H
X     EQU    40H
        DB     12H,'S',34H,X
        DW     TAB1,70H
```

9. 试把片内 RAM 30H 单元存放的压缩 BCD 码拆成单字节,并转换成 ASCII 码分别存入 31H、32H 单元。

10. 编写程序,若累加器 A 的内容满足下列条件时,则程序转移至 LABEL。

(1) A≥20;　　(2) A>20;　　(3) A≤20

11. 编程实现:

$$Y = \begin{cases} X & X < 10 \\ X^2 & 10 \leqslant X < 15 \\ 2X & X \geqslant 15 \end{cases}$$

12. 阅读下列程序,要求:

(1) 说明该程序的功能。

(2) 修改程序,使片内 RAM 的内容如图 4-10 所示。

程序清单:

```
        MOV    R2,#05H
        MOV    R0,#50H
        CLR    A
LOOP:MOV    @R0,A
        INC  R0
        DJNZ R2,LOOP
        RET
```

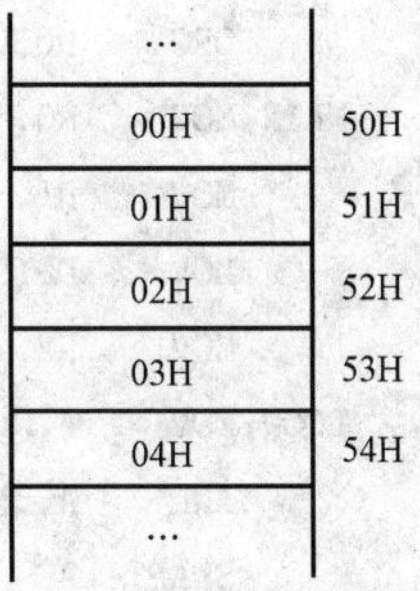

...	
00H	50H
01H	51H
02H	52H
03H	53H
04H	54H
...	

图 4-10　题 12 图

13. 试编写程序,查找片内 RAM 20H～40H 单元中出现 0AAH 的次数,并将查找的结果存入片内 RAM 41H 单元。

14. 编写程序,把片外 RAM 单元从 1000H～1020H 开始的内容,传送到片内 RAM 30H 开始单元。

15. 从片内 RAM 31H 单元开始有一无符号数据块,其长度存放在片内 RAM30H 单元,找出数据块中最小值,并存入片内 RAM 2FH 单元。

16. 有两组压缩 BCD 码,分别存放在片内 RAM 30H 和 40H 单元,试求它们的和,并将和存入片内 RAM 30H 单元。

17. 从片内首地址为 SOURCE 单元开始,存有长度为 10 的一组无符号数,将它们从小到大顺序排列,排序后存放在 DIST 数据区内,试编写相应的程序。

18. 在片内 RAM 20H 和 30H 单元各有一个小于 6 的数,求它们的立方和,结果存入片内 RAM 40H 开始的单元。

19. 在片内 RAM 20H～30H 单元中存有一组压缩 BCD 码,试把它们转换成共阴极 LED 显示器代码,并存入片内 RAM 40H 开始的单元。

20. 从片内 RAM 20H 单元开始的 10 个二进制数,试把它们转换成 ASCII 码,并存入片内 RAM 40H 开始的单元。

实训六　MCS-51 系列单片机指令系统的综合应用 1

1. 实训内容

在工程实践中,经常要把某些数字内容通过数码管显示出来。在这个综合应用中,先利用本章学过的知识,把要显示的数字转换成 LED 显示代码。

要求:把从片内数据区 30H 单元存储的 5 个压缩 BCD 码,先转换成单字节 BCD 码,再利用查表指令,转换成共阴极 LED 显示代码,存入片内 RAM40H 开始的单元(先存储高位)。

2. 参考程序及程序流程图

方法一:使用远程查表指令编写程序,流程图如图 4-11 所示。

参考程序:

```
        ORG    0000H
        SJMP   MAIN
        ORG    0030H
MAIN:MOV    R0,#30H          ;源数据首地址
        MOV    R1,#40H          ;目的数据首地址
        MOV    DPTR,#TAB        ;表格首地址
        MOV    R2,#05H          ;压缩数据长度
LOOP:MOV    A,@R0            ;取压缩 BCD 码
        ANL    A,#0F0H          ;屏蔽低 4 位
        SWAP   A
        MOVC   A,@A+DPTR        ;查表
        MOV    @R1,A            ;存高 4 位 LED 显示代码
        INC    R1
        MOV    A,@R0            ;重新取压缩 BCD 码
        ANL    A,#0FH           ;屏蔽高 4 位
        MOVC   A,@A+DPTR
        MOV    @R1,A            ;存低 4 位 LED 显示代码
```

```
      INC    R0
      INC    R1
      DJNZ   R2,LOOP
      SJMP   $
TAB： DB     3FH,06H,5BH,4FH,66H,6DH,7DH,07H,7FH,6FH
      END
```

方法二：使用近程查表指令编写程序，流程图如图 4 - 12 所示。

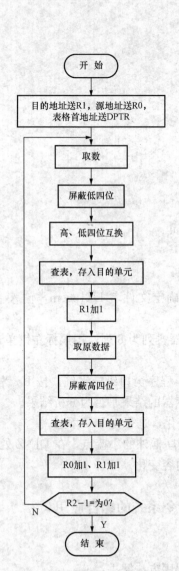

图 4 - 11 远程查表程序流程图 1

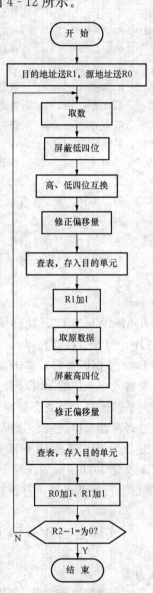

图 4 - 12 远程查表程序流程图 2

参考程序：

```
      ORG    0000H
      SJMP   MAIN
```

```
        ORG    0030H
MAIN：MOV     R0,#30H          ；源字符串首地址
        MOV    R1,#40H          ；目的字符串首地址
        MOV    R2,#05H          ；字符串长度
LOOP：MOV     A,@R0            ；取压缩 BCD 码
        ANL    A,#0F0H          ；屏蔽低 4 位
        SWAP   A
        ADD    A,#13            ；修正偏移量
        MOVC   A,@A+PC          ；查表
        MOV    @R1,A            ；存高 4 位 LED 显示代码
        INC    R1
        MOV    A,@R0            ；重新取压缩 BCD 码
        ANL    A,#0FH           ；屏蔽高 4 位
        ADD    A,#05            ；修正偏移量
        MOVC   A,@A+PC
        MOV    @R1,A            ；存低 4 位 LED 显示代码
        INC    R0
        INC    R1
        DJNZ   R2,LOOP
        SJMP   $
        DB     3FH,06H,5BH,4FH,66H,6DH,7DH,07H,7FH,6FH
        END
```

3. 实训步骤

（1）打开 MedWin 集成开发环境，建立项目，确定文件名 LX1.asm，输入上述程序，编译/连接程序，打开寄存器窗口。

（2）在 Data 数据区窗口，单击列数，选择存储器排列为 8 列，用鼠标左键单击 30H 单元内容，连续输入 5 个压缩 BCD 码。

（3）纵向平铺窗口，使寄存器窗口、数据窗口、程序窗口纵向平铺。按 F8 键，单步运行程序，通过寄存器窗口观察、分析单步运行后寄存器的结果是否为分析结果。

（4）通过 Data 窗口观察从 40H 开始单元内容变化，是否为 BCD 码。

（5）重新改变 30H 单元的压缩 BCD 码，单击程序框外的小蓝点，在 DJNZ 处设置一个断点，按 F9 键运行到断点处，重新观察 40H 单元内容变化。

实训七　MCS-51 系列单片机指令系统的综合应用 2

1. 实训内容

工程中，常会遇到极值问题，下面通过调用子程序方法解决。

要求：求片内数据区中两个无符号数据块中的最小值。每个数据块的第一个字节存放数据块长度，最小值放在片内数据区。

2. 参考程序及程序流程图

分析：假设两个数据块的首地址分别为 30H、60H，最小值存放在片内 RAM 的 2FH

单元；利用子程序分别求出每个数据块的最小值，然后比较其大小，即可求出两个数据块的最小值。程序流程图如图 4-13 所示。

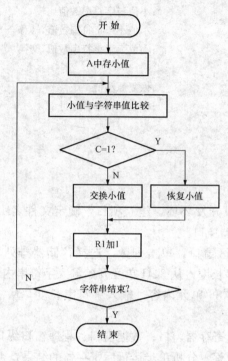

图 4-13　最小值流程图

参考程序：

```
X     DATA   30H          ;定义一个数据块首地址
Y     DATA   60H          ;定义另一个数据块首地址
MIN   DATA   2FH          ;定义存放最小值地址
      ORG    0000H
      SJMP   MAIN
      ORG    0030H
MAIN: MOV    R2,X         ;每个数据块的第一个字节存放数据块长度
      MOV    R1,♯X+1      ;该数据块首地址
      ACALL  MIN1         ;调最小值子程序
      MOV    20H,A        ;暂存数据
      MOV    R2,Y         ;另一个数据块的第一个字节存放数据块长度
      MOV    R1,♯Y+1      ;该数据块首地址
      ACALL  MIN1         ;调最小值子程序
      CJNE   A,20H,L      ;两数据块最小值比较
L:    JC     L1           ;若 A 中数值小，则转到 L1
      MOV    A,20H
L1:   MOV    MIN,A        ;存最小值
      SJMP   $
```

子程序：入口参数为数据块首地址 R1，出口参数为两数据块的最小值 A。

```
MIN1:   MOV     A,#0FFH                 ;假设A中有小值
NEXT:   CLR     C
        SUBB    A,@R1                   ;小值与字符串数值比较
        JC      NEXT1                   ;小值小于字符串数值,转移至NEXT1
        MOV     A,@R1                   ;小值大于字符串数值,交换
        SJMP    NEXT2
NEXT1:  ADD     A,@R1                   ;恢复原小值
NEXT2:  INC     R1                      ;修改字符串首地址
        DJNZ    R2,NEXT
        RET
        END
```

3. 实训步骤

(1) 打开 MedWin 集成开发环境,建立项目,确定文件名 LX2.asm,输入上述程序,编译/连接程序,打开寄存器窗口。

(2) 再打开 Data 数据区窗口,单击列数,选择存储器排列为 8 列,用鼠标左键单击 30H 单元内容,输入字符串长度,从 31H 单元开始输入字符串内容。

(3) 用鼠标左键单击 60H 单元内容,输入字符串长度,从 61H 单元开始输入字符串内容。

(4) 纵向平铺窗口,使寄存器窗口、数据窗口、程序窗口纵向平铺。按 F8 键,单步运行程序,通过寄存器窗口观察、分析单步运行后寄存器的结果是否为分析结果。

(5) 程序运行到子程序调用指令 ACALL MIN1 时,按 F7 键,进入子程序,再按 F8 键单步运行程序,通过寄存器窗口观察、分析单步运行后寄存器的结果是否为分析结果。把找出的最小值暂时存入 20H 单元。

(6) 按 F8 键程序再运行到 ACALL MIN1 时,同样操作。通过寄存器窗口观察、分析最后运行结果是否为两个字符串中的最小值。

第5章

并行输入输出接口

实训八　应用单片机控制的彩灯设计

1. 实训内容

在实训一中，利用单片机的 P1 口连接了 6 个发光二极管，模拟交通灯变化情况，我们还可以利用它来实现彩灯控制。

利用 P1 口连接 8 个发光二极管，编制一个灯光靠拢程序。电路连接如图 5-1 所示。

2. 参考程序

```
        ORG     0000H
        SJMP    LP
        ORG     0030H
LP:     MOV     P1,#81H      ;初值
        ACALL   DELAY        ;延时1s
        MOV     P1,#42H
        ACALL   DELAY        ;延时1s
        MOV     P1,#24H
        ACALL   DELAY        ;延时1s
        MOV     P1,#18H
        ACALL   DELAY        ;延时1s
        MOV     P1,#24H
        ACALL   DELAY        ;延时1s
        MOV     P1,#42H
        ACALL   DELAY        ;延时1s
        SJMP    LP
DELAY:  MOV     R5,#04H       ;延时1s子程序
DELAY1  MOV     R6,#0FAH
DELAY2: MOV     R7,#0FAH
        DJNZ    R7,$
        DJNZ    R6,DELAY2
        DJNZ    R5,DELAY1
        RET
```

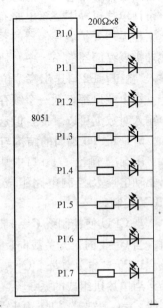

3. 实训要求

（1）打开 MedWin 集成开发环境，建立项目，确定文件名 LX3.asm，输入上述程序，由于软件不支持延时程序。所以，把程序中两条指令之间的延时程序去掉，编译/连接程序。

（2）打开菜单"外围部件→端口"，出现如图 5-2 所示对话框。

图 5-1　灯光靠拢电路图

（3）按 F8 单步运行程序，可观察到 P1 口连接的指示灯，从两边向中间循环点亮。

（4）或者，打开菜单"调试\自动单步"，出现如图 5-3 所示对话框，按确认键，程序将自动运行，运行时间可设置。

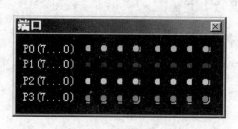

图 5-2　端口画面

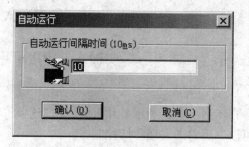

图 5-3　自动运行画面

为什么要用 P1 口连接发光二极管，其他并口行吗？ P1 口能作为输入使用吗？ 还有其他功能吗？ 单片机并口引脚的输入/输出口情况如何？ 在接下来的几节将具体讲解。

5.1　MCS-51 系列单片机并行端口的结构与功能

在单片机应用系统中，通常都要有输入/输出的过程，即人机对话功能。它包括人对应用系统的状态干预、数据输入以及应用系统向人显示运行状态与运行结果等输出。单片机通过并行口与键盘、发光二极管、LED 显示器等功能单元连接就可以完成基本的输入/输出功能。

MCS-51 系列单片机有 4 个 8 位并行 I/O 端口，称为 P0，P1，P2 和 P3，每个端口可以位寻址，且都是 8 位准双向口，共占 32 只引脚。每个引脚都能独立地用作输入或输出端。其电路设计非常巧妙，熟悉 I/O 端口逻辑电路，不但有利于正确合理地使用端口，而且会对设计单片机外围逻辑电路有所启发。

在无片外扩展存储器的系统中，这 4 个并口都可以作为准双向通用 I/O 口使用。在具有片外扩展存储器的系统中，P0 口为双向（功能）总线，分时送出低 8 位地址和完成数据的输入/输出；P2 口送出高 8 位地址。

每个端口都包括一个锁存器，一个输出驱动器和输入缓冲器。作输出时数据可以锁存，作输入时数据可以缓冲，但这 4 个并口的功能不完全相同。

5.1.1　P0 端口的结构与功能

图 5-4 画出了 P0 口中某位的结构图，它由一个输出锁存器、两个三态输入缓冲器和输出驱动电路及控制电路组成。其工作状态受控制电路"与"门 4、反相器 3 和转换开关MUX 控制。

当 CPU 使控制线 C=0 时，开关 MUX 被控为如图 5-4 所示位置，P0 口为通用 I/O口；当 C=1 时，开关拨向反相器 3 的输出端，P0 口分时作为地址/数据总线使用。

1. P0 口作为通用 I/O 口使用

当单片机组成的系统无需外扩存储器时，P0 作为通用 I/O 口使用，由硬件自动使控制线 C=0，"与"门 4 输出为"0"，使上拉场效应管 VT1 处于截止状态。同时开关 MUX处于图 5-4 所示位置，将输出级 VT2 与锁存器的 Q 端接通。由于 VT1 处于截止状态，输

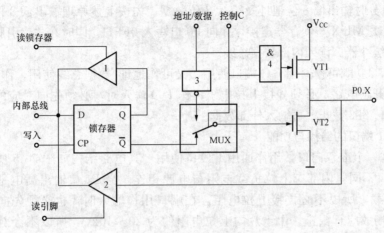

图 5-4　P0 口结构

出级是漏极开路的方式。

（1）P0 口用作输出口。当 CPU 执行数据输出指令时，写脉冲加在 D 锁存器的 CP 端，内部数据总线上数据经 D 锁存器的 $\overline{Q}$ 端传输到场效应管 VT2 的栅极，经场效应管 VT2 反相，使 P0.X 引脚输出的数据正好是内部总线的数据。

（2）P0 口作输入口。P0 口作输入口时，根据指令的不同，可以读锁存器 Q 端的数据，也可以读 P0.X 引脚上的数据。在执行指令时，CPU 自动判断是读锁存器 Q 端的数据还是读 P0.X 引脚上的数据。

图 5-4 中的缓冲器 1 是为锁存器 Q 端的数据而设置的。执行此类指令时，在"读锁存器"信号作用下，CPU 先将锁存器 Q 端的数据读入，经运算修改后，再写回到端口输出。即所谓的"读—修改—写"。

例如，执行一条"ANL P0，A"指令的过程是：当"读锁存器"信号有效，三态缓冲器 1 开通，CPU 先读锁存器 Q 端数据，与累加器 A 中的数据进行逻辑"与"操作，结果再送回 P0 端口锁存器，使锁存器的内容（Q 端状态）和 P0.X 引脚是一致的。

图 5-4 中的缓冲器 2 用于 CPU 直接读端口数据。当执行一条由端口输入数据的指令时，"读引脚"脉冲把三态缓冲器 2 打开，这样，端口上的数据经过缓冲器 2 读入到内部总线。

另外，从图 5-4 中还可看出，在读入端口引脚数据时，由于输出场效应管 VT2 并接在引脚上，如果 VT2 导通，就会将输入的高电平拉成低电平，从而产生误读。所以，在端口进行输入操作前，应先向端口锁存器写入 1，也就是使锁存器 $\overline{Q}=0$，又控制线 C=0，因此 VT1 和 VT2 全截止，引脚处于悬浮状态，可作高阻抗输入。这也是准双向口的含义。

2．P0 口作为地址/数据总线使用

当系统扩展时，由内部硬件自动使控制线 C=1，开关 MUX 拨向反相器 3 输出端。这时，P0 口作为地址/数据总线分时使用，并且又分为两种情况。

（1）P0 口分时输出低 8 位地址及 8 位数据。在扩展系统中，P0 口引脚分时输出低 8 位地址或数据信息，MUX 开关把 CPU 内部地址/数据线经反向器 3 与场效应管 VT2 栅极连接。当地址/数据线的状态为 1，场效应管 VT1 导通，VT2 截止，引脚状态为 1；当地址/数据线的状态为 0，场效应管 VT1 截止，VT2 导通，引脚状态为 0。

（2）P0 口分时输出低 8 位地址及输入 8 位数据。先按上述原理输出低 8 位地址，然后 CPU 自动使开关 MUX 与锁存器连接，并向 P0 口写入 0FFH，同时在"读引脚"信号作用下，使数据经缓冲器 2 读入内部数据总线。

综上所述，P0 既可作通用 I/O 端口使用，又可作地址/数据总线使用。作 I/O 输出时，输出级为漏极开路电路，必须外接上拉电阻；作 I/O 输入时，必须先向对应的锁存器写入 1，使场效应管 VT2 截止，再输入外部数据。

5.1.2　P1 端口的结构与功能

P1 口也是一个准双向口，用作通用 I/O 口使用。其电路结构如图 5-5 所示，输出驱动部分与 P0 口不同，内部有上拉负载电阻与电源相连。当 P1 口输出高电平时，能向外提供拉电流负载，所以不必再接上拉电阻。在端口用作输入时，也必须先向对应的锁存器写入 1，使场效应管截止。由于片内上拉电阻约为 20～40kΩ，所以不会对输入的数据产生影响。

5.1.3　P2 端口的结构与功能

P2 口某位的电路结构如图 5-6 所示。当控制信号 C=0 时，开关 MUX 连接锁存器的 Q 端；当控制信号 C=1 时，开关 MUX 连接地址线。

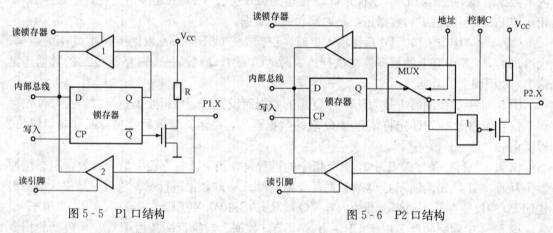

图 5-5　P1 口结构　　　　　　　　　图 5-6　P2 口结构

（1）当不需要扩展片外 ROM 或只需扩展 256B 的片外 RAM 时，P2 口可作为通用 I/O 准双向端口。

1）P2 口用作输出口：内部数据总线上的数据在"写锁存器"信号作用下由 D 端输入锁存器，通过开关 MUX 经反相器输到场效应管，再经场效应管反响后在引脚 P2.X 上输出的数据与内部总线上的数据相同。

2）P2 口用作输入口：根据指令的不同类型也有"读锁存器"和"读引脚"的不同操作，在执行"读引脚"类指令前也还需要先将锁存器置位，使场效应管截止，使引脚处于高阻抗输入状态。

（2）当扩展片外 ROM 或扩展片外 RAM 的容量超过 256B 时，P2 口用作输出高 8 位地址线，与 P0 口输出的低 8 位地址线构成 16 位的地址总线。在执行访问片外存储器的指令时，单片机硬件电路自动使 C=1，开关 MUX 连接地址线，地址信号经反相器和场效应管两次反相输到 P2.X 引脚。

当 P2 口的部分位用作地址总线时，其余的位不能再用作通用 I/O 端口。

5.1.4 P3 端口的结构与功能

P3 口是一个多功能口，其某一位的结构如图 5-7 所示。

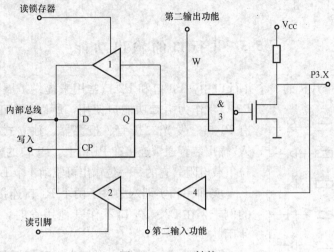

图 5-7 P3 口结构

（1）P3 口用作通用 I/O 端口：单片机硬件电路自动将第二输出功能 W 置位，打开与非门 3，此时的运行方式与 P1 口相同，是一个准双向口。

（2）P3 口用作第二功能：当端口用于第二功能时，8 个引脚可按位独立定义，见表 2-1。

第二输出功能端可为表 2-1 中的 TXD，$\overline{WR}$ 和 $\overline{RD}$ 三个第二输出功能引脚。单片机硬件电路自动将锁存器的 Q 端置位，打开与非门 3，第二输出功能端数据通过与非门和场效应管两次反相后输到 P3.X 引脚。

输入时，第二输出功能端与锁存器 Q 端均置位，场效应管截止，引脚处于高阻输入状态，此时，第二输入功能端为 RXD，$\overline{INT0}$，$\overline{INT1}$，T0 和 T1。由于端口不作为通用 I/O 口，因此，"读引脚"信号无效，三态缓冲器 2 不导通。此时，引脚的第二输入功能信号经缓冲器 4 送入第二输入功能端。

在实际应用中，不必事先由软件设置 P3 口为第一功能（通用 I/O 口）还是第二功能。当 CPU 对 P3 口进行 SFR 寻址（位或字节）访问时，由内部硬件自动将第二功能输出线 W 置 1，这时，P1 口为通用 I/O 口。当 CPU 不对 P3 口进行 SFR 寻址（位或字节）访问时，即用作第二功能输出/输入线时，由内部硬件使锁存器 Q=1。

5.2 并行口的驱动能力

P0 口的输出级与 P1～P3 口的输出级在结构上是不同的，因此，它们的负载能力和接口要求也各不相同。

P0 口的输出级无上拉电阻，当用作通用 I/O 使用时，输出级是漏极开路电路，故用其输出去驱动 NMOS 输入时需外接上拉电阻。用作输入时，应先向口锁存器写入 1。当用作地址/数据总线时，则无需外接上拉电阻。P0 口的每一位输出可驱动 8 个 LS 型 TTL 负载。

P1～P3 口的输出级接有内部上拉负载电阻，它们的每一位输出可驱动 4 个 LS 型 TTL

负载。作为输入口时，任何 TTL 或 NMOS 电路都能以正常的方式驱动单片机的 P1～P3口。由于它们的输出级具有上拉电阻，也可以被集电极开路（OC 门）或漏极开路电路所驱动，而无需外接上拉电阻。

5.3　并行口的输出功能

MCS-51 系列单片机的 4 个并行口中，P0 口和 P2 口常用来提供扩展外围芯片的地址，P3 口常作为第二功能口使用，所以，真正的数据 I/O 口只有 P1 口。发光二极管、报警器、独立式按键等简单的输入/输出装置通常连接在 P1 口上。P1 口的输出级接有内部上拉负载电阻，它的每一位输出可驱动 4 个 LS 型 TTL 负载。

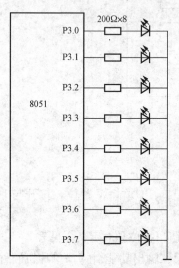

图 5-8　二极管闪烁电路图

实训一和实训八中举了两个 P1 口连接发光二极管输出的例子，在 P2、P3 口不作其他用途时，也可作为输出口使用。

【例 5-1】　编制一个灯光循环闪烁程序。通过 P3 口连接 8 个发光二极管，其中一个发光二极管闪烁点亮 3 次后，转移到下一个发光二极管闪烁 3 次，循环不止。

解　8 个发光二极管连接在 P3 口。要让二极管闪烁，只需隔一段时间，P3 口输出的高低电平转换一次。为避免烧毁发光二极管，在 P3 口和发光二极管间需串联 200Ω 左右的限流电阻。电路如图 5-8 所示。

程序清单：

```
        MOV     A,＃01H          ;初值
SHIFT:  LCALL   FLASH           ;调闪烁3次子程序
        RL      A
        SJMP    SHIFT
FLASH:  MOV     R2,＃03H         ;闪烁3次
FLASH1: MOV     P3,A            ;点亮P3口连接二极管
        LCALL   DELAY           ;延时
        MOV     P3,＃00H         ;熄灭
        LCALL   DELAY
        DJNZ    R2,FLASH1
        RET
DELAY:  MOV     R5,＃04H         ;延时1s子程序
DELAY1: MOV     R6,＃0FAH
DELAY2: MOV     R7,＃0FAH
        DJNZ    R7,   $
        DJNZ    R6,DELAY2
        DJNZ    R5,DELAY1
        RET
        END
```

5.4　并行口的输入功能

在单片机应用系统中为了控制系统的工作状态，以及向系统中输入数据，系统中常设有输入设备，如按键。按键是一种常开型按钮开关。常态时，按键的两个触点处于断开状态，按下时两个触点闭合。

每个按键可占用一根并行口线，作为输入端口。当并行口通过按键与地相连时，由于并行口内有上拉电阻（P0 口外接上拉电阻），所以无按键闭合时，引脚为高电平，有按键闭合时，引脚被拉成低电平。

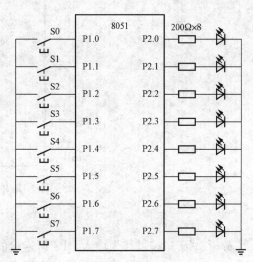

【例 5 - 2】　用单片机的 P1 口作为按键接口，分别与 8 个按键 S0～S7 连接，P2 口连接 8 个发光二极管，如图 5 - 9 所示。编写程序将 S0～S7 开关状态对应到发光二极管上（P1. X 位开关未闭合时，P2. X 位发光二极管点亮）。

解　因为 P1 口内部接有上拉电阻，当作为按键输入时，当按键未闭合时，P1 口各位均为"1"；有按键闭合，则相应的位为"0"。把 P1 口的这种状态送给 P2 口连接的发光二极管，无按键闭合时，发光二极管亮，有按键闭合，对应的发光二极管灭。

图 5 - 9　按键控制发光二极管的亮灭

程序清单：

```
START: MOV   P1,♯0FFH      ;置 P1 口输入状态
       MOV   A,P1          ;读入 P1 口状态
       MOV   P2,A          ;送到 P2 口
       SJMP  START
```

思 考 题 与 习 题

1. MCS-51 系列单片机共有几个并行口，它们都是什么口？

2. 是否任何一个并行口都可以用来提供扩展外围芯片的地址和数据？哪些并行口可以用来提供扩展外围芯片的地址和数据。

3. MCS-51 系列单片机 4 个并行口中内部结构有何异同？哪个并行口内部无上拉电阻？

4. 利用图 5 - 1，完成发光二极管从 P1 口低位到高位点亮，再从高位到低位变化。

实训九　MCS-51 系列单片机并行口输入功能应用设计

1. 实训内容

用单片机的 P1 口连接两个按键作为输入，通过 P3 口连接 8 个发光二极管，如图 5 - 10

所示。编写程序，当 P1.0 按键按下时，发光二极管点亮位置循环左移；P1.1 按键按下时，发光二极管点亮位置循环右移。

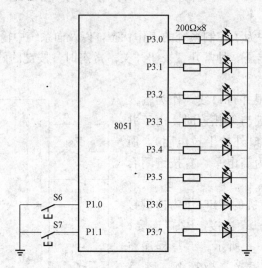

图 5-10 单片机并行口输入电路

2. 参考程序

分析：P1 口按键作为输入，P3 口连接的发光二极管为输出。在程序中读入 P1 口状态，再分别判断 P1 口各位状态，如果某位为"1"，说明该位连接的按键未按下，继续判断下一位；若为"0"，则该键按下，转去执行相应的程序。

程序清单：

```
        ORG    0030H
        MOV    P3,#01H          ;P3 口初始状态
KEY:    MOV    P1,#0FFH         ;置 P1 口输入状态
        MOV    A,P1             ;读入 P1 口状态
        JNB    ACC.0,PG0        ;S0 键按下转左移程序,否则判断 S1 键
        JNB    ACC.1,PG1        ;S1 键按下转右移程序
        SJMP   KEY              ;无键按下,返回
PG0:    MOV    A,P3
        RL     A                ;发光二极管左移
        MOV    P3,A
        LCALL  DELAY            ;延时
        SJMP   KEY
PG1:    MOV    A,P3             ;发光二极管右移
        RR     A
        MOV    P3,A
        LCALL  DELAY            ;延时
        SJMP   KEY
DELAY:  略                      ;延时程序
```

3. 实训要求

（1）打开 MedWin 集成开发环境，建立项目，确定文件名 LX4.asm，输入上述程序，由于软件不支持延时程序，所以，把程序中的延时程序去掉。

（2）由于为模拟软件，所以应去掉置 P1 口输入状态指令 MOV P1，♯0FFH；编译/连接程序。

（3）打开菜单"外围部件→端口"，出现如图 5-11 所示对话框。

（4）打开菜单"调试 \ 自动单步"，出现如图 5-12 所示对话框，按确认键，程序将在标号 KEY 处循环。

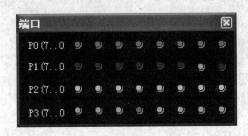

图 5-11 端口对话框

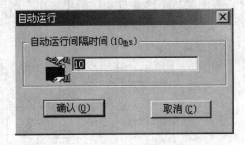

图 5-12 自动运行对话框

（5）用鼠标单击图 5-11 中 P1.0 灯，使该位为低电平（灰色），可以观察到 P3 口的灯循环左移。复位该位，用鼠标单击图 5-11 中 P1.1 灯，使该位为低电平（灰色），可以观察到 P3 口的灯循环右移。

第6章

中 断 系 统

实训十 MCS-51系列单片机外中断控制的彩灯

实训一中，当有紧急情况发生时，按下按键，可以使东西南北四个方向的灯全部变成红灯，方便紧急车辆通过，这是单片机系统典型的响应中断的例子。下面再举一个中断应用的例子——用按键控制输出。

1. 实训内容

如图6-1所示，在单片机引脚P3.2上连接一个按键开关，要求每按一次按键，P1口连接的8个发光二极管点亮位置左移一位，（初态P1.0亮）。

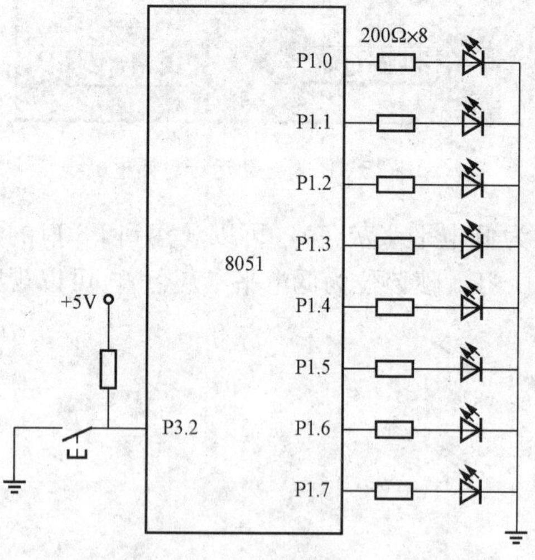

图6-1 按键控制输出

2. 参考程序

分析：P1口连接的8个发光二极管在按键未按下时，处于初始状态P1.0亮。按键是否按下，决定发光二极管点亮位置的移动。可以认为按键的按下对系统来说是突发事件，即中断的发生。将按键连接到单片机的外中断0的信号输入引脚P3.2上，未按下按键时，引脚输入为高电平；当按键按下时，引脚输入为低电平，即产生一个负边沿触发的外部中断请求信号。中断响应后，在中断服务程序中使发光二极管点亮位置左移。

```
        ORG     0000H
        AJMP    MAIN            ;跳过中断服务程序
        ORG     0003H           ;外部中断0中断矢量
        AJMP    LOOP
```

主程序：

```
        ORG     0030H
MAIN:   MOV     A,♯01H          ;二极管初态
        SETB    IT0             ;边沿触发
        SETB    EA              ;CPU开中断
        SETB    EX0             ;允许外部中断0中断
LOOP1:  MOV     P1,A            ;P1口输出
        SJMP    LOOP1
```

中断服务程序：

```
LOOP: RL    A
      RETI
      END
```

3. 实训步骤

利用万利集成开发环境的模拟仿真功能，可以模拟中断发生和执行的过程。

（1）启动 MedWin 集成开发环境，在编辑窗口中输入程序，单击"产生代码并装入"快捷键，编译/连接程序，打开菜单"外围部件→端口"，把 P0～P3 端口状态对话框调入屏幕。

（2）再打开菜单"外围部件→中断"，把中断调试对话框调入屏幕，如图 6-2 所示。在对话框中用鼠标选择外部中断 0。

（3）按 F8 键，单步运行程序，程序将运行在主程序中，观察 P1 口的 8 个灯点亮位置不变。

（4）当外部中断发生时，硬件将自动置 IE1 或 IE0 为"1"，并且使 P1 口接的灯状态变化。可以用软件仿真外部中断 0 发生时的情景。

（5）直接置位中断调试对话框中的复选框 IE0，即在它前面打"√"，再按 F8 键，

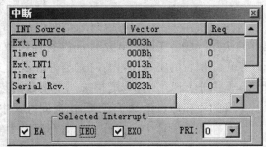

图 6-2　中断设置画面

观察到程序指针先转向外部中断 0 中断矢量，再转到中断子程序，使 P1 口接的灯状态变化。IE0 不置位时，程序将一直运行在主程序中。

通过实例可以看到，若不遇到紧急情况，程序是正常运行的。只有遇到我们在程序中设定的特殊情况，程序才去处理这一特殊事件。这一特殊事件常称其为中断，那么什么是中断？中断处理有什么优点？中断发生时单片机怎样处理？下面具体讲述单片机系统的中断。

6.1　中　断　的　概　述

单片机系统的运行同其他微机系统一样，CPU 需要不断地与外部输入/输出设备交换信息，通常情况下，CPU 与外部设备交换信息可采用程序控制方式（即按程序无条件传送和查询方式）、直接存储器存取（DMA）方式和中断传送三种方式。

程序控制方式中的无条件传送方式适用于计算机与简单外部设备（如发光二极管等）之间的数据传送，查询传送为有条件传送，只有通过查询，确定外部设备已经准备好，计算机才能发出访问外部设备的指令，实现数据的交换。它的缺点是计算机需要一个等待外部设备"准备好"的过程，该过程占用了 CPU 的工作时间，使其不能进行其他操作，所以 CPU 工作效率低。为了提高 CPU 工作效率，有效的途径就是采用中断方式。

6.1.1　中断的概念

所谓中断是指 CPU 运行程序过程中，外部突然发生某一事件（如一个电平的变化、脉冲的发生、定时器溢出等）请求 CPU 迅速去处理，于是，CPU 暂时终止当前的工作，去处理突然发生的事件，事件处理完成后，再回到原来被终止的地方，继续原来的工作。中处理

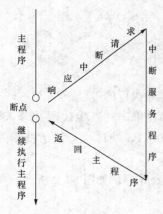

图 6-3　中断处理过程

过程如图 6-3 所示。

中断包括以下几部分：

（1）中断源：产生中断的请求源。如一个电平的变化、一个脉冲的发生或定时器溢出等。

（2）中断响应过程：CPU 暂时中止当前工作，转去处理突发事件的过程。

（3）中断服务：对突发事件的处理过程。

（4）中断返回：突发事件处理完毕，回到原来被中止的地方。

中断方式与程序控制方式区别在于：

（1）程序控制方式中，CPU 常常主动要求传送数据，而它又不能控制外部设备的工作速度，只能用等待的方法来解决速度的匹配问题。中断方式是外部设备提出数据传送的请求，CPU 收到这个请求后，才中断原来正在执行的主程序，暂时去与外部设备交换数据。对于主程序来说，虽然中断了一段时间，但由于 CPU 工作速度很快，交换数据花费时间很短。而没有外界中断申请时，CPU 执行本身的主程序，消除了 CPU 在查询方式中的等待现象，提高了 CPU 的工作效率。

（2）在程序设计中，查询方式需在程序中安排查询等待指令，而中断方式只要 CPU 允许中断且有中断申请，CPU 就可随时响应中断。

6.1.2　中断的特点与来源

随着计算机应用领域的不断扩大，对其要求也越来越高。在计算机的实时系统中，希望计算机能自动地、快速地响应和处理事件，这样就产生了中断技术。中断的特点如下：

1. 用中断方式可以提高 CPU 工作效率

在程序执行过程中，当计算机需要进行输入/输出操作时可以启动相应外部设备，此后计算机继续执行原来的程序。与此同时，当相应外部设备被启动后，它自己就独立地进行操作，当它需要与 CPU 交换信息时，才发出中断申请，提高了 CPU 工作效率。

2. 中断能使几个外部设备并行工作

当计算机需要与若干外部设备进行输入/输出操作时，可以分别启动不同外部设备，它们各自进行着自己的工作。当它们准备就绪分别或同时向计算机提出申请时，计算机可以根据设置的中断优先级别，逐个响应外部设备的中断请求。

3. 中断能进行实时处理

实时控制中，现场的各种参数、信息随时变化，利用中断可以随时捕捉到这种变化，及时进行处理。例如，在巡回监测流量系统中每隔一定时间监测一次温度、压力、流量等参数，及时采集最新数据。键盘操作也可作为一种中断，当有按键按下时，立即跟踪操作等。

4. 故障处理

在计算机运行过程中，有时会出现不希望的情况或故障，如电源掉电、运算溢出、传输错误等，此时可利用中断进行相应的处理而不必停机。

中断的来源通常有如下几种：

（1）为调试程序而设置中断源。

（2）将硬件故障设置为中断源。

（3）定时器可作为中断源。当CPU启动定时器，到规定时间后，定时器发出中断申请。

（4）输入/输出设备也可以作为中断源。如键盘、打印机、A/D转换器等在完成准备工作后，向CPU发出中断申请，请求CPU为其服务。

6.2 中断系统结构及中断控制

MCS-51系列单片机中断系统结构如图6-4所示。

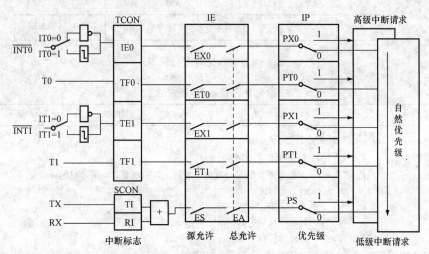

图6-4 中断系统结构图

从图6-4可以看出，单片机共有5个中断源。可允许某一个中断源中断，也可禁止其中断。可将一个中断源编程为高优先级中断或低优先级中断，并能实现二级嵌套。

与中断有关的特殊功能寄存器有：定时控制寄存器 TCON 与串行口控制寄存器 SCON 是中断请求标志位寄存器；中断允许寄存器 IE 决定 CPU 响应哪个中断；中断优先级控制器 IP 决定多个中断请求时，CPU 响应中断的先后次序；以上各特殊功能寄存器都可以进行位寻址，通过对有关位进行复位和置位操作，可实现各种中断控制功能。

每个中断源都对应一个中断标志位，前4个中断标志位设置在特殊功能寄存器 TCON 中，串行口中断请求标志在 SCON 中。

6.2.1 中断源

MCS-51系列单片机中断系统共有5个中断源，其中2个为外部中断源，3个为内部中断源。

外部中断源有：

（1）$\overline{INT0}$：外部中断0请求，低电平有效，通过 P3.2 引脚引入。同级中断中它的优先级别最高。

（2）$\overline{INT1}$：外部中断1请求，低电平有效，通过 P3.3 引脚引入。

内部中断源有：

（1）T0：定时器/计数器 T0 溢出中断申请。

（2）T1：定时器/计数器 T1 溢出中断申请。

（3）TX/RX：串行口中断申请，当串行口发送或接收完一帧字符时，申请中断。发送和接收共用一个中断源。

6.2.2 中断允许寄存器 IE

中断允许寄存器 IE 有一个总开关控制位 EA 和 5 个中断源分开关控制位 EX0、ET0、EX1、ET1、ES，开关的开放和屏蔽实现中断允许的两级控制。其字节地址为 0A8H，可以位寻址，复位后清零，其各位格式如图 6-5 所示，各位功能见表 6-1。

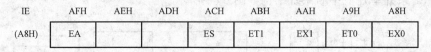

IE	AFH	AEH	ADH	ACH	ABH	AAH	A9H	A8H
(A8H)	EA			ES	ET1	EX1	ET0	EX0

图 6-5 中断允许寄存器 IE

表 6-1   中断允许寄存器 IE 各位功能

符　号	功　能　说　明
EA	总开关控制位 EA=0：屏蔽所有中断请求 EA=1：开放中断。只有开放总中断后，各中断源的申请才可能被响应
ES	串行口中断允许位 ES=0：禁止串行口申请中断 ES=1：允许串行口中断
ET1	定时器/计数器 T1 溢出中断允许位 ET1=0：禁止 T1 申请中断 ET1=1：允许 T1 申请中断
EX1	外部中断 1 中断允许位 EX1=0：禁止外部中断 1 申请中断 EX1=1：允许外部中断 1 申请中断
ET0	定时器/计数器 T0 溢出中断允许位 ET0=0：禁止 T0 申请中断 ET0=1：允许 T0 申请中断
EX0	外部中断 0 中断允许位 EX0=0：禁止外部中断 0 申请中断 EX0=1：允许外部中断 0 申请中断

【例 6-1】　假设允许片内定时器/计数器和串口中断，禁止其他中断，设置 IE 的值。

解　方法 1：用位操作指令设置：

```
SETB    EA              ;CPU 开放总中断
SETB    ET0             ;允许定时器/计数器 T0 中断
SETB    ET1             ;允许定时器/计数器 T1 中断
SETB    ES              ;允许串行口中断
```

方法 2：用字节操作命令：

```
MOV  IE,♯9AH  或  MOV A8H,♯9AH
```

用位指令赋值 IE，直观性强，不易出错，但书写麻烦；用字节操作赋值 IE，直观性差、易出错，但书写简单。

6.2.3 中断请求标志

每个中断源都对应一个中断请求标志位，当标志位置"1"时，表明该中断源正在申请中断。外中断和定时/计数器中断请求标志位设置在特殊功能寄存器 TCON 中，串行口中断请求标志设置在 SCON 中。

1. TCON 中的中断标志位

TCON 其中的 4 位作为定时器/计数器 T0、T1、外部中断 0 和外部中断 1 的中断请求标志。其字节地址为 88H，可以位寻址，复位后清零，其各位格式如图 6-6 所示，各位功能见表 6-2。

TCON	8FH	8EH	8DH	8CH	8BH	8AH	89H	88H
(88H)	TF1		TF0		IE1	IT1	IE0	IT0

图 6-6 控制寄存器 TCON 格式

表 6-2 控制寄存器各位控制说明

符 号	功 能 说 明
TF1	定时器/计数器 T1 的中断请求标志位 T1 最高位产生溢出时，由硬件置位 TF1，向 CPU 申请中断 当 CPU 响应中断后，硬件自动对 TF1 清零 也可用软件查询该标志，并由软件清零
TF0	定时器/计数器 T0 的中断请求标志位 T0 最高位产生溢出时，由硬件置位 TF0，向 CPU 申请中断 当 CPU 响应中断后，硬件自动对 TF0 清零 也可用软件查询该标志，并由软件清零
IE1	外部中断 1 中断请求标志 若外部引脚 P3.3 上存在有效的中断请求信号，由硬件置位 IE1 当 CPU 响应中断后，由硬件自动清零 IE1（边沿触发方式），或由软件清零（电平触发方式）
IT1	外部中断 1 中断触发方式控制位 IT1=0：外部中断 1 为低电平触发方式 IT1=1：外部中断 1 为负边沿触发方式
IE0	外部中断 0 中断请求标志 若外部引脚 P3.2 上存在有效的中断请求信号，由硬件置位 IE0 当 CPU 响应中断后，由硬件自动清零 IE0（边沿触发方式），或由软件清零（电平触发方式）
IT0	外部中断 0 中断触发方式控制位 IT0=0：外部中断 0 为低电平触发方式 IT0=1：外部中断 0 为负边沿触发方式

2. SCON 中的中断标志位

SCON 为串行口控制寄存器，其低两位 TI 和 RI 作为串行口发送和接收中断的标志位。其字节地址为 98 H，可以位寻址，SCON 中 TI 和 RI 的格式如图 6-7 所示，各位功能见表 6-3。

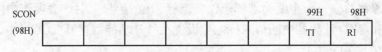

图 6-7　控制寄存器 SCON 格式

表 6-3　　　　　　　　　　　　**控制寄存器 SCON 各位功能说明**

符　号	功　能　说　明
TI	串行口发送中断标志位 CPU 每发送完一帧数据，硬件置位 TI CPU 响应中断后，并不自动清除 TI，必须在中断服务程序中用软件清零
RI	串行口接收中断标志位 CPU 每接收完一帧数据，硬件置位 RI CPU 响应中断后，并不自动清除 RI，必须在中断服务程序中用软件清零

串行口的发送和接收中断共用一个中断源，中断请求标志是由 TI 和 RI 相"或"产生的。单片机系统复位后，TCON 和 SCON 中的各位均清零。

6.2.4　中断优先级控制与嵌套

1. 中断优先级

MCS-51 系列单片机可响应两级中断：高优先级中断和低优先级中断。通过软件可设置每个中断源的级别。高优先级中断源可中断正在执行的低优先级中断服务程序，除非在执行低优先级中断服务程序时设置了 CPU 关中断或禁止某些高优先级中断源的申请。低优先级的中断源不能中断正在执行的中断程序。

单片机内部有一个可位寻址的中断优先级寄存器 IP，用来定义各中断源的优先级别，可以位寻址，复位后清零，其格式如图 6-8 所示，各位功能见表 6-4。

IP
(B8H)

			BCH	BBH	BAH	B9H	B8H
－	－	－	PS	PT1	PX1	PT0	PX0

图 6-8　中断优先级控制寄存器 IP 格式

表 6-4　　　　　　　　　**中断优先级控制寄存器 IP 各位功能说明**

符号	功　能　说　明	符号	功　能　说　明
PS	串行口中断优先级控制位 PS＝0：串行口中断为低优先级 PS＝1：串行口中断为高优先级	PT1	定时器/计数器 T1 中断优先级控制位 PT1＝0：定时器 T1 中断为低优先级 PT1＝1：定时器 T1 中断为高优先级

符 号	功 能 说 明	符 号	功 能 说 明
PX1	外部中断 1 中断优先级控制位 PX1＝0：外部中断 1 为低优先级 PX1＝1：外部中断 1 为高优先级	PX0	外部中断 0 中断优先级控制位 PX0＝0：外部中断 0 为低优先级 PX0＝1：外部中断 0 为高优先级
PT0	定时器/计数器 T0 中断优先级控制位 PT0＝0：定时器 T0 中断为低优先级 PT0＝1：定时器 T0 中断为高优先级		

多个中断可同时被设置为高优先级或低优先级。当处在同一优先级的多个中断源同时向 CPU 申请中断，CPU 则按自然优先级别确定优先响应哪个中断请求。其自然优先级是由硬件形成的，排列顺序见表 6-5。

单片机复位后，IP 被清零，所有中断源为低优先级中断，如果不再设置中断优先级别，所有中断都为低优先级，相应顺序按自然优先级排列。

2. 中断嵌套

当 CPU 正在处理一个中断请求时，又出现一个优先级比它高的中断申请，CPU 将暂时终止当前中断，保护断点，转去响应高优先级中断。待高级中断结束，再继续执行被打断的低级中断服务，该过程称为中断嵌套，MCS-51 系列单片机的 CPU 可实现两级嵌套，如图 6-9 所示。

表 6-5 中断源的自然优先级顺序

中 断 源	自然优先级顺序
外中断 0	最高
定时/计数器 0	
外中断 1	↓
定时/计数器 1	
串口中断	最低

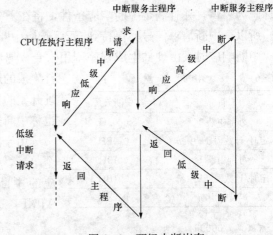

图 6-9 两级中断嵌套

【例 6-2】 分析 CPU 执行下列程序后,若各个中断源同时发出中断申请,是否都能得到响应? 如果得到相应,其响应顺序如何?

(1) MOV IE,#1FH
MOV IP,#05H

(2) MOV IE,#8FH
MOV IP,#06H

解 (1) ES、ET1、EX1、ET0、EX0 均为 "1",说明 5 个中断源都允许申请中断,

但 EA＝0，CPU 是关中断的，任何一个中断也不会响应。

（2）EA＝1，ET1、EX1、ET0、EX0 均为"1"，说明除串口中断外 4 个中断源都允许申请中断，且 CPU 开放中断。在 IP 中，定时/计数器 T0、外中断 1 属于高优先级，定时/计数器 T1、外中断 0 属于低优先级，若同时发出中断申请，CPU 响应顺序为：定时/计数器 T0、外中断 1、外部中断 0、定时/计数器 T1。

6.3　中　断　响　应

6.3.1　响应中断请求的条件

MCS-51 系列单片机具备下列条件时，CPU 可以响应中断。

（1）有中断源发出中断申请。

（2）中断总允许位 EA＝1，即 CPU 开中断。

（3）申请中断的中断源中断允许位为"1"，即开放该中断。

（4）无同级或更高级中断正在被执行。

（5）执行完当前指令的最后一个周期。

（6）若现正执行指令为返回（RETI）指令，或对 IE、IP 寄存器进行读/写操作，则需该指令以及紧接着的另一条指令执行完。

6.3.2　中断触发方式

MCS-51 系列单片机执行指令时，在每个机器周期的 S5P2 期间，各中断标志采样相应的中断源，CPU 在下一个机器周期 S6 期间，按优先级顺序查询中断标志，如查询到某个中断标志为"1"，并且满足中断响应条件，将在下一个机器周期 S1 期间按优先级进行中断处理。所以，中断请求信号要保持到 CPU 响应中断才能结束。

中断响应时，由硬件生成程序调用指令，把当前程序计数器 PC 的内容压入堆栈，把硬件生成的地址装入 PC，使 CPU 执行从该中断入口地址开始的中断服务程序，该地址称为中断入口地址，也称中断矢量，各中断源对应的中断矢量见表 6-6。

由于两个相邻中断源的中断入口地址相距只有 8 个单元，一般的中断服务程序容纳不下，通常在相应的中断入口地址处放一条转移指令 LJMP 或 AJMP，这样就可以转到中断服务程序。例如：

表 6-6　　中断矢量表

中断源	中断矢量
外部中断 0	0003H
定时/计数器 T0 中断	000BH
外部中断 1	0013H
定时/计数器 T1 中断	001BH
串行口中断	0023H

```
ORG    0003H
LJMP   1000H
```

外部中断 0 的中断服务程序将安排在 1000H 地址单元开始的空间。

6.3.3　中断的响应时间

MCS-51 系列单片机的 CPU 不是在任何情况下都对中断请求立即响应，在不同的情况下对中断响应的时间不同。以外中断为例，在每个机器周期的 S5P2 期间，P3.2、P3.3 引脚的电平被锁存到 IE0 和 IE1，CPU 在下一个机器周期才会查询这些值。如果满足中断条件，还需要 2 个机器周期的时间使程序转至该中断源对应的矢量地址。这样从中断请求到执行中断服务程序的第一条指令，中间间隔 3 个机器周期。

如果遇到同级中断或高级中断在进行，或正执行一条指令还没到最后一个机器周期，则还要等待几个机器周期，所以，若系统只有一个中断源，则响应时间在3～8个机器周期。

6.3.4 中断请求的撤销

对于有些中断源，CPU响应中断后会自动清除中断标志，如定时/计数器溢出标志TF0、TF1和边沿触发方式下的外中断标志IE0、IE1；而有些中断标志不会自动清除，如串行口接收和发送中断标志RI、TI，需用户用软件清除；在电平触发方式下的外中断标志IE0、IE1，CPU无法控制，需在引脚外加硬件电路，用硬件自动撤销外部中断申请。

6.4 中断服务程序的设计

中断服务程序编程时，一般分保护现场、中断服务、中断返回三个步骤。

1. 保护现场

CPU执行中断服务程序之前，自动将程序计数器的内容（断点地址）压入堆栈保护起来，然后将对应的中断矢量装入程序计数器PC，使程序转至该中断矢量地址单元中，开始执行中断服务程序。由于响应中断时，打断了正在处理的事件，在中断处理过程中可能会将程序状态字PSW、累加器A或其他寄存器的内容改变，所以如果在中断服务程序中使用了这些寄存器，进入中断服务程序前，应将其内容压入堆栈，在中断服务程序结束，执行RETI指令前，应将其内容恢复成原来的状态。

2. 中断服务

从中断服务程序的第一条指令开始到中断返回指令为止，这个过程称为中断服务。在编写中断服务程序时，要注意以下事项：

（1）由于两个相邻中断源的中断入口地址相距只有8个单元，一般的中断服务程序容纳不下，常采用的方法是在中断入口地址处放一条转移指令LJMP或AJMP，把程序转至ROM其他空间。

（2）在执行中断服务程序时，注意保护现场。

（3）若要在执行当前中断时禁止更高级中断，可以先用软件关闭中断，在中断返回前再开放中断。

3. 中断返回

中断服务程序中，最后一条指令必须为中断返回指令RETI。"RETI"指令的操作，一方面告诉系统中断服务程序已经执行完毕，可以开放同级中断；另一方面把原来压入堆栈保护的断点地址从栈顶弹出，装入程序计数器，使程序转到被中断的程序断点处，重新继续执行下去。在中断返回前，注意恢复现场。

实训一及实训十中，都为外中断0使用实例，外中断1使用时和外部中断0一样。

【例6-3】 如图6-10所示，P1口连接8个发光二极管，P2.0口连接的1个发光二极管，P3.3引脚连接1个按键。要求编程实现：主程序中P1口连接的8个发光

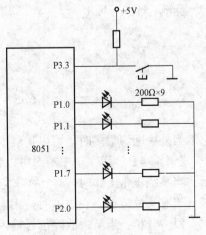

图6-10 ［例6-3］图

二极管点亮位置循环左移，当 P3.3 引脚上的按键每按一次，P2.0 口连接的发光二极管状态取反。

解 分析：主程序中初始化后，编写发光二极管点亮位置循环左移程序，移位速度由延时程序决定。每按一次按键，产生外部中断 0；在中断服务程序中，P2.0 口连接的 1 个发光二极管状态取反。

程序清单：

```
        ORG     0000H
        AJMP    MAIN            ;跳过中断服务程序
        ORG     0003H           ;外部中断0中断矢量
        AJMP    INT0
```

主程序：

```
        ORG     0030H
MAIN：   SETB    IT0             ;边沿触发
        SETB    EA              ;CPU 开中断
        SETB    EX0             ;允许外部中断0中断
        MOV     A,#01H          ;二极管初态
L：      MOV     P1,A            ;二极管点亮位置左移
        RL      A
        ACALL   DELAY           ;延时1s
        SJMP    L
DELAY： MOV     R5,#04H          ;延时1s子程序
DELAY1：MOV     R6,#0FAH
DELAY2：MOV     R7,#0FAH
        DJNZ    R7, $
        DJNZ    R6,DELAY2
        DJNZ    R5,DELAY1
        RET
```

中断服务程序：

```
INT0：   CPL     P2.0
        RETI
        END
```

6.5 外部中断源的扩展

当外中断源很多时，可以扩展中断源。通过如下实例加以说明。

【例 6-4】 用一个中断源可以显示多个故障的发生（以 4 个故障点为例），如图 6-11 所示。当系统正常工作时，4 个故障的输入均为低电平，作为指示灯使用的发光二极管全不亮。当有某故障点出现故障时，相应的发光二极管亮。电路还可同时指示多个故障的发生。

解 分析：当某一故障信号输入线由低电平变为高电平时，或非门输出为"0"，通过外中断 0 申请中断（边沿触发）。在中断服务程序中，通过查询与故障信号相连接的 P1.0、

P1.2、P1.4、P1.6 的值哪个为高电平，即可确定故障的位置，并使相应的发光二极管亮。

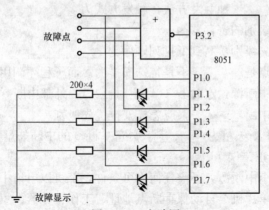

图 6 - 11 　电路图

程序清单：

```
        ORG    0000H
        AJMP   MAIN              ;跳过中断入口
        ORG    0003H             ;外部中断 0 中断矢量
        AJMP   INT0
```

主程序：

```
MAIN：   ANL    P1,♯55H          ;P1.0、P1.2、P1.4、P1.6 作故障输入
        SETB   EA                ;CPU 开中断
        SETB   EX0               ;允许外中断 0
        SETB   IT0               ;边沿触发
        SJMP   $                 ;等待中断
```

中断服务：

```
INT0：   JNB    P1.0,L1          ;P1.0 = 0,转 L1
        SETB   P1.1              ;故障 1,则 P1.1 连接的二极管亮
L1：     JNB    P1.2,L2          ;P1.2 = 0,转 L2
        SETB   P1.3              ;故障 2,则 P1.3 连接的二极管亮
L2：     JNB    P1.4,L3          ;P1.4 = 0,转 L3
        SETB   P1.5              ;故障 3,则 P1.5 连接的二极管亮
L3：     JNB    P1.6,L4          ;P1.6 = 0,转 L4
        SETB   P1.7              ;故障 4,则 P1.7 连接的二极管亮
L4：     RETI
        END
```

思 考 题 与 习 题

1. 填空

(1) 单片机共有_____个中断源，其中属于外部中断源的是_____。

(2) 外中断 0 由单片机_____引脚输入，外中断 1 由单片机_____引脚输入。

（3）CPU 与外部设备交换信息时，通常采用的方式为_____，_____和_____。

（4）外部中断有_____种触发方法，触发方式为_____、_____。

（5）控制中断优先级别的寄存器为_____。

（6）单片机自然优先级别从高到低排列顺序为_____。

（7）中断程序的特点是_____不是特殊安排的。而子程序调用必须_____。

（8）单片机的 5 个中断源：定时器 T0，定时器 T1，外部中断 0，外部中断 1，串行口，能否实现由高到低逐个中断_____，应怎样安排优先级别_____。

（9）定时器 T0 的中断矢量为_____，外部中断 0 的中断矢量为_____。

2. 判断对错，并改正错误

（1）单片机中有 5 个中断源，不需任何许可条件，都可以申请中断。

（2）响应中断后，单片机会自动保存断点地址、工作寄存器、累加器、标志位等信息。

（3）以下中断申请：外部中断 0、定时器 T1 溢出中断、定时器 T0 溢出中断、外部中断 1、串口中断，若按优先级别由高到低安排，可以实现。

（4）处于同一优先级别的中断同时申请时，按自然优先级的顺序响应中断。

（5）单片机的中断矢量是由硬件安排好的。

（6）若 CPU 开放中断，且开放外部中断，则当外部有中断申请时，CPU 立即响应中断而不需要执行完当前指令。

（7）发送和接收一帧字符共用一个中断源。

（8）进入中断服务程序时，需要保护现场。而返回主程序时，要恢复现场。

3. 简答

（1）单片机共有几个中断源？

（2）什么叫保护现场？需要保护哪些内容？什么叫恢复现场？需要恢复哪些内容？保护和恢复现场有什么关系？遵循什么原则？

（3）在电平触发方式中，如何防止 CPU 重复响应外界中断？

（4）什么是中断优先级？中断优先处理的原则是什么？

（5）单片机在什么条件下可响应中断？

（6）在单片机内部存储器中，应如何安排程序区？

（7）单片机外部中断源有几种触发方式？如何实现中断请求？

4. 编程实现

（1）外部中断 0 和外部中断 1 各接一个按键 S0 和 S1，要求：每按一次 S0，使片内 RAM 30H 单元内容加 1，每按一次 S1，使 30H 单元内容减 1。

（2）有 5 台外围设备 EX1～EX5，均需要中断，并共用两个外部中断源。画出连接电路图并编程：当 5 台外围设备有低电平申请时，分别执行相应的中断子程序。同时申请时，则响应顺序为：EX1、EX2、EX3、EX4、EX5。

实训十一　MCS-51 系列单片机中断优先级控制

1. 实训内容

如图 6-12 所示，主程序中 P1 口连接的 8 个发光二极管点亮位置循环左移，当 P3.2 引脚上的按键每按一次，P2.0 口连接的 1 个发光二极管状态取反。当 P3.3 引脚上的按键每按一次，P1 口连接的 8 个发光二极管闪烁。当两键同时按下时，P1 口连接的 8 个发光二极管先闪烁。

2. 参考程序

分析：主程序中，发光二极管点亮位置循环左移，每按一次按键，产生外部中断；若 P3.2 引脚上的按键按下，执行外部中断 0 中断服务程序，P2.0 口连接的 1 个发光二极管状态取反。当 P3.3 引脚上的按键按下，执行外部中断 1 中断服务程序，P1 口连接的 8 个发光二极管闪烁。若不设置优先级别，两键同时按下时，先响应外部中断 0。只有把外部中断 1 设置为高优先级，才能使 P1 口连接的 8 个发光二极管先闪烁。

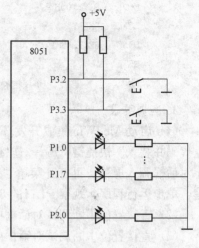

图 6 - 12　中断优先级控制电路图

```
        ORG     0000H
        AJMP    MAIN            ;跳过中断服务程序
        ORG     0003H           ;外部中断 0 中断矢量
        AJMP    NT0
        ORG     0013H           ;外部中断 1 中断矢量
        AJMP    NT1
```

主程序：

```
        ORG     0030H
MAIN：  SETB    EA
        SETB    EX0             ;允许外部中断 0 中断
        SETB    EX1             ;允许外部中断 1 中断
        SETB    PX1             ;外部中断 1 为高优先级中断
        MOV     A,#01H
S1：    MOV     P1,A
        RL      A
        ACALL   DELAY           ;延时 1s
        AJMP    S1              ;循环显示
```

中断服务程序：

```
NT0：   CPL     P2.0            ;外部中断 0
        RETI
```

要让连接在 P1 口的 8 个二极管闪烁，只需隔一段时间，P1 口输出的高低电平转换一次。

```
NT1：   MOV     R2,#03H         ;闪烁 3 次
FLASH1：MOV     P1,#0FFH        ;点亮 P1 连接二极管
        LCALL   DELAY           ;延时
```

```
MOV     P1,#00H              ;熄灭
LCALL   DELAY
DJNZ    R2,FLASH1
RETI
END
```

3. 实训要求

（1）启动 MedWin 集成开发环境，在编辑窗口中输入程序，去掉延时程序，单击"产生代码并装入"快捷键，编译/连接程序，打开菜单"外围部件→端口"，把 P0～P3 端口状态对话框调入屏幕，再打开菜单"外围部件→中断"，把中断调试对话框调入屏幕，按 F8 键，单步运行程序，观察 P1 口的 8 个灯从低位向高位循环移动。

（2）直接置位中断调试对话框中的复选框 IE0，即在它前面打"√"。

（3）直接置位中断调试对话框中的复选框 IE1，即在它前面打"√"，如图 6-13 所示。

（4）因设定了优先级，按 F8 键运行程序，观察到程序先指向外部中断 1 中断矢量，再转到中断服务子程序 NT1，使 P1 口接的灯闪烁。

（5）继续按 F8 键运行程序，观察到程序指向外部中断 0 中断矢量，再转到中断服务子程序 NT0，P2.0 口状态灯取反。

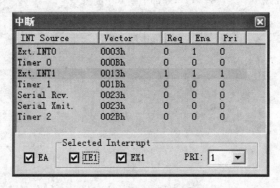

图 6-13　中断表对话框

第 7 章

MCS-51 系列单片机的定时器/计数器

实训十二　定时器/计数器的软件仿真

1. 实训目的

（1）认识定时器/计数器。

（2）了解定时器/计数器的软件仿真方法。

2. 实训内容与步骤

利用 MedWin 集成开发环境，实现 P1 口连接的 8 个发光二极管每隔 1s 点亮位置向左移一位。假设初始状态 P1.0 点亮，晶振频率为 6MHz。

（1）启动 MedWin 集成开发环境，在程序编辑窗口输入下面程序。

程序清单：

```
        ORG       0000H
        AJMP      MAIN            ;跳过中断服务程序
        ORG       000BH           ;定时器 T0 中断入口地址
        AJMP      TCT0
MAIN:   MOV       TMOD,#01H       ;定时器 T0,方式 1
        MOV       TH0,#3CH        ;装入定时初值 100ms
        MOV       TL0,#0B0H
        MOV       R2,#10          ;循环 10 次
        SETB      ET0             ;允许定时器 T0 中断
        SETB      EA              ;CPU 开中断
        SETB      TR0             ;启动 T0
        MOV       A,#01H          ;设 P1.0 点亮
LOOP:   MOV       P1,A            ;循环显示
        SJMP      LOOP
```

中断服务程序：

```
TCT0:   MOV       TH0,#3CH        ;重装 100ms 初值
        MOV       TL0,#0B0H
        DJNZ      R2,RT           ;循环次数不为"0",返回
        RL    A                   ;定时 1s 时间到,左移
        MOV       R2,#10          ;重装循环次数
RT:     RETI                      ;开中断返回主程序
```

（2）单击编译，若没有错误则单击"产生代码并装入"。

（3）打开"外围部件"下拉菜单，选择"端口"，屏幕显示如图 7 - 1 所示，可观察 P0～P3 端口的状态。

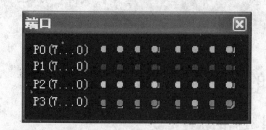

图 7-1 端口状态

（4）打开"调试"下拉菜单，选择"自动单步"，则出现图 7-2 所示窗口，可设置自动运行时间。程序运行在循环显示部分，P1.0 首先点亮，如图 7-3 所示。此时可查看特殊功能寄存器中的 TH0、TL0 计数变化，当 TH0 和 TL0 计满 0FFH 时，进入中断程序，灯左移 1 位，即 P1.1 点亮，如此循环左移点亮。

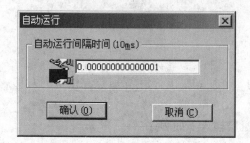

图 7-2 自动运行窗口

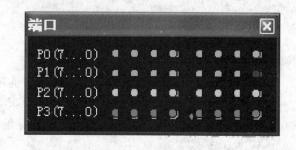

图 7-3 初态 P1.0 点亮

（5）也可通过改变定时中断溢出设置，观察 P1 口循环左移点亮状态。

打开"外围部件"下拉菜单，选择"中断"，显示如图 7-4 所示，选择 Timer 0。或打开"外围部件"下拉菜单中的"定时器/计数器1"，则出现图 7-5 所示窗口。

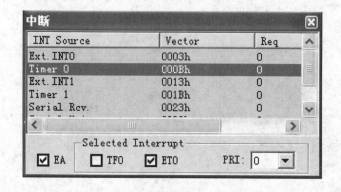

图 7-4 中断设置窗口

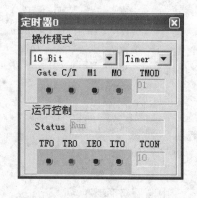

图 7-5 定时器 0 设置窗口

按 F8 单步运行程序，则程序运行在循环显示处等待定时中断。可人工设定中断标志，即在 7-4 图中 TF0 前画√或单击图 7-5 TF0 下的灯变为红色，再按 F8 单步运行程序，可观察到首先 TF0 状态清 0，后程序先进入中断矢量，再转向中断子程序，使图 7-3 中 P1 端口的灯左移一位。

3. 思考题

如果实验中改为使用定时器 T1，程序如何修改？应该如何调用窗口进行观察？

7.1　定时器/计数器结构和工作原理

定时器/计数器是 MCS-51 系列单片机的重要功能模块之一，MCS-51 系列单片机中有 2 个 16 位的定时器/计数器，一般用 T0 表示定时器/计数器 0，T1 表示定时器/计数器 1。定时器/计数器根据设置的不同可实现定时和计数的功能。在实际应用中，常用定时器做实时时钟，实现定时检测、定时控制；计数器主要用于外部事件的计数。

7.1.1　定时器/计数器结构

定时器/计数器的结构框图如图 7-6 所示。与定时器/计数器有关的特殊功能寄存器有 TMOD、TCON、TH1、TL1、TH0 和 TL0。TMOD 是定时器/计数器的工作方式寄存器，确定定时器的工作方式和功能；TCON 是控制寄存器，控制 T0、T1 的启动和停止及设置溢出标志。TH1 和 TL1 分别提供定时器/计数器 1 的高 8 位和低 8 位。TH0 和 TL0 分别提供定时器/计数器 0 的高 8 位和低 8 位。

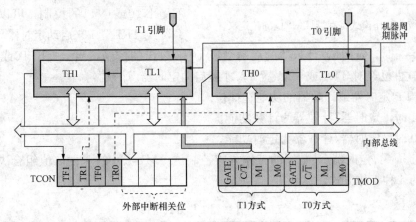

图 7-6　定时器/计数器结构图

7.1.2　定时器/计数器功能

由定时器/计数器结构图 7-6 可见，定时器/计数器的实质是由高 8 位和低 8 位两个寄存器组成的 16 位加 1 计数器，可实现定时、计数功能。

1. 定时器

当定时器/计数器设置为定时工作方式时，加 1 计数器是对内部机器周期计数。每经过一个机器周期，计数器加 1，而一个机器周期等于 12 个振荡周期，所以计数频率为振荡脉冲频率的 1/12。

2. 计数器

当定时器/计数器设置为计数工作方式时，是对外部脉冲信号进行计数。外部事件计数脉冲由 T0（P3.4）或 T1（P3.5）引脚输入到计数器。每来一个有效外部脉冲，计数器加 1。即当 T0 或 T1 脚上输入的脉冲信号产生由高到低的负跳变时，计数器的值加 1。计数器在每个机器周期的 S5P2 期间采样外部输入信号，若前一个机器周期采样值为 1，后一个机器周期采样值为 0，则计数器加 1。要求输入的信号电平至少要保持一个完整的机器周期，以确保电平在再次变化前至少被采样一次。

不论是定时工作方式还是计数工作方式，均不占用 CPU 的运算时间，直到计数器各位全为 1，再加 1 计数器计满溢出时，才向 CPU 申请中断，请求 CPU 处理，处理完成后马上回到断点处继续原来的程序。

7.2　定时器/计数器控制寄存器

7.2.1　工作模式寄存器 TMOD

定时器/计数器 T0、T1 的启动方式、功能、工作方式可通过程序对 8 位的特殊功能寄存器 TMOD 设置来选择。TMOD 的低 4 位用于设置定时器/计数器 T0，高 4 位用于设置定时器/计数器 T1。TMOD 不能位寻址，TMOD 各位的定义如图 7-7 所示。

图 7-7　工作模式寄存器 TMOD 的位定义

（1）GATE：门控制位，用于控制定时器/计数器 T0 或 T1 的启动方式。

GATE＝0 时，定时器/计数器的启动不受 $\overline{INT0}$ 或 $\overline{INT1}$ 的控制，可以用软件对 TR0 或 TR1 置 1 来启动定时器/计数器。

GATE＝1 时，定时器/计数器的启动受 $\overline{INT0}$ 和 $\overline{INT1}$ 的控制，当引脚 $\overline{INT0}$ 或 $\overline{INT1}$ 等于 1 时，且用软件已经对 TR0 或 TR1 置 1，才能启动定时器/计数器。

（2）C/$\overline{T}$：定时器或计数器的功能选择位。

C/$\overline{T}$＝1 时，定时器/计数器为计数功能。

C/$\overline{T}$＝0 时，定时器/计数器为定时功能。

（3）M1/M0：定时器/计数器的工作方式控制位。M1/M0 的 4 种取值组合决定了定时器/计数器的 4 种工作方式，见表 7-1。

表 7-1　　　　　　　　　　定时器/计数器工作方式选择

M1　M0	工作方式	功　　能
0　　0	方式 0	13 位定时器/计数器
0　　1	方式 1	16 位定时器/计数器
1　　0	方式 2	8 位自动重装初值的定时器/计数器
1　　1	方式 3	定时器/计数器 T0 为 2 个 8 位定时器/计数器

例如，指令 MOV　TMOD，♯25H，表示定时器/计数器 T1 工作于方式 2 的定时方式，由 TR1 启动，不受 $\overline{INT1}$ 控制；定时器/计数器 T0 工作于方式 1 的计数方式，由 TR0 启动，不受 $\overline{INT0}$ 控制。

7.2.2　定时控制寄存器 TCON

TCON 是一个 8 位的特殊功能寄存器，可位寻址。TCON 的低 4 位用于控制外部中断，已在第 6 章介绍。TCON 的高 4 位用于控制定时器/计数器 T0 或 T1 的启动和中断申请，并标志溢出情况。TCON 各位的定义如图 7-8 所示。

这里只对与定时/计数器控制有关的高 4 位加以介绍。

（1）TF1：T1 的溢出中断请求标志位。

TCON	8FH	8EH	8DH	8CH	8BH	8AH	89H	88H
(88H)	TF1	TR1	TF0	TR0	IE1	IT1	IE0	IT0

图 7-8　定时控制寄存器 TCON 的位定义

当定时/计数器 T1 的计数器溢出时，由硬件自动将 TF1 置 1，向 CPU 申请中断，CPU 响应中断后，由硬件自动将 TF1 清 0。

（2）TR1：T1 的起/停控制位，由软件置 1 或清 0。

TR1＝1 时，启动定时/计数器 T1 进行计数。

TR1＝0 时，停止定时/计数器 T1 工作。

（3）TF0：T0 的溢出中断请求标志位。功能同 TF1。

（4）TR0：T0 的起/停控制位，由软件置 1 或清 0。

TR0＝1 时，启动定时/计数器 T0 进行计数。

TR0＝0 时，停止定时/计数器 T0 工作。

7.2.3　定时/计数器的初始化

MCS-51 的定时/计数器是可编程的，可以设定为对机器周期进行计数实现定时功能，也可以设定为对外部有效脉冲计数实现计数功能。有四种工作方式，使用时可根据情况选择其中一种。MCS-51 系列单片机定时/计数器初始化过程如下：

（1）根据要求选择定时/计数器的方式，确定方式控制字，写入方式控制寄存器 TMOD。

（2）根据要求计算定时/计数器的计数值，再由计数值求得初值，写入初值寄存器。

（3）根据需要开放定时/计数器中断（后面需要编写中断服务程序）。

（4）设置定时/计数器控制寄存器 TCON 的值，启动定时/计数器开始工作。

（5）等待定时/计数器设定时间，时间到或计数到则转去执行中断服务程序；若用查询处理则编写查询程序，查询溢出标志，溢出标志为 1 时，则进行相应处理。

7.3　定时器/计数器的工作方式及应用

在本书 7.2.1 一节中已经述及，定时器/计数器可通过 TMOD 中的 C/$\overline{\text{T}}$ 位设置定时器方式或计数器方式，通过 M1、M0 来设置四种工作方式。在方式 0、方式 1、方式 2 下，定时器/计数器 T0、T1 的逻辑结构相同，所以这三种方式都以 T0 为例加以介绍。方式 3 时，T0 和 T1 的用法特点不同。下面分别介绍这四种工作方式的结构及特点。

7.3.1　工作方式 0 及应用

当 TMOD 中的 M1、M0 设置为 00 时，定时器/计数器工作于方式 0。图 7-9 为 T0 工作于方式 0 的逻辑结构图。

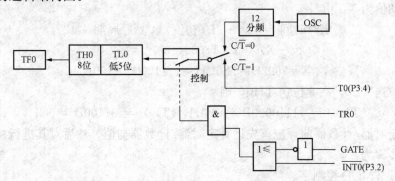

图 7-9　定时器/计数器 T0 工作方式 0 的逻辑结构

方式 0 为 13 位的计数结构，由 TH0 的 8 位和 TL0 的低 5 位组成，TL0 的高 3 位不用。当 TL0 的低 5 位计满溢出时，向 TH0 进位，TH0 溢出时向中断标志位 TF0 进位，使 TF0 置 1，同时申请中断。可通过查询方式，即查询 TF0 是否为 1 来判断 T0 是否溢出，此时应使用软件方式将 TF0 清 0，也可通过中断方式，此时硬件自动将 TF0 清 0。

1. 初值的计算

当 $C/\overline{T}=0$ 时，T0 用作定时功能。控制开关连接 12 分频，接通内部振荡器，此时 T0 对机器周期计数，对一次溢出而言，其定时时间为

$$定时时间 = (2^{13} - T0\ 初值) \times 机器周期$$

或

$$定时时间 = (2^{13} - T0\ 初值) \times 晶振周期 \times 12$$

当 $C/\overline{T}=1$ 时，T0 用作计数功能。控制开关连接引脚 T0（P3.4），外部计数脉冲由引脚 P3.4 输入，此时 T0 对外部有效脉冲计数。有效脉冲为负跳变脉冲，即当引脚上的信号电平发生"1"到"0"的跳变时，计数器加 1，计数范围为 $1\sim8192$（2^{13}），对一次溢出而言，其计数值为

$$计数次数 = 2^{13} - T0\ 的初值$$

在实际应用中，如果需要更长的定时时间或计数范围，可利用循环来实现。但方式 0 的初值计算麻烦，较少采用。

2. 门控位 GATE 的影响

当 GATE=0 时，GATE 信号经过"非"门，输出为 1。使"或"门输出为 1，"与"门打开，由 TR0 来控制定时器/计数器 T0 的启动与否。TR0=1 时，"与"门输出 1，接通控制开关，启动定时器/计数器 T0，允许 T0 在设置初值的基础上做加法计数，直至溢出。TR0=0 时，"与"门输出 0，断开控制开关，定时器/计数器 T0 关闭，停止计数。

当 GATE=1，且 TR0=1 时，GATE 信号经过"非"门，输出为 0，使"或"门和"与"门全部打开，外部启动控制信号通过引脚 $\overline{INT0}$ 来控制定时器/计数器 T0 的启动与否。$\overline{INT0}$ 输入高电平时，"与"门输出 1，接通控制开关，启动定时器/计数器 T0，允许 T0 在设置初值的基础上计数。$\overline{INT0}$ 输入低电平时，"与"门输出 0，断开控制开关，定时器/计数器 T0 关闭，停止计数。应用这种方法可以测量在引脚 $\overline{INT0}$ 输入的外部信号的脉冲宽度。

【例 7 - 1】 定时器/计数器 T0 工作于方式 0，要求定时时间 $t=1ms$，求 T0 的初值以及 TH0、TL0 的值，设晶振频率 $f_{osc}=6MHz$。

解 设初值为 X，由

$$定时时间 = (2^{13} - T0\ 初值) \times 晶振周期 \times 12$$

则

$$(2^{13}-X)\times12\times1/(6\times10^{6}) = 1\times10^{-3}$$

$$X=7692D=1E0CH=1111000001100B$$

将低 5 位送 TL0，高 8 位送 TH0，则

$$(TH0) = 11110000B = 0F0H,\ (TL0) = 01100B = 0CH$$

在应用定时器/计数器前，应首先计算定时器/计数器初值，然后对其进行初始化。

初始化步骤为：

(1) 设置 TMOD 控制字。

(2) 向计数器 TL0（TL1）、TH0（TH1）装入初值。

（3）置 TR0（或 TR1）="1"，启动计数。

（4）置 ET="1"，允许定时器/计数器中断（若需要时）。

（5）置 EA="1"，CPU 开中断（若需要时）。

【例 7 - 2】　在生产实践中常要用到方波信号，用定时器/计数器即可实现。例如设晶振频率 f_{OSC}＝6MHz，定时器/计数器 T1 工作于方式 0，采用查询方式编程，实现在并口 P1.7 上输出周期为 1ms 的方波。

解　（1）计算初值：周期为 1ms 的方波要求输出电平每隔 500μs 取反一次，所以定时时间为 500μs。设初值为 X，由

$$定时时间 = (2^{13} - X) \times 晶振周期 \times 12$$

则
$$(2^{13} - X) \times 12 \times 1/(6 \times 10^6) = 500 \times 10^{-6}$$
$$X = 7942D = 1111100000110B$$

将低 5 位送 TL0，高 8 位送 TH0，则

$$(TH0) = 11111000B = 0F8H, (TL0) = 00110B = 06H$$

（2）设置 TMOD 控制字：T1 作为定时器使用，所以 C/$\overline{T}$＝0；且用软件 TR1 启动，所以 GATE＝0；采用方式 0，所以 M1M0＝00。T0 不用，一般设对应位为 0。因此 TMOD＝00H。

（3）程序清单：

```
        ORG     0030H
        MOV     TMOD, #00H      ;TMOD 初始化
        MOV     TL1, #06H       ;装入定时初值
        MOV     TH1, #0F8H
        SETB    TR1             ;启动 T1
LOOP:   JBC     TF1, NEXT       ;查询是否到定时时间
        SJMP    LOOP
NEXT:   MOV     TL1, #06H       ;重装定时初值
        MOV     TH1, #0F8H
        CPL     P1.7            ;输出取反, 得到 1ms 方波
        SJMP    LOOP            ;重复循环
```

7.3.2　工作方式 1 及应用

当 TMOD 中的 M1、M0 设置为 01 时，定时/计数器工作于方式 1。图 7 - 10 为 T0 工作于方式 1 的逻辑结构图。

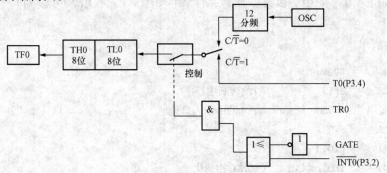

图 7 - 10　定时器/计数器 T0 工作方式 1 的逻辑结构

（1）由图 7-10 可见，方式 1 与方式 0 的逻辑结构几乎相同，唯一不同的是方式 1 为 16 位的计数结构，由 TH0 的全部 8 位和 TL0 的全部 8 位组成。当 TL0 的 8 位计满溢出时，向 TH0 进位，TH0 计满溢出时向中断标志位 TF0 进位，使 TF0 置 1，同时向 CPU 申请中断。逻辑分析参见方式 0，这里不再赘述。

（2）当 $C/\overline{T}=0$ 时，T0 用作定时功能。对一次溢出而言，其定时时间为

$$定时时间 = (2^{16} - T0 初值) \times 机器周期$$

或

$$定时时间 = (2^{16} - T0 初值) \times 晶振周期 \times 12$$

当 $C/\overline{T}=1$ 时，T0 用作计数功能。计数范围为 $1 \sim 65536$，对一次溢出而言，其计数值为

$$计数次数 = 2^{16} - T0 的初值$$

【例 7-3】 ［例 7-2］的方波若采用定时器/计数器 T1 工作于方式 1，则 T1 的初值以及 TH1、TL1 的值计算如下。设晶振频率 $f_{OSC}=12\text{MHz}$。

解　设初值为 X，由

$$定时时间 = (2^{16} - T1 初值) \times 晶振周期 \times 12$$

则

$$(2^{16}-X) \times 12 \times 1/(12 \times 10^6) = 500 \times 10^{-6}$$

$$X=65036\text{D}=\text{FE0CH}=1111111000001100\text{B}$$

将低 8 位送 TL1，高 8 位送 TH1，则

$$(\text{TH1}) = 11111110\text{B} = 0\text{FEH}, (\text{TL1}) = 00001100\text{B} = 0\text{CH}$$

【例 7-4】　在电路设计中，常需要对某些位进行取反操作，例如要求每 2ms 将 P1.1 的内容取反，则可采用定时器/计数器 T0 工作于方式 1，用中断方式编程实现。设晶振频率 $f_{OSC}=6\text{MHz}$。

解　（1）计算初值：定时时间为 2ms。设初值为 X，由

$$定时时间 = (2^{16} - X) \times 晶振周期 \times 12$$

则

$$(2^{16}-X) \times 12 \times 1/(6 \times 10^6) = 2 \times 10^{-3}$$

$$X=64536\text{D}=1111110000011000\text{B}$$

将低 8 位送 TL0，高 8 位送 TH0，则

$$(\text{TH0}) = 11111100\text{B} = 0\text{FCH}, (\text{TL0}) = 00011000\text{B} = 18\text{H}$$

（2）设置 TMOD 控制字：T0 作为定时器使用，所以 $C/\overline{T}=0$；且用软件 TR0 启动，所以 GATE=0；采用方式 1，所以 M1M0=01。T1 不用，可设对应位为 0。因此 TMOD=01H。

（3）程序清单：

```
          ORG    0000H
          AJMP   MAIN       ;跳转到主程序
          ORG    000BH      ;T0 的中断入口地址
          AJMP   FT0
          ORG    0100H
MAIN:     MOV    TMOD,#01H   ;TMOD 初始化
          MOV    TL0,#18H    ;装入定时初值
```

```
        MOV     TH0,#0FCH
        SETB    EA              ;CPU 开中断
        SETB    ET0             ;允许 T0 中断
        SETB    TR0             ;启动 T0
        SJMP    $               ;等待中断
FT0:    CPL     P1.1            ;P1.1 取反
        MOV     TL0,#18H        ;重装定时初值
        MOV     TH0,#0FCH
        RETI                    ;中断返回主程序
```

7.3.3　工作方式 2 及应用

当 TMOD 中的 M1、M0 设置为 10 时，定时器/计数器工作于方式 2。图 7 - 11 为 T0 工作于方式 2 的逻辑结构图。

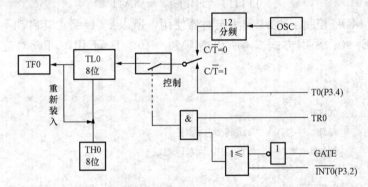

图 7 - 11　定时器/计数器 T0 工作方式 2 的逻辑结构

(1) 方式 2 下，T0 构成一个能够自动重装初值的 8 位计数器。在方式 0 和方式 1 中，计数器若用于重复定时计数，每次都需要用软件向 TH0 和 TL0 重新装入计数初值。而在方式 2 中，16 位计数器被拆成两个 8 位计数器，TL0 用作 8 位计数器，TH0 用以存放 8 位计数初值。在程序初始化时，TL0 和 TH0 由软件赋予相同的初值，一旦 TL0 计数溢出，便置位 TF0 申请中断，同时自动将 TH0 中存放的初值装入 TL0，继续进行计数，TH0 中的初值不受影响。所以方式 2 可以省去软件重装初值的时间，产生相对精确的定时时间，特别适合于较精确的脉冲信号发生器。

(2) 当 $C/\overline{T}=0$ 时，T0 用作定时功能。对一次溢出而言，其定时时间为

$$定时时间 = (2^8 - T0 初值) \times 机器周期$$

或

$$定时时间 = (2^8 - T0 初值) \times 晶振周期 \times 12$$

当 $C/\overline{T}=1$ 时，T0 用作计数功能，计数范围为 1~256。对一次溢出而言，其计数值为

$$计数次数 = 2^8 - T0 的初值$$

【例 7 - 5】　定时器/计数器 T1 工作于方式 2，要求计数 200 次，求 T1 的初值以及 TH1、TL1 的值。

解　设初值为 X，由

$$计数次数 = 2^8 - X$$

得

$$X = 56D = 38H = 111000B$$

将初值分别送 TL1 和 TH1，则

$$(TH1) = (TL1) = 38H$$

【例 7 - 6】 仍然以输出方波为例。设晶振频率 $f_{OSC} = 6MHz$，定时器/计数器 T1 工作于方式 2，由引脚 P1.2 输出周期为 $600\mu s$ 的方波。

解 （1）计算初值：定时时间为 $300\mu s$。设初值为 X，由

$$定时时间 = (2^8 - X) \times 晶振周期 \times 12$$

则

$$(2^8 - X) \times 12 \times 1/(6 \times 10^6) = 300 \times 10^{-6}$$

$$X = 106D = 6AH$$

分别送 TL1 和 TH1，则

$$(TH1) = (TL1) = 6AH$$

（2）设置 TMOD 控制字：T1 作为定时器使用，所以 $C/\overline{T} = 0$；其启动不受外部中断控制，所以 GATE＝0；采用方式 2，所以 M1M0＝10。T0 不用，可设对应位为 0。因此 TMOD＝20H。

（3）程序清单：

```
        ORG    0000H
        AJMP   MAIN         ;跳转到主程序
        ORG    001BH        ;T1 的中断入口地址
        AJMP   FT1
        ORG    0100H
MAIN:   MOV    TMOD,#20H    ;TMOD 初始化
        MOV    TL1,#6AH     ;装入定时初值
        MOV    TH1,#6AH
        SETB   EA           ;CPU 开中断
        SETB   ET1          ;允许 T1 中断
        SETB   TR1          ;启动 T1
        SJMP   $            ;等待中断
FT1:    CPL    P1.2         ;P1.2 取反
        RETI                ;中断返回主程序
```

【例 7 - 7】 定时器/计数器对外部脉冲进行计数，要求外部脉冲达到 120 次时，使 P1.1 上连接的指示灯亮灭状态取反一次。要求用 T0 工作于方式 2 实现。

解 （1）计算初值：设计数初值为 X，由

$$计数次数 = 2^8 - T0 的初值$$

则　T0 的初值＝$2^8 - 120 = 136D = 88H$

分别送 TL0 和 TH0，则

$$(TH0) = (TL0) = 88H$$

（2）设置 TMOD 控制字：T0 作为计数器使用，所以 $C/\overline{T} = 1$；且用软件 TR0 启动，所以 GATE＝0；采用方式 2，所以 M1M0＝10。T1 不用，可设对应位为 0。因此 TMOD＝06H。

（3）程序清单：

```
        ORG     0030H
        MOV     TMOD,＃06H      ;TMOD 初始化
        MOV     TL0,＃88H       ;装入计数初值
        MOV     TH0,＃88H
        SETB    TR0            ;启动 T0
LOOP:   JBC     TF0,NEXT       ;查询是否计数溢出
        SJMP    LOOP
NEXT:   CPL     P1.1           ;P1.1 取反
        SJMP    LOOP           ;重复循环
```

注意方式 2 的应用中不用重装初值。

7.3.4　工作方式 3 及应用

在方式 3 中，定时器/计数器 T0 和定时器/计数器 T1 的设置和使用是不同的。当 TMOD 中的 M1、M0 设置为 11 时，T0 工作于方式 3，而 T1 停止工作，但可将 T1 设置为其他工作方式。

1. 定时器/计数器 T0 的工作方式 3

定时器/计数器 T0 在方式 3 下，被分成两个相互独立的 8 位计数器 TL0 和 TH0。其逻辑结构如图 7-12 所示。

TL0 使用 T0 的控制位 GATE、$C/\overline{T}$、TR0、TF0、T0（P3.4）及引脚$\overline{INT0}$（P3.2），TL0 作为 8 位计数器，实现定时或计数功能，它的工作情况与方式 0、方式 1 相同，TL0 计数溢出时置位 TF0＝1，每次溢出后 TL0 计数初值需重装。

TH0 只能作为一个 8 位内部定时器使用，对机器周期进行计数，它占用了 T1 的控制位 TR1 和 TF1，同时占用了 T1 的中断源，其启动和关闭仅受 TR1 的控制。当 TR1 为"1"时，允许 TH0 计数。当 TH0 计数溢出时，

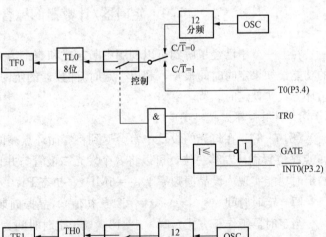

图 7-12　定时器/计数器 T0 工作方式 3 的逻辑结构

置溢出标志 TF1 为"1"。可见，工作方式 3 为定时器 T0 增加了一个 8 位定时器。

2. 定时器/计数器 T1 的工作方式 3

在 T0 工作在方式 3 时，定时器/计数器 T1 可以设置为方式 0、方式 1 或方式 2，如图 7-13 所示。只有一个控制位 $C/\overline{T}$ 来切换定时或计数功能，但由于 TR1 和 TF1 被 TH0 占用，不能产生溢出中断请求，只能将输出送入串行口，所以只用作串行口的波特率发生器，此时 T1 设置为方式 2。

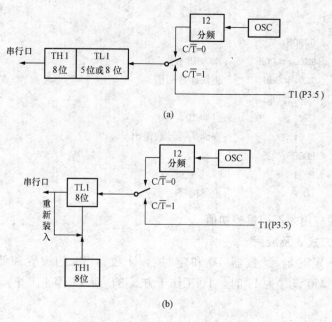

图 7-13 定时器/计数器 T0 工作在方式 3 下定时器/计数器 T1 的逻辑结构
(a) T1 工作方式 0 或方式 1；(b) T1 工作方式 2

7.4 定时器/计数器的综合应用举例

在上一节中已经了解到可以利用中断方式和查询方式使定时器/计数器实现定时或计数的功能，如果定时时间很长，超出了定时/计数器的定时范围，则这里还有一种方法即利用循环方式实现定时。

1. 利用循环方式实现定时

【例 7-8】 在灯光的设计中常会遇到将灯循环点亮的问题。例如使 8 个发光二极管每隔 2s 点亮位置循环左移一位，可以将 8 个发光二极管与并口 P1 连接，利用定时器/计数器 T0 的定时功能实现。设晶振频率 $f_{OSC}=6MHz$，初态 P1.0 亮。

解 定时时间 $\qquad t=（2^n-初值）\times 晶振周期 \times 12$

当定时器工作于方式 0 时，n=13，最长定时时间为 16ms；

工作于方式 1 时，n=16，最长定时时间为 131ms；

工作于方式 2 时，n=8，最长定时时间为 512μs。

因此，要想定时 1s，只能利用软件计数器，采用循环计数的方式实现。

这里，如果利用 T0 工作方式 1，定时 100ms，循环 20 次，则可以实现定时 2s。

（1）计算初值：定时时间为 100ms。

$$T0 \text{ 的初值} = 2^{16} - 100000/2 = 15536D = 3CB0H$$

$$(TH0) = 3CH, (TL0) = 0B0H$$

（2）设置 TMOD 控制字：T0 作为定时器使用，所以 $C/\overline{T}=0$；且用软件 TR0 启动，所以 GATE=0；采用方式 1，所以 M1M0=01。T1 不用，可设对应位为 0。因此 TMOD=01H。

（3）程序清单：

```
        ORG     0000H
        AJMP    MAIN            ;跳转到主程序
        ORG     000BH           ;T0 的中断入口地址
        AJMP    TCT0
```

主程序：

```
        ORG     0100H
MAIN:   MOV     TMOD,#01H       ;TMOD 初始化
        MOV     TL0,#0B0H       ;装入定时初值
        MOV     TH0,#3CH
        MOV     R2,#20          ;循环 20 次
        SETB    EA              ;CPU 开中断
        SETB    ET0             ;允许 T0 中断
        SETB    TR0             ;启动 T0
        MOV     A,#01H          ;二极管初态
LOOP:   MOV     P1,A            ;循环显示
        SJMP    LOOP
```

中断服务程序：

```
TCT0:   MOV     TL0,#0B0H       ;重装定时初值
        MOV     TH0,#3CH
        DJNZ    R2,NEXT         ;循环次数不为"0",返回
        RL      A               ;定时 1s 时间到,左移一位
        MOV     R2,#20          ;重装循环次数
NEXT:   RETI                    ;中断返回主程序
```

2. 门控位 GATE 的应用

在上面所举例题中，T0、T1 定时器/计数器中的门控信号 GATE 都被设置为"0"。在 7.2 节中已经了解到，若 GATE 设置为"1"，只有 TR0（或 TR1）=1，同时使引脚 $\overline{INT0}$（或 $\overline{INT1}$）为"1"时，才能启动定时器/计数器开始计数；当 $\overline{INT0}$（或 $\overline{INT1}$）=0 时，停止计数。利用这一特点可以测量在引脚 $\overline{INT0}$（或 $\overline{INT1}$）上的外部输入脉冲的宽度。测量方法如图 7-14 所示。

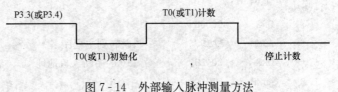

图 7-14　外部输入脉冲测量方法

【例 7-9】　利用定时器/计数器 T0，测量引脚 $\overline{INT0}$（P3.2）输入的外部正脉冲的宽度。

解　设置 GATE=1，且设 T0 作为定时器工作在方式 1，则 $C/\overline{T}=0$，M1M0=01，故 TMOD=09H。

测量由 $\overline{INT0}$ 输入的外部正脉冲时，应在 $\overline{INT0}$ 为低电平时设置 TR0=1，当 $\overline{INT0}$ 变为高电平时，开始计数；直到 $\overline{INT0}$ 再次变为低电平时，停止计数。此时的计数值就是正脉冲的宽度。

程序清单：

```
        ORG     0030H
        MOV     TMOD,#90H      ;TMOD 初始化
        MOV     TL0,#00H       ;设置定时初值为 0
        MOV     TH0,#00H
RL1:    JB      P3.2,RL1       ;等待INT0变低
        SETB    TR0            ;启动 TR0
RL2:    JNB     P3.2,RL2       ;等待INT0变高,开始计数
RL3:    JB      P3.2,RL3       ;等待INT0再次变低
        CLR     TR0            ;停止计数
        MOV     A,TL0
        MOV     B,TH0          ;存放计数值
        END
```

若设晶振频率 $f_{OSC}=12\text{MHz}$，则测量结果单位为微秒，这种方法所测的最大脉冲宽度为 $65536\mu s$。由于通过软件启动和停止计数，指令的执行需要一定的时间，因此存在一定的测量误差，应用时应注意。

3. 时钟程序设计

【例 7 - 10】 利用单片机设计一个能够显示时、分、秒的时钟，设晶振频率 $f_{OSC}=6\text{MHz}$。

解 在内部数据存储器 RAM 中分配时、分、秒存储单元：

30H 存放 100ms 计时内容；

31H 存放秒计时内容；

32H 存放分计时内容；

33H 存放时计时内容。

40H～45H 为显示缓冲区（存放单字节 BCD 码）。

时、分、秒单元内容拆分存入显示缓冲区子程序：CER。

(1) 计算初值：利用 T0 方式 1 产生 100ms 定时，则

$$\text{T1 的初值} = 2^{16} - 100 \times 10^{-3} \times 12 \times 10^6/6 = 15536 = 3CB0H$$

(2) 程序清单：

```
        ORG     0000H
        AJMP    MAIN           ;跳转到主程序
        ORG     001BH          ;T0 的中断入口地址
        AJMP    FT0
        ORG     0100H
MAIN:   MOV     TMOD,#10H      ;TMOD 初始化
        MOV     TL0,#0B0H      ;装入定时初值
        MOV     TH0,#3CH
        SETB    EA             ;CPU 开中断
        SETB    ET0            ;允许 T0 中断
        SETB    TR0            ;启动 T0
LOOP:   ACALL   DISPLAY        ;调用显示程序
```

```
        SJMP    LOOP
```

中断服务程序：

```
FT0：   MOV     TL0,#0B0H       ;重装定时初值
        MOV     TH0,#0FCH
        INC     30H
        MOV     A,30H
        CJNE    A,#0AH,DONE     ;不到 1s,则跳转 DONE
        MOV     30H,#00H        ;等于 1s,则 100ms 单元清零
        MOV     A,31H
        ADD     A,#01H          ;秒单元加 1
        DA      A               ;调整为 BCD 码
        MOV     31H,A
        CJNE    A,#60H,DONE     ;不到 60s,则跳转 DONE
        MOV     31H,#00H        ;等于 60s,则秒单元清零
        MOV     A,32H
        ADD     A,#01H          ;分单元加 1
        DA      A               ;调整为 BCD 码
        MOV     32H,A
        CJNE    A,#60H,DONE     ;不到 60min,则跳转 DONE
        MOV     32H,#00H        ;等于 60min,分单元清零
        MOV     A,33H           ;时单元加 1
        ADD     A,#01H
        DA      A
        MOV     33H,A
        CJNE    A,#24H,DONE     ;不到 24h,则跳转 DONE
        MOV     33H,#00H        ;时单元清零
        MOV     33H,#00H        ;时单元清零
DONE：  ACALL   CER             ;时钟值存入显示缓冲区
        RETI                    ;中断返回主程序
CER：   PUSH    ACC
        PUSH    PSW
        MOV     R2,#03H         ;压缩 BCD 码的个数
        MOV     R1,#40H         ;显示缓冲区首地址
        MOV     R0,#31H         ;压缩 BCD 码首地址
L0：    MOV     A,@R0
        ANL     A,#0FH          ;屏蔽压缩 BCD 码高 4 位
        MOV     @R1,A           ;存入 40H 单元
        INC     R1
        MOV     A,@R0
        SWAP    A               ;屏蔽压缩 BCD 码低 4 位
        ANL     A,#0FH
        MOV     @R1,A           ;存入 40H 单元
```

```
INC      R1
INC      R0
DJNZ     R2,L0
POP      PSW
POP      ACC
RET
END
```

思 考 题 与 习 题

1. MCS-51 系列单片机内部有几个定时器/计数器？它们与哪些特殊功能寄存器有关？

2. 简述 TMOD 的结构、各位名称和作用。

3. 门控位 GATE 设置为"1"时，定时器如何启动？

4. 定时器/计数器有几种工作方式？各自的特点如何？

5. 设晶振频率 $f_{OSC}=12\text{MHz}$，定时时间 $t=2\text{ms}$，计算定时器/计数器 T0 工作于方式 0 的初值以及 TH0、TL0 的值。

6. 设晶振频率 $f_{OSC}=12\text{MHz}$，定时器/计数器 T1 工作于方式 1，要求采用中断方式编程，实现每 1s 将 P1.0 的内容取反。

7. 编写一段程序，使 P1.7 输出 50Hz 的方波（用定时器 T1 方式 1 完成），$f_{OSC}=12\text{MHz}$。

8. 编写一段程序，使 P1.7 输出占空比为 70%，频率为 100Hz 的矩形波（用定时器 T0 方式 1 完成），$f_{OSC}=6\text{MHz}$。

9. 设晶振频率 $f_{OSC}=6\text{MHz}$，利用定时器/计数器 T1 工作于方式 1，使 P1 口连接的 8 个发光二极管每隔 2s 循环右移一位，初态 P1.7 亮。

10. 设单片机的晶振频率 $f_{OSC}=6\text{MHz}$，用定时器/计数器 T1 工作于方式 0，利用查询方式编程，使引脚 P1.0 输出周期为 20ms 的方波。

11. 利用定时器/计数器 T1 工作于方式 2 定时，分别采用查询方式和中断编程，在 P1.0 引脚输出频率为 1000Hz 的方波。

12. 利用定时器/计数器 T0 方式 2 计数，编程实现每计满 8 个脉冲，将 P1.1 连接的发光二极管状态取反。

13. 用定时器/计数器 T1 测量引脚 $\overline{\text{INT1}}$（P3.3）输入的外部正脉冲的宽度，并将所测得的宽度值低位存入片内 60H 单元，高位存入片内 61H 单元。（晶振频率 $f_{OSC}=12\text{MHz}$）

实训十三　　MCS-51 系列单片机定时器控制的彩灯

1. 实训目的

（1）掌握定时器/计数器的使用方法。

（2）学习定时器/计数器的工作过程及编程方法。

2. 实训内容与步骤

利用定时器使通过 P1 口连接的 8 个发光二极管每隔 1s 点亮位置右移一位。

已知单片机所用晶振为 12MHz，即 1 个机器周期＝1μs。实验要求 T0 定时时间为 1s，可以利用定时器 T0 模式 1，定时 50ms，循环 20 次。

T0 的初值＝15536D＝3CB0H

$$(TH0) = 3CH，　(TL0) = 0B0H$$

程序清单如下：

```
        ORG     0000H
        AJMP    MAIN            ;跳转到主程序
        ORG     000BH           ;T0 的中断入口地址
        AJMP    TCT0
```

主程序：

```
        ORG     0100H
MAIN:   MOV     TMOD,＃01H       ;TMOD 初始化
        MOV     TL0,＃0B0H       ;装入定时初值
        MOV     TH0,＃3CH
        MOV     R2,＃20          ;循环 20 次
        SETB    EA              ;CPU 开中断
        SETB    ET0             ;允许 T0 中断
        SETB    TR0             ;启动 T0
        MOV     A,＃01H          ;二极管初态
LOOP:   MOV     P1,A            ;循环显示
        SJMP    LOOP
```

中断服务程序：

```
TCT0:   MOV     TL0,＃0B0H       ;重装定时初值
        MOV     TH0,＃3CH
        DJNZ    R2,NEXT         ;循环次数不为"0"，返回
        RR      A               ;定时 1s 时间到,右移一位
        MOV     R2,＃20          ;重装循环次数
NEXT:   RETI                    ;中断返回主程序
```

执行该程序，检查 P1.0 引脚上的发光二极管的亮灭情况是否与程序相符合。如果不符合，检查故障，直到最后相符为止。

3. 实训原理图

实训原理图如图 7-15 所示。

4. 思考题

（1）实验中为什么定时器定时时间为 50ms，而不是 1s？

（2）如果实现每隔 2s 发光二极管点亮位置左移一位，晶振为 6MHz，程序如何修改？

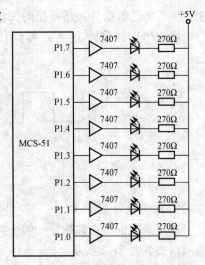

图 7-15　定时器控制的彩灯电路图

第8章

串 行 口 与 串 行 通 信

8.1 串 行 通 信 概 述

MCS-51 系列单片机除有 4 个 8 位并行口外，还有一个串行口。此串行接口是一个全双工串行通信接口，能同时进行串行发送和接收。它既可以作为 UATR（通用异步接收和发送器）使用，也可以作为同步移位寄存器使用。应用串行接口可以实现单片机系统间单机通信、多机通信以及单片机与计算机间的通信。

8.1.1 同步通信和异步通信方式

在实际工作中，计算机的 CPU 与外部设备之间常要进行信息交换，计算机与计算机之间也要交换信息，所有这些信息交换均可称为通信。

通信方式有两种：并行通信和串行通信。通常根据信息传送的距离决定采用哪种通信方式。如果距离小于 30m 时，可采用并行通信方式；当距离大于 30m 时，则要采用串行通信方式。MCS-51 系列单片机具有并行和串行两种通信方式。串行通信又有异步通信和同步通信两种基本通信方式。

1. 同步通信

在同步通信中，开始传送数据前用同步字符来指示（常约定 1～2 个），并由时钟来实现发送端和接收端同步，即检测到规定的同步字符后，下面就连续按顺序传送数据，直到通信告一段落。

插入的同步字符可以是单同步字符方式或双同步字符方式，然后是连续的数据块。同步字符可以由用户约定，也可以采用 ASCII 码中规定的 SYN 代码，即 16H。

在同步传送时，要求用时钟来实现发送端和接收端之间的同步。为了保证接收正确，发送方除了传送数据外，还要把时钟信号同时传送出去。

同步传送的优点是可以提高传送速率，但硬件比较复杂。同步通信格式如图 8-1 所示。

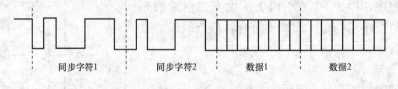

同步字符1　　同步字符2　　数据1　　数据2

图 8-1　同步通信格式

2. 异步通信

在异步通信中，数据是一帧一帧（包含一个字符代码或一字节数据）传送的，每一帧数据的格式如图 8-2 所示。

在帧格式中，一个字符由四部分组成：起始位、数据位、奇偶校验位、停止位。首先是一位起始位"0"，然后是 5～8 位数据（规定低位在前，高位在后），接下来是奇偶校验位，

最后一位停止位 "1"。起始位 "0" 用来通知接收设备准备接收数据，其后紧跟数据位，它可以是 5～8 位，奇偶校验位可省略，停止位表示字符的结束，它一般是高电平 "1"。两个字符间有空闲位的情况，空闲位为 "1"。

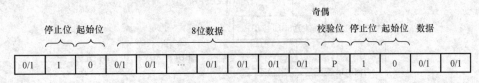

图 8-2 异步通信格式

由于异步通信每传送一帧数据都有固定格式，通信双方只需按约定的帧格式来发送和接收数据，所以硬件结构比同步通信方式简单，并能利用校验位检测错误，但这种通信方式传输时间长。

8.1.2 波特率

波特率即数据传送的速率，表示每秒传送二进制代码的位数，它的单位是 bit/s（位/秒），又称波特。

假如数据传送速率是 120 字符/秒，每个字符由一个起始位、8 个数据位和一个停止位组成，则数据的波特率为 $10 \times 120 = 1200 \text{bit/s} = 1200$ 波特，数位的波特率为 $8 \times 120 = 960 \text{bit/s} = 960$ 波特。

异步通信的波特率在 50～19200 波特间，同步通信的波特率在 56 千波特或更高。

8.1.3 通信方向

在串行通信中，若单片机的通信接口只能发送数据或只能接收数据，这种单方向传送的方式称为单工通信。若单片机的通信接口既能发送数据也能接收数据，且发送数据和接收数据可以同时进行，这种传送的方式称为全双工通信。如果接收数据和传送数据不能同时进行，只能分时接收数据和传送数据，称为半双工通信。

8.2 单片机的串行口

MCS-51 系列单片机串行口是一个可编程的全双工串行通信接口，它基本上是异步通信接口，可以作为 UART 使用，但在方式 0 时是同步操作，所以又可作同步移位寄存器使用。其帧格式可有 8 位、10 位、11 位，并能设置各种波特率，使用起来非常灵活。

8.2.1 串行口结构与工作原理

MCS-51 系列单片机通过引脚 P3.0（RXD 串行数据接收端）和引脚 P3.1（TXD 串行数据发送端）与外界进行串行通信，其内部结构如图 8-3 所示。

图 8-3 中专用寄存器 SBUF 是串行口缓冲寄存器，即是发送寄存器也是接收寄存器，占用同一个地址空间 99H。发送缓冲器只能写入，不能读出，接收缓冲器只能读出，不能写入。接收器是双缓冲结构，以避免在接收到第二帧数据前，CPU 还未取走前一帧数据，而造成两帧数据重叠的错误。对于发送器，因为发送时 CPU 是主动的，不会产生重叠错误，一般不需要双缓冲器结构，以保持最大传送率。

串行口的发送和接收是通过对 SBUF 读写来实现的。通常向 SBUF 发出 "写" 命令，即指令"MOV　SBUF，A"向发送缓冲器 SBUF 装载并开始由 TXD 引脚向外界发送一帧数据，发送完成后，中断标志位 TI 置 1。

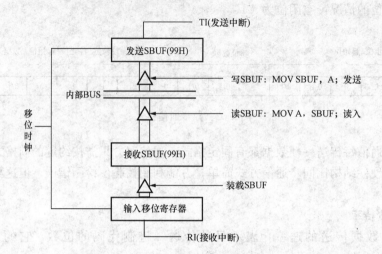

图 8-3　串行口内部结构示意图

在满足串行口接收中断标志位 RI（SCON.0）＝0 的条件下，置允许接收位 REN（SCON.4）＝1，串口就会启动接收一帧数据进入输入移位寄存器，并装载到接收 SBUF 中，同时使 RI＝1。发出读 SBUF 命令，执行命令"MOV　A，SBUF"，即是由接收缓冲器 SBUF 取出信息，通过单片机内部总线送给 CPU。

8.2.2　串行口控制寄存器 SCON（98H）

单片机串行口开始工作，必须首先设置串口控制寄存器 SCON。串行通信的方式选择、接收和发送控制以及串行口的状态标志均由专用寄存器 SCON 控制。其地址为 98H，可以通过位寻址来控制其每一位的状态，其格式如图 8-4 所示。各位具体设置如下：

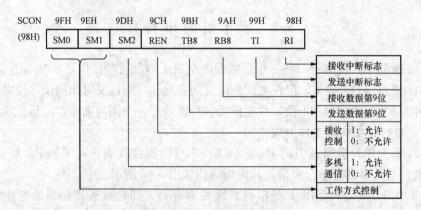

图 8-4　串行口控制字 SCON

（1）RI（SCON.0）：接收中断标志位，RI 置位表示一帧信息接收完毕。

1）在方式 0 中，当接收完第 8 位数据时，由硬件将 RI 位置位。

2）在其他三种方式中，在接收到停止位时由硬件将 RI 位置位。RI 置位即表示一帧信息接收结束，并已装入接收 SBUF 中，要求 CPU 取走数据，同时申请中断。若 CPU 响应中断，则取走数据，准备接收下一帧数据，中断被响应后，RI 不会自动清零，必须由软件清零。也可用软件查询该位状态，判断接收是否结束。

注意：串行口发送中断和接收中断共用一个中断源，如果有串口申请中断，CPU 事先不知道是发送中断 TI 还是接收中断 RI 产生的中断请求，所以在全双工通信时，必须由软件来判别。

（2）TI（SCON.1）：发送中断标志位，TI＝1 表示一帧信息发送结束。

1）在方式 0 中，第 8 位发送结束时，由硬件将 TI 位置位。

2）在其他三种方式中，在发送停止位之初，由硬件将 TI 位置位。TI 置位意味着向 CPU 提供"发送缓冲器 SBUF 已空"的信息，CPU 可以准备发送下一帧数据，同时申请中断，但中断被响应后，TI 不会自动清零，必须由软件清零。也可用软件查询该位状态，判断发送是否结束。

（3）RB8（SCON.2）：

1）方式 0 中，该位未用。

2）方式 1 中，若 SM2＝0（即不是多机通信情况），RB8 中存放的是已接收到的停止位。

3）用方式 2 和方式 3 进行异步通信时，把接收到的第 9 位数据放在 RB8 中。它或是约定的奇/偶校验位，或是约定的地址/数据标志位。

在多机通信中，若 SM2＝1，RB8＝1，说明接收到的数据为地址帧。

（4）TB8（SCON.3）：

1）方式 0 和方式 1 中，该位未用。

2）用方式 2 和方式 3 进行异步通信时，发送数据第 9 位取自特殊功能寄存器 SCON 的 TB8。

在许多通信协议中它可作为奇/偶校验位，也可在多机通信中作为发送地址帧或数据帧的标志位。在多机通信中，若 TB8＝1 说明发送过来的该帧数据为地址；TB8＝0 说明发送过来的该帧数据为数据字节。

（5）REN（SCON.4）：允许接收控制位。由软件置 1 或清零。它相当于串行接收的开关，只有当 REN＝1 时才允许接收数据，若 REN＝0，则禁止接收数据。

在串行通信接收控制程序中，如果满足 RI＝0，且置位 REN＝1（允许接收）的条件，就会启动一次接收过程，一帧数据就装入接收 SBUF 中。

（6）SM2（SCON.5）：多机通信控制位，主要用于方式 2 和方式 3。

若 SM2＝0 不属于多机通信，接收一帧数据后，置 RI＝1，并把接收到的数据装入 SBUF 中。串口工作在方式 0 时，SM2 必须为零。

若 SM2＝1，允许多机通信。串口工作在方式 1 时，若 SM2＝1，则只有接收到有效停止位时，RI 才置 1，以便接收下一帧数据。当串口工作在方式 2 和方式 3 接收数据时，根据多机通信协议规定，第 9 位数据为"1"，说明本帧数据为地址，数据装入 SBUF 并置 RI＝1；若第 9 位为"0"，说明本帧为数据帧，则使中断标志位 RI＝0，信息丢失。

（7）SM0、SM1（SCON.7 和 SCON.6）：通过这两位选择串口工作方式，见表 8-1。

表 8 - 1		串口的工作方式		
SM0　SM1	工作方式	功能描述	波特率
0　　0	方式 0	8 位同步移位寄存器	$f_{osc}/12$
0　　1	方式 1	10 位异步收发	由定时器控制
1　　0	方式 2	11 位异步收发	$f_{osc}/64$ 或 $f_{osc}/32$
1　　1	方式 3	11 位异步收发	由定时器控制

1）方式 0：8 位同步移位寄存器方式。

2）方式 1：10 位异步收发，一帧字符包括 1 位起始位、8 位数据位、1 位停止位。串行接口电路在发送时能自动插入起始位、停止位。

3）方式 2 和方式 3：11 位异步收发，除了 1 位起始位、8 位数据位、1 位停止位外，还可以插入第 9 位数据位，两种方式波特率不同。

8.2.3　电源控制寄存器 PCON(87H)

电源控制寄存器 PCON 中只有波特率加倍位 SMOD 与串行口有关，如图 8 - 5 所示。在串行口方式 1、方式 2 和方式 3 中，波特率加倍位 SMOD＝1 时，波特率提高一倍。

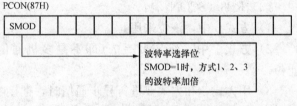

图 8 - 5　电源控制字 PCON

8.3　串行通信工作方式

MCS-51 系列单片机串行口可设置为 4 种工作方式，有 8 位、10 位或 11 位帧格式。

8.3.1　工作方式 0

方式 0 以 8 位数据为一帧字符，不设起始位和停止位，先发送或接收最低位。它为同步移位寄存器输入/输出方式，常用于扩展 I/O 口。串行口通过 RXD（P3.0）输入数据，TXD（P3.1）专用于输出时钟脉冲给外部移位寄存器，作为扩展外围器件的同步信号。通过 74LS164 芯片可扩展并行输出口，通过 74LS165 芯片可扩展输入口。方式 0 的波特率为晶振频率的 1/12。若晶振频率为 12MHz，则波特率为 1Mbit/s。

8.3.2　工作方式 1

方式 1 用于串行发送和接收，为 10 位通用异步接口。串行口通过 RXD（P3.0）输入数据，而通过 TXD（P3.1）输出数据。一帧数据的格式为 1 位起始位、8 位数据位（低位在前）、1 位停止位，共 10 位。在接收时，停止位进入 SCON 的 RB8 中。此方式的波特率可变化，为 $2^{SMOD}T1/32$ 的溢出率。其中 SMOD 可取 0 或 1，定时器的溢出率为定时时间的倒数，决定于定时器的初值。

8.3.3　工作方式 2

方式 2 为每帧 11 位异步通信格式，由 TXD 和 RXD 发送与接收数据。每帧 11 位，即 1 位起始位、8 位数据位（低位在前）、1 位可编程的第 9 位和 1 位停止位。

单机通信时，发送数据的第 9 位取自 TB8，它可以设置为 1 或 0，也可将奇偶位装入 TB8 中，从而进行奇偶校验，发送完毕，置 TI 为"1"。

接收数据时，若 SCON 中的 REN＝1，表示允许接收数据。当满足 RI＝0 且 SM2＝0时，前 8 位数据送入 SBUF，附加的第 9 位数据位进入 SCON 的 RB8 中，并置 RI 为 "1"。

方式 2 的波特率为 $\dfrac{f_{\text{OSC}}}{32}$ 或 $\dfrac{f_{\text{OSC}}}{64}$。

8.3.4　工作方式 3

方式 3 也为每帧 11 位异步通信格式，由 TXD 和 RXD 发送与接收数据。帧格式、发送和接收数据方式与方式 2 相同，只是其波特率由定时器溢出率决定。

方式 3 的波特率可变化，为 2^{SMOD} T1/32 的溢出率。其中 SMOD 可取 0 或 1，T1 的溢出率决定于定时器 T1 的初值。

8.3.5　波特率设计

在串行通信中，收发双方发送或接收数据的速率，称为波特率。MCS-51 系列单片机串行口方式 0 和方式 2 的波特率是固定的；而方式 1 和方式 3 的波特率是可变的，由定时器 T1 的溢出率决定。

（1）方式 0 的波特率：方式 0 的波特率为 $f_{\text{OSC}}/12$。

（2）方式 2 的波特率：方式 2 的波特率为 $f_{\text{OSC}}/32$ 或 $f_{\text{OSC}}/64$。

（3）方式 1 和方式 3 的波特率：它们的波特率由定时器 T1 的溢出率与 SMOD 值共同决定，为 2^{SMOD} T1/32 的溢出率。定时器 T1 作波特率发生器时，通常选用定时器 T1 工作方式 2（自动重装初值方式）。若 T1 的初值用 X 表示，则

$$\text{T1 的溢出率} = \frac{f_{\text{OSC}}}{12}/(2^8 - X)$$

$$\text{方式 1、方式 3 的波特率} = \frac{2^{\text{SMOD}}}{32} \times \frac{f_{\text{OSC}}}{12 \times (256 - X)}$$

注意，此时定时器 T1 为定时方式（C/$\overline{\text{T}}$＝0），并禁止 T1 中断。

【例 8-1】　MCS-51 系列单片机时钟频率为 11.052 9MHz，串口工作方式 0 时，选用定时器 T1 工作方式 2 作为波特率发生器，波特率为 2400bit/s，求定时器 T1 的初值。

解　设置波特率控制位（SMOD）＝0，定时器 T1 的初值为

$$X = 256 - \frac{11.059\,2 \times 10^6 \times (0+1)}{384 \times 2400} = 244D = 0F4H$$

所以，定时器 T1 的初值为 0F4H。

为了使初值为整数，系统晶振频率选为 11.059 2MHz，从而产生精确的波特率。

如果串行通信选用很低的波特率，可将定时器 T1 置于工作方式 0 或工作方式 1，即 13位或 16 位定时方式；但在这种情况下，T1 溢出时，需要中断服务程序重装初值。中断响应时间和执行指令时间会使波特率产生一定的误差，可用改变定时器初值的办法加以调整。表8-2 为常用波特率与其他参数选取关系。

表 8-2　　　　　　　　　　　　常用波特率与其他参数选取关系

串行口工作方式	波特率（bit/s）	f_{OSC}（MHz）	定时器 T1		
			SMOD	模式	定时器初值
方式 1 和方式 3	62.5K	12	1	2	FFH
	19.2K	11.059	1	2	FDH

串行口工作方式	波特率（bit/s）	f_{OSC}（MHz）	定时器 T1		
			SMOD	模式	定时器初值
方式 1 和方式 3	9.6K	11.059	0	2	FDH
	4.8K	11.059	0	2	FAH
	2.4K	11.059	0	2	F4H
	1.2K	11.059	0	2	E8H
	137.5	11.059	0	2	1DH
	110	12	0	1	FEEBH
	19.6K	6	1	2	FEH
	9.6K	6	1	2	FDH
	4.8K	6	0	2	FDH
	2.4K	6	0	2	FAH
	1.2K	6	0	2	F4H
	0.6K	6	0	2	E6H
	110	6	0	2	72H
	55	6	0	1	FEEBH

8.4 串行口通信的应用举例

MCS-51 系列单片机串行口的工作主要受控制寄存器 SCON 的控制，所以串口初始化时要先设置该控制字。另外，若波特率受 T1 溢出率控制，还要设置定时器 T1 的初值。

8.4.1 串行口方式 1 的发送和接收

串行口方式 1 为 10 位异步通信方式。串行数据通过 RXD（P3.0）输入，而通过 TXD（P3.1）端输出。一帧数据的格式为 1 位起始位、8 位数据位（低位在前）、1 位停止位，共 10 位，波特率为 2^{SMOD} T1/32 溢出率。因波特率受 T1 溢出率控制，所以要设置定时器 T1 的初值。利用串行口方式 1 传输数据可以采用中断方式，也可以采用查询方式。

实践中常通过串行口方式 1 传送 7 位数的 ASCII 码，在其 D7 位添加奇偶校验位。

1. 奇/偶校验

（1）偶校验：添加校验位后，代码中所有 1 的个数和为偶数，偶校验的 P 值为"0"。

例如：用偶校验方法传送字符 G 的 ASCII 码。G 的 ASCII 码为 1000111，因其代码中有偶数个 1，所以添加的 D7 位是 0。其偶校验的 8 位代码为 01000111，校验的 P 值为"0"。

又如：用偶校验方法传送字符 F 的 ASCII 码。F 的 ASCII 码为 1000110，因其代码中有奇数个 1，所以添加的 D7 位是 1。其偶校验的 8 位代码为 11000110，校验的 P 值为"0"。

（2）奇校验：添加校验位后，代码中所有 1 的个数和为奇数，奇校验的 P 值为"1"。

例如：用奇校验方法传送字符 G 的 ASCII 码，则奇校验的 8 位代码为 11000111，校验的 P 值为"1"。

又如：用奇校验方法传送字符 F 的 ASCII 码，则奇校验的 8 位代码为 01000110，校验的 P 值为"1"。

实际数据传输中，常根据奇偶校验的特点，来判断串行口传送 ASCII 码的正确性。

2. 数据的发送与接收

采用查询方式，通过串行口发送和接收带奇偶校验位的数据块。

采用奇偶校验进行数据传输时，奇偶校验的 P 值统计的是累加器 A 中 1 的数目，如果采用偶校验的方法发送和接收数据，可以直接把某个 ASCII 码的 P 值装入它的 D7 位。若采用奇校验的方式发送和接收数据，则要把 P 值取反后，再装入 ASCII 的 D7 位。

【例 8 - 2】 采用奇校验方式把内部 RAM20H～3FH 单元的 ASCII 码由串行口发送出去。串口采用 10 位异步通信方式 1，波特率为 1200bit/s，$f_{osc}=11.059MHz$。

解 把串行口设置为方式 1，利用定时器 T1 模式 2 作为波特率发生器，由表 8 - 2 查得预置 T1 的初值（TH1）＝（TL1）＝0E8H。

因为采用奇校验方式发送 ASCII 码，则要把 P 值取反后，再装入 ASCII 的 D7 位，通过串口采用 10 位异步通信方式 1 发送出去。

主程序清单：

```
          MOV    TMOD,#20H          ;设置定时器 T1 为模式 2
          MOV    TL1,#0E8H          ;定时器 T1 的初值
          MOV    TH1,#0E8H
          SETB   TR1                ;启动定时器 T1
          MOV    SCON,#01000000B    ;设置串行口为方式 1
          MOV    R0,#20H            ;数据块首地址
          MOV    R7,#32             ;数据块长度
LOOP:     MOV    A,@R0
          ACALL  SEND               ;调用发送子程序
          JNB    P,ERROR            ;奇校验 P＝1。若 P＝0,传输错误,转去执行
                                    ;ERROR 程序段
LOOP1:    INC    R0
          DJNZ   R7,LOOP
ERROR:    ACALL  XIUGAI             ;调用修改子程序
          AJMP   LOOP1
          SJMP   $                  ;发送子程序:
SEND:     MOV    C,PSW.0            ;添加奇校验位
          CPL    C                  ;P 取反,为奇校验(无此指令为偶校验)
          MOV    ACC.7,C            ;加在 ASCII 的 D7 位
          MOV    SBUF,A             ;启动串行口发送
WAIT:     JNB    TI,WAIT            ;等待一帧数据发送结束
          CLR    TI                 ;清 TI 发送标志
          RET                       ;修改子程序
ERROR:    (略)
          RET
```

【例 8 - 3】 采用奇校验方式接收数据，接收到的 ASCII 码存放在片内 RAM 20H～3FH 单元内，波特率同上。

解　设置接收数据时，串行口工作在方式1；采用查询方式接收数据；奇校验方式校对，若校验位 P=1，表示接收数据正确，否则接收错误；另外，需屏蔽掉接收数据的 D7 位，才是 7 位 ASCII 码。

接收程序清单：

```
        MOV    SCON,#01010000B    ;设串口方式1,允许接收
        MOV    TMOD,#20H          ;设置定时器 T1 为模式 2
        MOV    TL1,#0E8H
        MOV    TH1,#0E8H
        SETB   TR1
        MOV    R0,#20H
        MOV    R7,#32             ;数据块长度
LOOP:   ACALL  RECV               ;调接收一帧数据子程序
        JNB    P,ERROR            ;奇校验 P=1。若 P=0,传输错误,转去执行
                                  ;ERROR 程序段
LOOP1:  ANL    A,#7FH             ;屏蔽 D7 位
        MOV    @R0,A              ;存放接收的数据
        INC    R0
        DJNZ   R7,LOOP
ERROR:  ACALL  XIUGAI             ;调用修改子程序
        AJMP   LOOP1
        SJMP   $                  ;接收一帧数据子程序
RECV:   JNB    RI,RECV            ;等待接收完一帧数据
        CLR    RI                 ;软件清除 RI
        MOV    A,SBUF             ;取缓冲区数据
        RET                       ;修改子程序
ERROR:  (略)
        RET
```

8.4.2　串行口方式 2 的发送和接收

串行口方式 2 为 11 位异步通信方式，其中的第 9 数据位在许多通信协议中可作奇/偶校验位，也可在多机通信中作为发送地址帧或数据帧的标志位。在单机通信中，接收和发送的 11 位数据包括：一位起始位 0，8 位数据位，1 位奇偶校验位，最后为停止位 1。方式 2 的波特率为 $f_{osc}/32$ 或 $f_{osc}/64$，发送和接收可以采用中断方式，也可以采用查询方式。

1. 发送数据

通过串行口方式 2 发送一串字符，若把 11 位异步通信的第 9 位数据位作为奇偶校验位，应在数据写入发送缓冲器前，先将数据的奇偶校验位 P 写入 TB8 中，作为发送数据的第 9 位，与 8 位数据一起发送出去。发送完毕，置 TI=1。

【例 8-4】　编写一个发送程序，把片内 RAM40H~4FH 单元中的数据串行发送出去，串行口定义为工作方式 2，数据发送采用查询方式。

解　程序清单：

```
MAIN:  MOV    SCON,#80H          ;串行口工作方式 2
```

```
        MOV     PCON,＃80H          ;波特率为 f_osc/32
        MOV     R0,＃40H            ;数据块首地址
        MOV     R2,＃10H            ;数据块长度
LOOP:   MOV     A,@R0              ;取数据
        MOV     C,P                ;奇偶校验位送 TB8
        MOV     TB8,C              ;
        MOV     SBUF,A             ;启动串行口发送
WAIT:   JBC     TI,CONT            ;等待一帧数据发送结束
        SJMP    WAIT
CONT:   INC     R0
        DJNZ    R2,LOOP
        SJMP    $
```

2. 接收数据

用方式 2 和方式 3 进行异步通信时,把接收到的第 9 位数据放在 RB8 中。它或是约定的奇/偶校验位(单机通信),或是约定的地址/数据标志位(多机通信)。单机通信时,可通过判断接收来的 8 位数据的 P 值与 RB8 是否一致,检查数据传输过程中的错误。

【例 8-5】 编写一个接收程序,将接收的数据送入 RAM 的 50H～5FH 单元。若接收错误,置用户标志位 F0 为 "1",串行口工作在方式 2。

解 查询方式程序清单:

```
        MOV     SCON,＃90H          ;串行口工作在方式 2,允许接收
        MOV     R0,＃50H            ;数据块首地址
        MOV     R2,＃10H            ;数据长度送 R2
WAIT:   JBC     RI,RECV            ;等待接收完一帧数据
        SJMP    WAIT
RECV:   MOV     A,SBUF             ;取缓冲区数据
        JB      P,LOOP             ;判断接收到的奇偶位,若 P=1,转移至 LOOP
        JB      RB8,ERR            ;若 P=0,而 RB8=1,转出错处理
        SJMP    RIGHT
LOOP:   JNB     RB8,ERR            ;若 P=1,而 RB8=0,转出错处理
RIGHT:  MOV     @R0,A              ;接收正确,存放数据
        INC     R0
        CLR     F0                 ;置正确接收标志 F0=0
        DJNZ    R2,WAIT            ;数据块未接收完,继续接收下一个数据
        RET
ERR:    SETB    F0                 ;置错误接收标志 F0=1
        RET
```

8.4.3 串行口方式 3 的发送和接收

串行口方式 2、方式 3 都为 11 位异步通信方式,两种通信方式只是波特率设置不同,方式 2 的波特率为 $f_{osc}/32$ 或 $f_{osc}/64$,而方式 3 的波特率由定时器 T1 的溢出率决定。串行口方式 3 的发送和接收可以采用中断方式,也可以采用查询方式。

【例 8-6】 若串行口工作在方式 3,波特率为 2400bit/s,发送数据区首地址为 20H,接

收数据区的首地址为 40H，f_{osc} 为 6MHz。利用串口发送和接收数据。

解 工作方式 3 的波特率取决于定时器 T1 的溢出率。数据传送若采用中断方式，则可进行双工通信。响应中断后，需要通过检查是 RI 置位还是 TI 置位，来决定 CPU 是进行发送操作还是接收操作。发送和接收都通过调用子程序来完成。

把串行口设置为方式 3，采用定时器 T1 模式 2 作为波特率发生器，由表 8-1 查得预置 T1 的初值（TH1）=（TL1）=0FAH。

程序采用中断方式编程：

```
        ORG     0000H
        AJMP    MAIN
        ORG     0023H
        AJMP    SEND
MAIN：   MOV     TMOD,#20H       ;设置定时器 T1 为模式 2
        MOV     TL1,#0FAH       ;定时器 T1 的初值,
        MOV     TH1,#0FAH
        SETB    TR1             ;启动定时器 T1
        MOV     SCON,#11010000B ;设置串行口为方式 3,允许接收
        MOV     R0,#20H         ;发送数据区首地址
        MOV     R1,#40H         ;接收数据区首地址
        SETB    ES              ;允许串行口中断
        SETB    EA              ;CPU 开中断
        MOV     A,@R0           ;先发送一个字符
        MOV     C,P
        MOV     TB8,C           ;P 送 TB8
        MOV     SBUF,A          ;发送
LOOP：   SJMP    $               ;等待中断
                                ;中断服务程序:
SEND：   JNB     RI,SEND1        ;TI=1,为发送中断,转 SEND1
        ACALL   SIN             ;RI=1,为接收中断
        SJMP    NEXT
SEND1：  CLR     TI              ;清 TI,准备下一次发送
        INC     R0              ;修改发送数据指针
        MOV     A,@R0           ;取发送数据送 A
        MOV     C,P
        MOV     TB8,C           ;P 送 TB8
        MOV     SBUF,A          ;发送
NEXT：   RETI                    ;中断返回
                                ;接收子程序
SIN：    CLR     RI
        MOV     A,SBUF          ;接收数据
        JB      P,L1            ;若 P=1,转 L1
        JB      RB8,ERR         ;若 P=0,RB8=1,转出错处理
        SJMP    RIGHT           ;否则,转正确
```

```
L1:     JNB     RB8,ERR             ;若 P = 1,RB8 = 0,转出错处理
RIGHT:  MOV     @R1,A               ;正确,数据送接收单元
        INC     R1
        RET
ERR:    ...                         ;错误程序
        RET
        END
```

思考题与习题

1. 填空

(1) 单片机串行通信的方式有_____、_____。

(2) 单片机异步通信的基本方式有_____、_____、_____。

(3) 当波特率发生器选用串行口输出时,常选用定时器 T1 工作方式_____。

(4) 单片机串口工作在方式 1 和方式 3 时,波特率可以由_____、_____控制。

(5) 11 位异步通信一帧字符由_____、_____、_____、_____组成。

(6) 某 ASCII 码为 0101101B,把该码通过串口传输出去,若发送采用奇校验,则发送的 8 位 ASCII 为_____,它的 P 值为_____。

2. 判断对错,并改正错误

(1) 单片机可以和 IBM-PC 机直接进行数据通信。

(2) 单片机的串口只有一个中断源,但发出申请的是发送还是接收中断,CPU 会自动判断。

(3) 单片机的串口在物理上有两个独立的接收、发送缓冲器 SBUF,它是一个特殊功能寄存器,它们有不同地址。

(4) 单片机串口有 4 种工作方式,它的波特率都由定时器控制。

(5) 单片机的串口在发送数据时,不需要控制位,而在接收数据时需要控制字的控制。

3. 简答题

(1) 简述单片机串行通信的基本方式及其通信特点。

(2) 单片机串行口设有几个控制寄存器? 它们的作用是什么?

(3) 单片机串行口有几种工作方式? 有几种帧格式? 各种工作方式的波特率如何确定?

(4) 若串行异步通信接口按方式 3 传送数据,已知其每分钟传送 3600 个字符,其波特率是多少?

(5) 为什么定时器 T1 用作串行口波特率发生器时,常选用工作方式 2? 若已知系统时钟频率和通信的波特率,如何计算其初值?

4. 编程

(1) 利用单片机串行口设计 4 位静态 LED 显示器,要求 4 位 LED 显示器每隔 2s 交替显示 "0246" 和 "1357"。

(2) 若单片机串行口按工作方式 1 进行串行数据通信。波特率为 1200bit/s,以中断方式传送数据。请编写全双工通信程序。

（3）以单片机串行口按工作方式 3 进行串行数据通信。若波特率为 1200bit/s，第 9 位数据位作奇偶校验位，以中断方式传送数据。请编写全双工通信程序。

（4）设计一个单片机的双机通信系统，并编写通信程序。将甲机内部 RAM 30H～3FH 存储区的数据块通过串行口传送到乙机内部 RAM 40H～4FH 存储区。

实训十四   串行口通信应用

1. 实训内容

采用查询方式，把从片内 RAM 30H 单元开始的 8 个数据串行发送到片内 RAM 40H 开始的单元。

2. 参考程序

```
    ORG 0040H
    MOV     SCON, #90H      ;串口工作方式 2，允许接收
    MOV     PCON, #00H
    MOV     R0, #30H        ;源字符串首地址
    MOV     R1, #40H        ;接收字符串首地址
    MOV     R2, #08H        ;字符串长度
L: MOV      A, @R0
    MOV     SBUF, A         ;发送
    JNB     TI, $           ;等待发送完一帧字符
    CLR     TI
    INC     R0              ;修改地址
    JNB     RI, $           ;等待接收完一帧字符
    CLR     RI
    MOV     A, SBUF         ;接收字符
    MOV     @R1, A
    INC     R1
    DJNZ    R2, L
    RET
```

图 8-6 串口状态设置对话框

3. 实训步骤

利用模拟仿真，可以模拟单片机同机发送和接收程序。

（1）启动 MedWin 集成开发环境，在编辑窗口中输入程序，单击"产生代码并装入"快捷键，编译/连接程序，打开菜单"外围部件→串行口"，把串口状态对话框调入屏幕，如图 8-6 所示。

（2）再打开菜单"查看→数据区 Data"，调入数据区窗口，单击列数，选择存储器排列为 8 列，从 30H 单元开始，输入 8 个数据。

（3）打开菜单"窗口→纵向平铺窗口"，使寄存

器窗口、数据窗口、程序窗口纵向平铺。

（4）按 F8 键单步运行程序，则程序运行在 JNB　TI，$ 处，等待一帧字符发送结束。可人工设定发送结束标志，即在 8 - 6 图中断标志复选框 TI 前画"√"，再按 F8 键，程序继续运行。

（5）程序运行在 JNB　RI，$ 处，等待接收一帧字符结束。可人工设定接收结束标志，即在 8 - 6 图中断标志复选框 RI 前画"√"，再按 F8 键，程序继续运行，则一帧字符装入 40H 开始单元。

（6）重复上述步骤，直至全部数据传送完。

注：接收数据后要注意检查是否为发送数据。

第 9 章

单片机的系统扩展

单片机是集 CPU、RAM、ROM、定时器/计数器和 I/O 接口电路等功能单元于一片集成电路的微型计算机。对于简单的应用场合，可以选择 MCS-51 系列单片机中一个合适的产品构成简单配置的系统，即最小系统。但是在一些较大的应用系统中，仅通过它内部集成的功能部件往往不够用，这时就需要在片外扩展一些外围功能芯片以满足系统的需要。

本章重点介绍 MCS-51 系列单片机的数据存储器扩展、程序存储器扩展以及 I/O 接口扩展。另外，还将介绍实际单片机系统中常使用的键盘和 LED 显示器与单片机的接口设计。

9.1 存储器的扩展

单片机系统扩展中常采用 3 总线结构。总线是微机各部件之间、系统之间相互连接以及实现信息传送的通道。

(1) 地址总线：P0 口（A0～A7），P2 口（A8～A15）。

(2) 数据总线：P0 口（D0～D7）。

(3) 控制总线：P3 口某些位以及其他信号构成，主要包括：

ALE——P0 口的地址锁存允许信号。

$\overline{PSEN}$——外部程序存储器读选通信号。

$\overline{EA}$——片内/片外程序存储器选择控制信号。

$\overline{WR}$（P3.6）——外部 RAM 或扩展 I/O 写信号。

$\overline{RD}$（P3.7）——外部 RAM 或扩展 I/O 读信号。

按照存储器的读写特性，存储器可分为数据存储器（RAM）和程序存储器（ROM）两大类。

9.1.1 数据存储器的扩展

在基于单片机的工业控制系统、测控系统、记录仪器等应用领域中，数据存储器是系统必不可少的部件。数据存储器用来存放现场输入数据、计算机采集的信息、运算结果和要输出的数据等，在电源关断后，存储的数据将全部丢失。

数据存储器芯片分为两大类：动态 RAM（DRAM）芯片，一般容量较大、集成度高、功耗小、价格低、但易受干扰，使用略复杂；静态 RAM（SRAM）芯片，一般容量较小、集成度高、功耗较大、价格较高，但电路连接简单，在工业现场常使用 SRAM。

MCS-51 系列单片机内含有 128B 的数据存储器，但是在单片机进行实时数据采集和处理应用系统中，仅片内提供的数据存储器有时不够用，需要在片外扩展数据存储器。

1. 常用静态 RAM（SRAM）芯片

常用静态 RAM（SRAM）芯片是 Intel 公司的系列产品，有 6116、6264 及 62256 等，它们的引脚如图 9-1 所示。

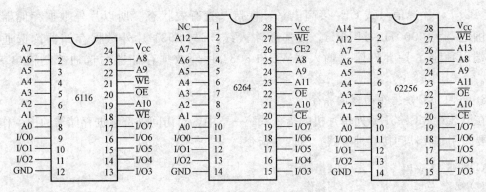

图 9-1 静态 RAM 引脚图

图 9-1 中静态 RAM（SRAM）芯片引脚符号定义如下：

A0～Ai：地址输入线，i＝10、12、14（6116/6264/62256）。

I/O0～I/O7：双向三态数据线。

$\overline{OE}$：读选通输入线，低电平有效。

$\overline{CE}$：片选信号输入线，低电平有效，6264 中的 26 脚 CE2 为高电平，且 20 脚 $\overline{CE}$ 为低电平才选中该片。

$\overline{WE}$：写允许信号输入线，低电平有效。

V_{CC}：接电源＋5V。

GND：接地。

2. 数据存储器扩展举例

【例 9-1】 采用 6264 芯片在 8031 片外扩展 8KB 数据存储器。

解 用 6264 芯片在单片机 8031 片外扩展 8KB 数据存储器的原理图如图 9-2 所示。P0 口通过地址锁存器 74LS373 提供低 8 位地址，P2 口 P2.0～P2.4 提供高 5 位地址，

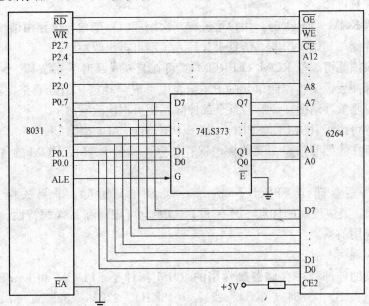

图 9-2 一片 6264 与 8031 单片机的扩展连接图

$\overline{\text{CE}}$接 P2.7，片选信号线 CE$_2$ 接高电平，保持一直有效状态。所以片外数据存储器的地址范围之一为 0000H~1FFFH。读选通输入线 $\overline{\text{OE}}$ 与 8031 片外数据存储器读选通控制输出端 $\overline{\text{RD}}$ 相连，写允许信号输入线 $\overline{\text{WE}}$ 与 8031 片外数据存储器写选通控制输出端 $\overline{\text{WR}}$ 相连。

3. 访问外部数据存储器的指令

在第 3 章 MCS-51 系列单片机的指令系统一章中，对访问外部数据存储器的指令作了介绍，要采用寄存器间接寻址方式，有四条指令：

```
(1)MOVX  A,@Ri        ;读操作
(2)MOVX  @Ri,A        ;写操作
(3)MOVX  A,@DPTR      ;读操作
(4)MOVX  @DPTR,A      ;写操作
```

其中（1）、（2）两条指令，可以寻址外部 RAM 地址空间范围是 00H~0FFH；（3）、（4）两条指令，可以寻址外部 RAM 的 0000H~0FFFFH 整个 64KB 空间。

9.1.2　程序存储器的扩展

程序存储器 ROM 又称为只读存储器，用来存放固定的程序和数据，特点是把信息写入以后，能长期保存，不会因电源断电而丢失。如单片机系统的监控程序、汇编程序、用户程序和数据表格等。

对于单片机内部没有 ROM 或虽有 ROM 但容量太小时，必须扩展外部程序存储器方能工作。根据写入或擦除方式的不同，ROM 可分为掩膜 ROM、可编程 ROM（PROM）、紫外线擦除可编程 ROM（EPROM）、电擦除可编程 ROM（E^{2}PROM）和快擦写型存储器（Flash Memory）。

1. 程序存储器的分类

（1）掩膜 ROM：由生产芯片的厂家固化信息，不可改写。在最后一道工序用掩膜工艺写入信息，用户只可读。

（2）可编程 ROM（PROM）：用户可进行一次编程。存储单元电路由熔丝相连，当加入写脉冲，某些存储单元熔丝熔断，信息永久写入，不可再次改写。

（3）紫外线擦除可编程 ROM（EPROM）：可在紫外线照射下擦除 PROM，用户可以多次编程。加写脉冲后，某些存储单元的 PN 结表面形成浮动栅，阻挡通路，实现信息写入。用紫外线照射可驱散浮动栅，原有信息全部擦除，便可再次改写。

（4）电擦除可编程 ROM（EEPROM 或 E^{2}PROM）：可电擦除 PROM，既可全片擦除也可字节擦除，可在线擦除信息，又能失电保存信息，具备 RAM、ROM 的优点。但写入时间较长。

（5）快擦写型存储器（Flash Memory）：新型的可擦除、非易失性 PROM，既有 EPROM 价格低、集成度高的优点，又有 E^{2}PROM 电可擦除和写入的特性。预计这类存储器具有很好的应用前景。

2. EPROM 芯片

目前，扩展的外部程序存储器最常用的 ROM 器件是 EPROM 和 E^2 PROM，如 2716（2KB）、2732（4KB）、2764（8KB）、27128（16KB）、27256（32KB）和 27512（64KB）等。2716、2732、2764 芯片的引脚如图 9-3 所示。

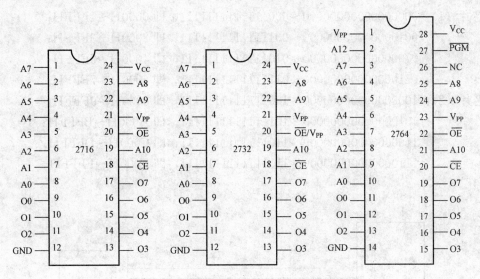

图 9-3　27 系列 EPROM 芯片的引脚图

27 系列 EPROM 芯片引脚符号定义如下：

A0～Ai：地址输入线，i＝10～15。

O0～O7：三态数据总线，读或编程校验时为数据输出线，编程时为数据输入线，维持或编程禁止时呈高阻状态。

$\overline{CE}$：片选信号。

$\overline{PGM}$：编程脉冲输入线。

$\overline{OE}$：读选通信号。

V_{PP}：编程电源，V_{PP} 数值因芯片型号和制造厂商而有不同设置。

V_{CC}：主电源，一般为＋5V。

GND：接地。

3. 程序存储器扩展举例

【例 9-2】　用一片 EPROM2764 芯片在 8031 单片机上扩展 8KB 的程序存储器。

解　2764 是 8K×8B 程序存储器，芯片的地址引脚线有 13 条 A0～A12，顺次和单片机 P0 口的 P0.0～P0.7 和 P2.0～P2.4 相接。$\overline{OE}$ 与 $\overline{PSEN}$ 相连，因只用一片 2764，其片选信号 CE 可直接接地（常有效）。其连接电路如图 9-4 所示，该图中 2764 芯片的地址范围之一是 0000H～1FFFH。

当扩展的存储器芯片不止一片时，芯片的选取通常可采用线选法和译码法。

线选方式的电路连接简单，但是占用地址资源较多，地址重叠区多，芯片的地址空间相互之间可能不连续，不能充分利用单片机的内存空间，因此这种方法经常用在存储容量较小的场合。

【例 9-3】　用两片 EPROM2764 芯片在 8031 单片机上扩展 16KB 的程序存储器。

解　使用两片 2764 扩展 16KB 的程序存储器，采用线选法选中芯片。扩展连接图如图 9-5 所示。以 P2.7 作为片选，当 P2.7＝0 时，选中 2764（1）；当 P2.7＝1 时，选中 2764 （2）。因两根线（A13、A14）未用，故两个芯片各有 $2^2＝4$ 个可寻址的地址空间。它们分别为：

芯片（1）：00000000000000000～00011111111111111，即 0000H～1FFFH；

　　　　　00100000000000000～00111111111111111，即 2000H～3FFFH；

　　　　　01000000000000000～01011111111111111，即 4000H～5FFFH；

　　　　　01100000000000000～01111111111111111，即 6000H～7FFFH；

芯片（2）：10000000000000000～10011111111111111，即 8000H～9FFFH；

　　　　　10100000000000000～10111111111111111，即 A000H～BFFFH；

　　　　　11000000000000000～11011111111111111，即 C000H～DFFFH；

　　　　　11100000000000000～11111111111111111，即 E000H～FFFFH。

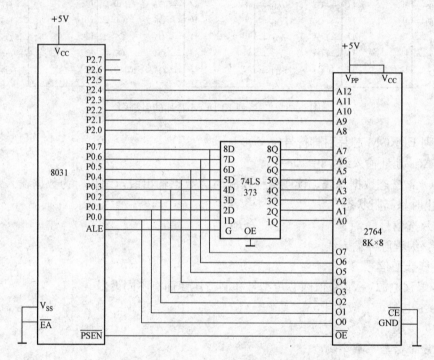

图 9-4　一片 2764 与 8031 扩展连接图

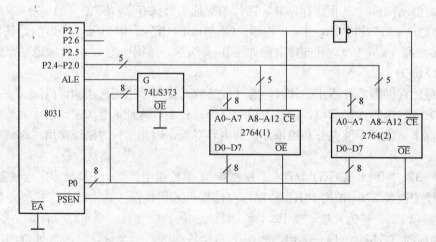

图 9-5　两片 2764 与 8031 的扩展连接图

译码方式的电路连接复杂，但优点是能充分利用高位地址线的寻址能力，芯片与芯片之间产生的地址空间连续。

【例 9 - 4】　用译码法对扩展的三个程序存储器实现片选。

解　图 9 - 6 为采用译码法实现的片选电路示意图。图中 74LS138 是 3-8 译码器，具有 3 个选择输入端，输入信号是三位二进制代码，输出有八种状态，八个输出端分别对应其中一种输入状态，选择其中的 Y0、Y1、Y2 作为芯片Ⅰ、芯片Ⅱ、芯片Ⅲ的片选信号。74LS138 的引脚图如图 9 - 7 所示，功能表见表 9 - 1。

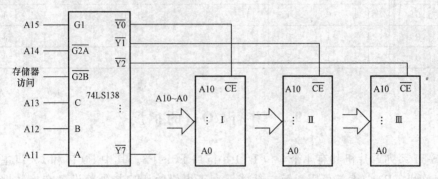

图 9 - 6　用全译码法实现片选的连接图

图 9 - 6 中芯片Ⅰ、Ⅱ、Ⅲ都是 2KB×8 位。地址线 A0～A10 用于片内寻址；高位地址线 A13、A12、A11 接到 74LS138 的选择输入端 C、B、A；地址线 A15、A14 接到译码芯片的允许输入端。译码器输出 $\overline{Y0}$、$\overline{Y1}$ 和 $\overline{Y2}$ 分别作为 3 个芯片的片选信号。

由于采用了全译码，每片程序存储器芯片的地址空间都是唯一的，因此 3 个芯片的地址范围分别为：

芯片Ⅰ：10000000000000000 ～ 1000011111111111，即 8000H～87FFH；

芯片Ⅱ：10001000000000000 ～ 1000111111111111，即 8800H～8FFFH；

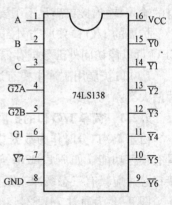

图 9 - 7　74LS138 引脚图

芯片Ⅲ：10010000000000000～1001011111111111，即 9000H～97FFH。

表 9 - 1　　　　　　　　　　　　　　**74LS138 的功能表**

输　入					输　　出							
使　能		选　择										
G1	$\overline{G2A}+\overline{G2B}$	A2	A1	A0	$\overline{Y7}$	$\overline{Y6}$	$\overline{Y5}$	$\overline{Y4}$	$\overline{Y3}$	$\overline{Y2}$	$\overline{Y1}$	$\overline{Y0}$
×	1	×	×	×	1	1	1	1	1	1	1	1
0	×	×	×	×	1	1	1	1	1	1	1	1
1	0	0	0	0	1	1	1	1	1	1	1	0
1	0	0	0	1	1	1	1	1	1	1	0	1

输 入					输 出							
使 能		选 择										
G1	$\overline{G2A}+\overline{G2B}$	A2	A1	A0	$\overline{Y7}$	$\overline{Y6}$	$\overline{Y5}$	$\overline{Y4}$	$\overline{Y3}$	$\overline{Y2}$	$\overline{Y1}$	$\overline{Y0}$
1	0	0	1	0	1	1	1	1	1	0	1	1
1	0	0	1	1	1	1	1	1	0	1	1	1
1	0	1	0	0	1	1	1	0	1	1	1	1
1	0	1	0	1	1	1	0	1	1	1	1	1
1	0	1	1	0	1	0	1	1	1	1	1	1
1	0	1	1	1	0	1	1	1	1	1	1	1

9.2　并行 I/O 口的扩展

MCS-51 系列单片机共有 4 个 8 位 I/O 并行口 P0～P3。其中 P0 口和 P2 口主要用于地址和数据总线，P3 口大部分用于第二功能，真正提供给用户与外部设备交换数据使用的只有 P1 口和 P3 口的部分线。而在许多场合单片机需要与外部设备交换数据，因此单片机本身的输入/输出接口满足不了要求，需要系统进行 I/O 接口的扩展。

扩展的 I/O 口采取与外部数据存储器统一编址的方法，即两者合用 64KB 地址空间。CPU 可以像访问外部数据存储器那样访问外部 I/O 口，对 I/O 口进行输入/输出操作。

I/O 口扩展用芯片主要有通用可编程 I/O 芯片和 TTL、CMOS 锁存器、缓冲器电路芯片两大类。

9.2.1　简单 I/O 口的扩展方法

由于 P0 口分时作为数据总线和地址总线，所以 P0 口作为扩展输出口时，接口芯片应具有锁存功能，如 74LS273；通过 P0 口作为扩展输入口时，应根据数据是常态还是暂态，接口芯片应具有三态缓冲或锁存选通功能，如 74LS244。

图 9-8 为通过 74LS244、74LS273 作为扩展输入/出的简单 I/O 接口电路。74LS244 为三态缓冲器，扩展并行输入口，当控制端 $\overline{G}$ 为低电平时，74LS244 的输出信号与输入信号相等；当 $\overline{G}$ 为高电平时，输出呈高组态。74LS273 为锁存器，扩展并行输出口，可将 P0 口上的数据锁存。

图 9-8 中，P0 口作为双向数据总线，既能从 74LS244 输入数据，又能通过 74LS273 输出数据。P2.7 和 $\overline{RD}$ 相"或"控制扩展的输入口，当二者均为低电平时，选中 74LS244，使数据输入到总线。P2.7 和 $\overline{WR}$ 相或去控制扩展的输出口，当二者均为低电平时，选中 74LS273，使 P0 口数据锁存到 74LS273。

由上述分析可知，无论输入还是输出 P2.7 均为低电平有效，因此可设 74LS244 和 74LS273 的口地址相同，都为 7FFFH，两者在 $\overline{RD}$ 和 $\overline{WR}$ 的控制下工作，逻辑上不会发生冲突。

下面编程实现读取开关 S0～S7 状态，由二极管 LED0～LED7 发光状态显示出来，开关闭合时，相应的二极管点亮。

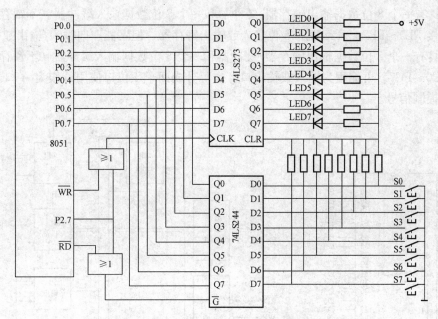

图 9-8　简单 I/O 接口扩展电路

程序清单：

```
        ORG  0100H
LOOP:MOV   DPTR,#7FFFH           ;74LS244 和 74LS273 口地址
     MOVX  A,@DPTR               ;通过 74LS244 读入开关状态
     MOVX  @DPTR,A               ;开关状态通过 74LS273 输出
     SJMP  LOOP                  ;循环读取、显示
     END
```

安排 I/O 口地址时，如果扩展的接口不多，则可用线选法寻址，在图 9-8 中用 P2.7 来选择一个输入口和一个输出口。线选法未能使地址空间得到充分利用，对于 RAM 和 I/O 口容量较大的系统，可用 74LS138 作为地址译码器，译码器输出的信号作为片选信号。

9.2.2　可编程并行接口 8255A

前面用中、小规模集成电路只能实现简单 I/O 口扩展，而可编程接口芯片则可以实现复杂 I/O 接口的扩展。常用的可编程接口芯片为 Intel 公司的外围接口芯片 8255A，这种芯片使用灵活方便，工作方式可由软件设定，通用性强，便于与单片机连接。

1. 8255A 的结构及功能

图 9-9 为 8255A 的引脚图和内部结构图，8255A 是一个 40 引脚的双列直插式集成电路芯片，与 MCS-51 系列单片机具有相同的总线结构，能方便地直接相连。8255A 的结构说明如下：

（1）A 口、B 口、C 口。A 口、B 口和 C 口是 3 个 8 位的 I/O 接口。

A 口具有一个 8 位数据输出锁存器/缓冲器和一个 8 位数据输入锁存器，外接引脚为 PA0～PA7。可编程为 8 位并行输入、8 位并行输出或双向输入/输出寄存器。

B口具有一个 8 位数据输出锁存器/缓冲器和一个 8 位数据输入缓冲器（不锁存），外接引脚为外接 PB0～PB7。可编程为 8 位输入或输出寄存器，但不能双向输入/输出数据。

C口具有一个 8 位数据输出锁存器/缓冲器和一个 8 位数据输入缓冲器（不锁存），外接引脚为 PC0～PC7。可编程为输入或输出口，也可分成两个 4 位口使用，作为 A 口、B 口选通方式的控制信号。

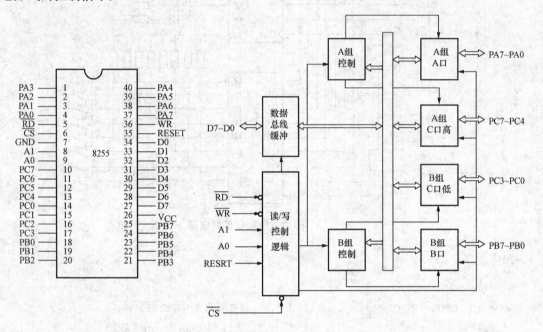

图 9-9　8255A 的引脚图及内部结构

（2）A 组和 B 组控制电路。8255A 将 A 口、B 口、C 口分为 A 组和 B 组。A 口和 C 口的高 4 位（PC7～PC4）为 A 组，B 口和 C 口的低 4 位（PC3～PC0）为 B 组，分别由 A 组控制电路和 B 组控制电路控制。每组控制电路从读/写控制电路接收命令，从而对两组进行有效控制。

（3）读/写控制逻辑。读/写控制逻辑用于控制整个 8255A 的数据传输过程，管理所有的数据、控制字或状态字的传送，它接收单片机的地址线和控制信号来控制各个口的工作状态。外接引脚为$\overline{CS}$、$\overline{RD}$、$\overline{WR}$、RESET 及 A1、A0。

1）$\overline{CS}$是片选信号，低电平有效。选通时，允许 8255A 与 CPU 交换信息。

2）$\overline{RD}$是读信号，低电平有效。有效时，允许 CPU 从 8255A 端口读取数据或外设信息状态。

3）$\overline{WR}$是写信号，低电平有效。有效时，允许 CPU 将数据、控制字写入 8255A 中。

4）RESET 是复位信号，高电平有效。复位时，控制寄存器清 0，所有数据端口均被设置为输入方式。

5）A1、A0 是端口选择信号。8255A 有 3 个 I/O 口和 1 个控制口共 4 个端口，可通过设置 A1、A0 选择 4 个端口中的 1 个。

$\overline{CS}$、$\overline{RD}$、$\overline{WR}$、RESET 及 A1、A0 组合实现的端口选择及控制功能见表 9-2。

（4）数据总线缓冲器。这是一个双向三态的 8 位缓冲驱动器，用于和单片机的数据总线相连，以实现单片机和 8255A 之间的数据和控制信息的传送。

表 9 - 2   **8255A 端口选择及控制功能**

A1	A0	$\overline{CS}$	$\overline{RD}$	$\overline{WR}$	端口及方向选择	操作功能
0	0	0	0	1	A 口→数据总线	输入操作
0	1	0	0	1	B 口→数据总线	（读）
1	0	0	0	1	C 口→数据总线	
0	0	0	1	0	数据总线→A 口	输出操作
0	1	0	1	0	数据总线→B 口	（写）
1	0	0	1	0	数据总线→C 口	
1	1	0	1	0	数据总线→控制寄存器	
×	×	1	×	×	数据总线呈高组态	禁止操作
1	1	0	0	1	非 法 状 态	
×	×	0	1	1	数据总线为高组态	

2. 8255A 的工作方式

8255A 有三种工作方式，即方式 0、方式 1 和方式 2，如图 9 - 10 所示。

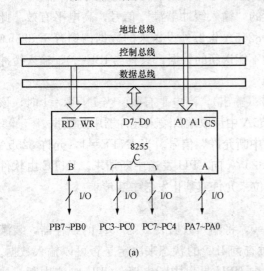

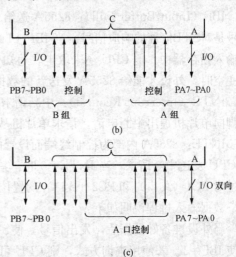

图 9 - 10   8255A 的三种工作方式
(a) 方式 0；(b) 方式 1；(c) 方式 2

（1）方式 0：基本输入/输出方式。这种方式不需要任何选通信号，特点如下：

1）具有两个 8 位端口 A 口、B 口及 C 口的两个 4 位端口。

2）任何一个端口都可以被设定为输入或输出。

3）作为输出口时，输出的数据被锁存；作为输入口时，输入数据不锁存。

（2）方式 1：选通输入/输出方式。在这种方式下，A 口、B 口、C 口三个端口分为 A、B 两组，A 组中 A 口由编程设定为输入口或输出口，C 口的高 4 位作为输入/输出操作的控制和同步信号；B 组中 B 口由编程设定为输入口或输出口，C 口的低 4 位作为输入/输出操作的控制和同步信号。A 口和 B 口的输入数据或输出数据都被锁存。

1）方式 1 输入。无论 A 口输入还是 B 口输入，都用 C 口的 3 位作为应答信号，1 位作为中断允许控制位，如图 9-11 所示。图中用于输入的各联络信号线的含义如下：

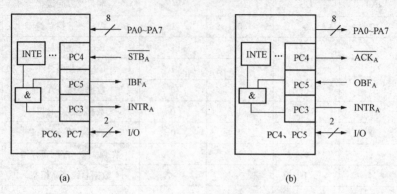

图 9-11　方式 1 输入结构图
(a) A 口输入；(b) B 口输入

$\overline{STB}$（Strobe）：选通脉冲信号（输入），低电平有效。由外设提供，当外设发出 $\overline{STB}$ 信号时，8255A 将 PA0～PA7 或 PB0～PB7 上的数据装入 A 口或 B 口中的输入锁存器。

IBF（Input Buffer Full）：8255A 送给外设的"输入缓冲器满"信号，高电平有效。此信号是对 $\overline{STB}$ 信号的响应信号。当 IBF=1 时，8255A 告诉外设送来的数据已锁存于 8255A 的输入锁存器中，但 CPU 还未取走，通知外设不能送新的数据，只有当 IBF=0，输入缓冲器变空时，外设才能给 8255A 发送新的数据。

INTR（Interrupt Request）：中断请求信号（输出），高电平有效。当 INTR=1 时，该引脚向单片机提出中断申请，请求单片机从 8255A 中读取端口输入缓冲器中的数据。

INTE：8255A 内部为控制终端而设置的"中断允许"信号。当 INTE=1，允许 8255A 向 CPU 发送中断请求，当 INTE=0 时，禁止 8255A 向 CPU 发送中断请求。INTE 由软件通过对 PC4（A 口）和 PC2（B 口）的置位/复位来允许或禁止发送中断请求。

数据输入过程说明如下：

当外设准备好数据后，发出信号，使 $\overline{STB}$=0，将输入数据装入 8255A 的锁存器，装满后使 IBF=1。若使用查询方式，则 CPU 可通过查询 IBF 的状态来决定是否可以输入数据。若使用中断方式，当 $\overline{STB}$=1 时，INTR 有效，向 CPU 提出中断申请。CPU 响应中断，执行中断服务程序读入数据，同时使 INTR=0，IBF=0，通知外设准备下一个输入数据。

2）方式 1 输出。方式 1 输出结构如图 9-12 所示。图中用于输出的各联络信号线的含义如下：

$\overline{ACK}$（Acknowledge）：外设收到数据应答信号（输入），低电平有效。外设已从端口取走输出数据，处理完毕后向 CPU 发回的响应信号。

$\overline{OBF}$（Output Buffer Full）：输出缓冲器满信号（输出），低电平有效。当单片机把输出数据写入 8255A 的输出锁存器后，该信号有效，用于通知外设接收数据。

INTR（Interrupt Request）：中断请求信号（输出），高电平有效。当外设处理完数据后使 $\overline{ACK}$=0，使 $\overline{OBF}$ 变高，然后在 $\overline{ACK}$ 也变成高电平后，自动使 INTR 有效，向 CPU 请

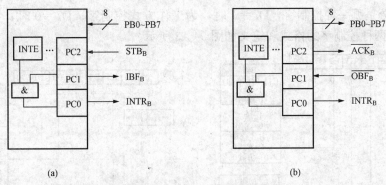

图 9-12 方式 1 输出结构图

(a) A 口输入；(b) B 口输入

求中断，CPU 响应中断，执行中断服务程序，从而输出下一个数据。

INTE：8255A 内部为控制中断而设置的"中断允许"信号。含义与输入相同，只是对应 C 口的位数与输入不同，它是通过对 PC4（A 口）和 PC2（B 口）的置位/复位来允许或禁止中断的。

数据输出过程说明如下：

当外设接收并处理完一组数据后，使 $\overline{ACK}=0$，同时使 $\overline{OBF}=1$，表明输出缓冲器中数据已被取走。若使用查询方式，则 CPU 通过查询 $\overline{OBF}$ 的状态以决定是否可以输出数据。若使用中断方式，当外设处理完数据后，INTR 有效，向 CPU 请求中断，CPU 响应中断，执行中断服务程序，把下一个数据写入 8255A 的输出缓冲器，使 $\overline{OBF}$ 为低电平，启动外设取走数据。

（3）方式 2：双向总线方式。在这种方式下，A 口作为数据输入/输出双向口使用，并且输入和输出都是锁存的。C 口的 PC3～PC7 作为输入/输出的同步控制信号。这时，PC0～PC2 和 B 口可编程为方式 0 或方式 1。

端口 C 在方式 1 和方式 2 下主要用作数据传送的联络信号，见表 9-3。其中，空白位置表示这些位线没有用于联络线，还可用于一般的输入/输出操作。

表 9-3   8255A 端口 C 的联络信号定义

C 口各位	方式 1		方式 2	
	输　入	输　出	输　入	输　出
PC7		$\overline{OBFA}$	×	$\overline{OBFA}$
PC6		$\overline{ACKA}$	×	$\overline{ACKA}$
PC5	IBFA		IBFA	×
PC4	$\overline{STBA}$		$\overline{STBA}$	×
PC3	INTRA	INTRA	INTRA	INTRA
PC2	$\overline{STBB}$	$\overline{ACKB}$		
PC1	IBFB	$\overline{OBFB}$		
PC0	INTRB	INTRB		

3. 8255A 的控制字

8255A 各端口的工作方式由程序设置 8255A 的控制寄存器内容加以确定。8255A 有两个控制字，即工作方式控制字和端口 C 置位/复位控制字。两个控制字均写入同一口地址，由 D7 位来区分是哪一种控制字，D7＝1 时，为工作方式控制字；D7＝0 时，为 C 口置位/复位控制字。两种控制字的格式和定义如图 9‐13 所示。

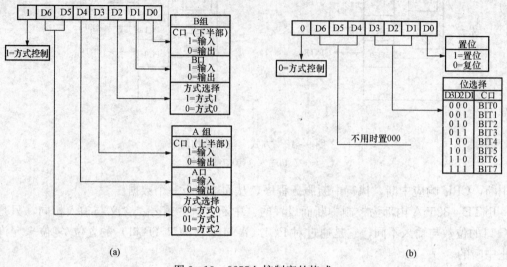

图 9‐13　8255A 控制字的格式

(a) 方式选择控制字；(b) C 口置位/复位控制字

　　例如，将 8255A 设置为 A 口方式 1 输入，B 口方式 0 输出，C 口高 4 位为输出，C 口低 4 位为输入，则控制字为 10110001B 或 0B1H。

9.2.3　并行口扩展举例

　　8255A 与 MCS‐51 系列单片机的连接包含数据线、地址线、控制线的连接。连接电路如图 9‐14 所示。图中，8255A 的 $\overline{RD}$、$\overline{WR}$ 分别与 MCS‐51 的 $\overline{RD}$、$\overline{WR}$ 相连；8255A 的 RESET 与 MCS‐51 的 RESET 相连，都接到 MCS‐51 的复位电路上；8255A 的片选信号 $\overline{CS}$ 与

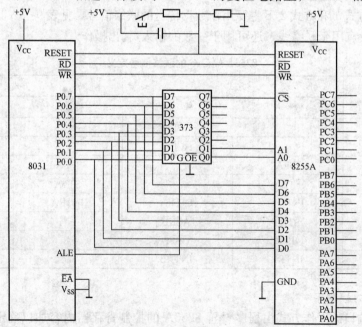

图 9‐14　8255A 与 8031 连接电路图

MCS-51 的 P0.7 相连；口地址选择线 A1、A0 由单片机 P0.1、P0.0 经地址锁存后提供。所以，8255A 的 A 口、B 口、C 口及控制口的地址分别为 7FFCH、7FFDH、7FFEH、7FFFH。

【例 9-5】　编写 8255A 的初始化程序。设 8255A 的 A 口为方式 0 输入，B 口为方式 0 输出，C 口高 4 位为输入，C 口低 4 位为输出。

解　根据图 9-15 的连接方式，控制口的地址为 7FFFH，工作方式控制字为 98H（10011000B）。

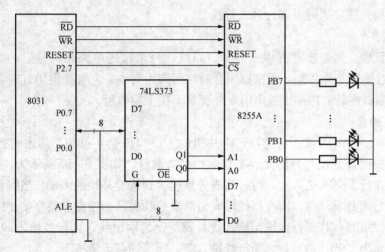

图 9-15　8255A 实现跑马灯连接图

8255A 初始化程序段如下：

```
MOV     DPTR,#7FFFH
MOV     A,#98H
MOVX    @DPTR,A
```

【例 9-6】　用 8255A 扩展 I/O 口实现发光二极管轮流点亮。可以将 8 个发光二极管与 8255A 的 B 口连接，使 8255A 工作在方式 0，B 口采取方式 1 输出实现。

解　MCS-51 与 8255A 连接如图 9-15 所示。8255A 的 A 口、B 口、C 口及控制口的地址分别为 7FFCH、7FFDH、7FFEH、7FFFH。

程序清单：

```
        ORG   0100H
LOOP:   MOV   A,#10000100B      ;B 口输出
        MOV   DPTR,#7FFFH       ;控制口地址
        MOVX  @DPTR,A
        MOV   A,#01H
        MOV   DPTR,#7FFDH       ;指向 B 口
LOOP1:  MOVX  @DPTR,A           ;B 口输出
        RL    A                 ;左移一位
        ACALL DELAY             ;延时
        AJMP  LOOP1             ;循环
        END
```

9.3 键 盘 接 口

通过扩展芯片可以构成比较完善的单片机应用系统，但是要构造一个实用的单片机系统，还必须配备相应的输入设备，以便操作人员输入相关信息，最常用的输入设备是键盘。

9.3.1 键盘结构

键盘按结构分独立式键盘和行列式键盘。

1. 独立式键盘

独立式键盘中，每个按键占用一根 I/O 口线，每个按键电路相对独立，如图 9-16 所示，I/O 口通过按键与地相连，无按键闭合时，引脚为高电平，有按键闭合时，引脚被拉成低电平。I/O 端口内若有内部上拉电阻，外部可不接上拉电阻。

2. 行列式键盘

在按键数较多时采用独立式键盘，单片机的 I/O 口就会不够用，通常将按键排列成行列矩阵形式，按键设置在行列的交点上构成行列式键盘。如图 9-17 所示为 4×4 行列式键盘。按键设置在行、列线交点上，行、列线分别连接到按键开关的两端。当键盘无按键闭合时，行、列线之间是断开的，所有行线输入为高电平状态。当键盘上某个按键闭合时，则对应的行线和列线短路，若将行线设为输入线，列线设为输出线，则行线输入即为列线输出。若把列线初始化为"0"，则通过判断行线输入值，即可知有无键按下。

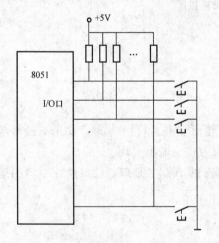

图 9-16 独立式键盘结构图

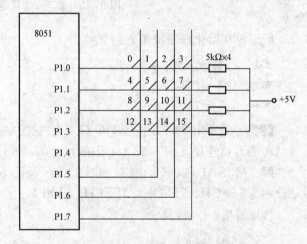

图 9-17 行列式键盘结构图

9.3.2 键盘的抖动

通常键盘的按键开关为机械式开关，由于机械触点的弹性作用，在闭合和断开的瞬间都会产生一些抖动即前沿抖动和后沿抖动，如图 9-18 所示。按下按键时产生的抖动称为前沿抖动，松开按键时产生的抖动称为后沿抖动。抖动时间的长短由按键的机械特性决定，一般为 5～10ms。抖动的存在容易造成一次按键被单片机误认为多次按键的现象，必须消除按键的抖动。消除按键抖动通常有硬件去抖动和软件去抖动两种方法。

硬件去抖动是在按键输出电路上采用 R-S 触发器或单稳态电路，如图 9-19 所示，输出端的信号为标准的矩形波，消除了抖动。

　　软件去抖动是利用延时跳过抖动过程，当判断有按键按下后，先执行一段大于 10ms 的延时程序后再去判断按下的键位是哪一个，从而消除前沿抖动的影响。对于后沿抖动，只需在接收一个键位后，经过一定时间再去检测有无按键，这样就自然跳过后沿抖动时间而消除了后沿抖动，键盘处理过程往往是采用这样的方式。

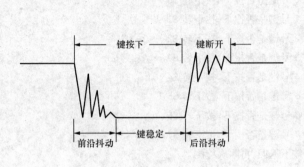

图 9 - 18　键盘开关结构及波形

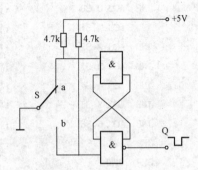

图 9 - 19　硬件去抖动电路

9.3.3　键盘接口

1. 独立式键盘接口

　　独立式按键是指直接用 I/O 口线构成的单个按键电路。每根 I/O 口线上按键的工作状态不会影响其他 I/O 口线的工作状态。独立式按键电路如图 9 - 20 所示，当没有键按下时，对应的 I/O 口输入为高电平，当有按键按下时，对应的 I/O 口为低电平。利用中断方式或查询方式可以查询是否有按键按下。

　　图 9 - 20（a）为中断方式工作的独立式键盘的结构形式，当有任意键按下时，相应 I/O 口为低电平，经过"与"门通过 $\overline{INT0}$ 请求中断，在中断服务程序中判断是哪一个键按下。

　　图 9 - 20（b）为查询方式工作的独立式键盘的结构形式，通过执行相应的查询程序来判断有无按键按下，进一步确定是哪一个按键按下。

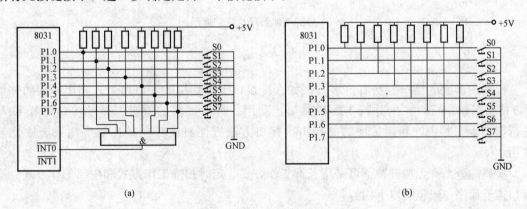

图 9 - 20　独立式键盘接口电路
(a) 中断方式；(b) 查询方式

　　下面是图 9 - 20（b）查询方式的键盘程序。S0～S7 为功能程序入口地址标号，其地址间隔应能容纳 JMP 指令字节，PROM0～PROM7 分别为每个按键的功能程序。

```
        ORG   0100H
START:MOV   A,#0FFH
        MOV   P1,A                    ;置 P1 口为输入状态
        MOV   A,P1                    ;键状态输入
        JNB   ACC.0,S0                ;检测 0 号键是否按下,按下转 S0
        JNB   ACC.1,S1                ;检测 1 号键是否按下,按下转 S1
        JNB   ACC.2,S2                ;检测 2 号键是否按下,按下转 S2
        JNB   ACC.3,S3                ;检测 3 号键是否按下,按下转 S3
        JNB   ACC.4,S4                ;检测 4 号键是否按下,按下转 S4
        JNB   ACC.5,S5                ;检测 5 号键是否按下,按下转 S5
        JNB   ACC.6,S6                ;检测 6 号键是否按下,按下转 S6
        JNB   ACC.7,S7                ;检测 7 号键是否按下,按下转 S7
        JMP   START                   ;无键按下返回,再顺次检测
K0:AJMP   PROM0
K1:AJMP   PROM1
    …
K7:AJIMP   PROM7
PROM0:…                               ;0 号键功能程序
    …
        JMP   START                   ;0 号键功能程序执行完返回
PROM1:…                               ;0 号键功能程序
    …
        JMP   START                   ;1 号键功能程序执行完返回
    …

PROM7:…                               ;7 号键功能程序
    …
        JMP   START                   ;7 号键功能程序执行完返回
        END
```

2. 行列式键盘接口

行列式键盘的接口方法有许多,例如直接接口于单片机的 I/O 口上;利用扩展的并行 I/O 接口;用串行口扩展并行 I/O 口接口;利用一种可编程的键盘、显示接口芯片 8279 进行接口等。其中,利用扩展的并行 I/O 接口方法方便灵活,在单片机应用系统中比较常用。

检测键盘上有无按键按下可采用查询工作方式、定时扫描工作方式和中断工作方式。键盘扫描子程序一般包括以下内容:

(1) 判别有无按键按下。

(2) 扫描获取闭合键的行、列值。

(3) 用计算法或查表法得到键值。

(4) 判断闭合键释放否,如没释放则继续等待。

(5) 保存闭合键号。

　　4×4 的行列式键盘直接接于单片机的 I/O 口上电路如图 9-21 所示。按键设置在行列式交点上，行列线分别连接到按键开关的两端。当行线通过上拉电阻接＋5V 时，被钳位在高电平状态。

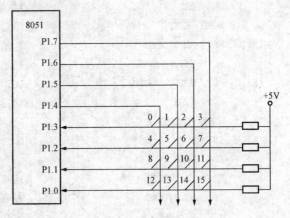

　　4×8 行列式键盘利用扩展的并行 I/O 接口的电路如图 9-22 所示。

　　（1）查询工作方式。键盘中有无按键按下是由列线送入全扫描字，读入行线状态来判别的。其方法是 PA 口输出 00H，即所有列线置成低电平，然后将行线电平状态读入累加器 A 中。如果有键按下，总会有一根行线电平被拉至低电平，从而使行输入状态不全为"1"。

图 9-21　矩阵键盘结构

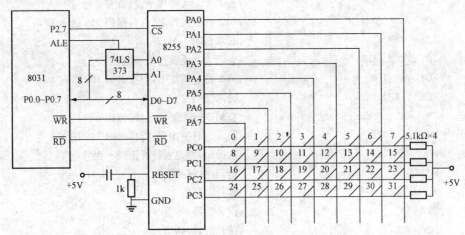

图 9-22　8255A 扩展的并行 I/O 口连接 4×8 的行列式键盘

　　键盘中哪一个键按下是由列线逐列置低电平后，检查行输入状态，称为逐列扫描。其方法是从 PA0 开始，依次输出"0"，置对应的列线为低电平，然后从 PC 口读入行线状态，如果全为"1"，则所按下之键不在此列；如果不全为"1"，则所按下的键必在此列，而且是与 0 电平行线相交的交点上的那个键。

　　为求取键码，在逐列扫描时，可用计数器记录下当前扫描列的列号，然后用行线值为"0"的行首键码加列号的办法计算。

　　键盘扫描子程序如下：

```
        ORG  0030H
KEY1:   ACALL  KS1          ;调用判断有无键按下子程序
        JNZ  LK1            ;有键按下时，(A)≠0 转消抖延时
KEY2:   ACALL  TM6ms
        AJMP  KEY1          ;无键按下返回
LK1:    ACALL  TM12ms       ;调 12ms 延时子程序
```

```
            ACALL KS1              ;查有无键按下,若有则真有键按下
            JNZ  LK2               ;键(A)≠0 逐列扫描
            AJMP KEY2              ;不是真有键按下,返回
    LK2:    MOV  R2,#0FEH          ;初始列扫描字(0 列)送入 R2
            MOV  R4,#00H           ;初始列(0 列)号送入 R4
    LK4:    MOV  DPTR,#7F01H       ;DPTR 指向 8255PA 口
            MOV  A,R2              ;列扫描字送至 8255PA 口
            MOVX @DPTR,A
            INC  DPTR              ;DPTR 指向 8255PC 口
            INC  DPTR
            MOVX A,@DPTR           ;从 8255PC 口读入行状态
            JB   ACC.0,LONE        ;查第 0 行无键按下,转查第 1 行
            MOV  A,#00H            ;第 0 行有键按下,行首键码 00H 送入 A
            AJMP LKP               ;转求键码
    LONE:   JB   ACC.1,LTWO        ;查第 1 行无键按下,转查第 2 行
            MOV  A,#08H            ;第 1 行有键按下,行首键码 08H 送入 A
            AJMP LKP               ;转求键码
    LTWO:   JB   ACC.2,LTHR        ;查第 2 行无键按下,转查第 3 行
            MOV  A,#10H            ;第 2 行有键按下,行首键码 10H 送入 A
            AJMP LKP               ;转求键码
    LTHR:   JB   ACC.3,NEXT        ;查第 3 行无键按下,转该查下一列
            MOV  A,#18H            ;第 3 行有键按下,行首键码 18H 送入 A
    LKP:    ADD  A,R4              ;求键码,键码 = 行首键码 + 列号
            PUSH ACC               ;键码进栈保护
    LK3:    ACALL KS1              ;等待键释放
            JNZ  LK3               ;键未释放,等待
            POP  ACC               ;键释放,键码送入 A
            RET                    ;键扫描结束,出口状态(A) = 键码
    NEXT:   INC  R4                ;准备扫描下一列,列号加 1
            MOV  A,R2              ;取列号送累加器 A
            JNB  ACC.7,KEND        ;判断 8 列扫描否? 扫描完返回
            RL   A                 ;扫描字左移一位,变为下一列扫描字
            MOV  R2,A              ;扫描字送入 R2
            AJMP LK4               ;转下一列扫描
    KEND:   AJMP KEY1
    KS1:    MOV  DPTR,#7F01H       ;DPTR 指向 8255PA 口
            MOV  A,#00H            ;全扫描字送入 A
            MOVX @DPTR,A           ;全扫描字送往 8255PA 口
            INC  DPTR              ;DPTR 指向 8255PC 口
            INC  DPTR
            MOVX A,@DPTR           ;读入 PC 口行状态
            CPL  A                 ;变正逻辑,以高电平表示有键按下
            ANL  A,#0FH            ;屏蔽高 4 位,只保留低 4 位行线值
```

```
        RET                      ;出口状态:(A)≠0 时有键按下
TM12ms:MOV  R7,♯18H              ;延时 12ms 子程序
TM:     MOV  R6,♯0FFH
TM6ms: DJNZ R6,TM6
        DJNZ R7,TM
        RET
```

（2）定时扫描工作方式。在这种扫描方式中，通常利用单片机内的定时器产生 10ms 的定时中断，CPU 响应定时器发出的中断请求，对键盘进行扫描，响应键盘的输入请求。

定时扫描方式的优点是能及时响应键输入；缺点是无论有无键闭合，CPU 都要定时扫描键盘，浪费 CPU 的时间。

（3）中断工作方式。系统工作时，并不经常需要按键输入。但无论是查询工作方式还是定时扫描工作方式，CPU 经常处于空扫描状态。为了提高 CPU 的效率，可采用中断工作方式。

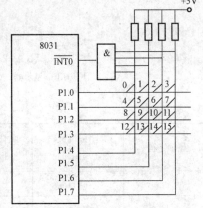

中断工作方式是当键盘上有按键按下时，向 CPU 发一个中断请求信号，CPU 响应中断后，在中断服务程序中扫描键盘，执行键功能程序。中断请求信号的接口电路如图 9 - 23 所示。中断服务程序中应完成键识别、消除抖动、排除多次执行键功能操作等功能，可参考查询工作方式键盘程序。

图 9 - 23　中断工作方式接口电路

9.4　LED 显示器接口

在单片机应用系统中，为便于观察和监视单片机系统的运行情况，通常需要用显示器显示运行的中间结果或状态，显示器是不可缺少的输出显示装置。显示器的种类很多，如液晶显示器、发光二极管数码显示器（简称 LED 显示器）、CRT 显示器等都可以与微机连接。LED 显示器价廉，配置灵活，与单片机接口方便，是最为常用的单片机应用系统显示器。

9.4.1　LED 显示器结构

LED 显示器按结构中发光二极管的个数分七段 LED 显示器和八段 LED 显示器。七段 LED 显示器结构如图 9 - 24 所示；八段 LED 显示器是在七段 LED 显示器的基础上增加一个发光二极管，用于显示小数点。

LED 显示器按结构分共阴极和共阳极两种。共阴极 LED 显示器的发光二极管阴极共地，如图 9 - 24（a）所示，当某段发光二极管的阳极为高电平时，该发光二极管亮（即高电平为有效电平）；共阳极 LED 显示器的发光二极管阳极共接＋5V，当某段发光二极管的阴极为低电平时，该发光二极管亮（即低电平为有效电平），如图 9 - 24（b）所示。LED 显示器的管脚排列如图 9 - 24（c）所示。

LED 显示器要显示某个数字或字符时，只需在相应段的发光二极管的输入端施加有效电平即可，该有效电平构成的代码称为字段码（也称段选码）。表 9 - 4 所列为七段 LED 显示器的段选码。

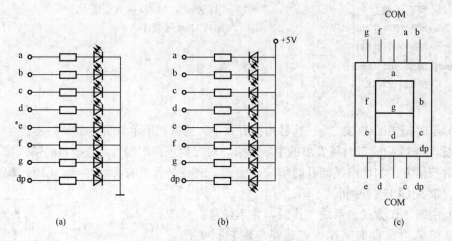

图 9-24   LED 显示器结构与管脚排列

(a) 共阴极 LED 显示器；(b) 共阳极 LED 显示器；(c) LED 显示器的管脚排列

表 9-4   七段 LED 显示器的段选码

显示字符	共阴极段选码 dp gfedcba	共阳极段选码 dp gfedcba	显示字符	共阴极段选码 dp gfedcba	共阳极段选码 dp gfedcba
0	3FH	0C0H	A	77H	88H
1	06H	0F9H	B	7CH	83H
2	5BH	0A4H	C	39H	0C6H
3	4FH	0B0H	D	5EH	0A1H
4	66H	99H	E	79H	86H
5	6DH	92H	F	71H	84H
6	7DH	82H	P	73H	82H
7	07H	0F8H	y	6EH	91H
8	7FH	80H	8	0FFH	00H
9	6FH	90H	"灭"	00H	0FFH

9.4.2   LED 显示器的显示方法

LED 显示器按显示方式分静态显示和动态显示方式。

1. LED 静态显示方式

静态显示是当 LED 显示器显示某个字符时，相应的字段（即发光二极管）恒定地导通或截止，直到显示另一个字符为止。当多位 LED 显示器工作于静态时，每位 LED 显示器的段选码（a～dp）分别与一个 8 位锁存器输出口相连，显示字符确定后，锁存器输出将维持不变，各位间相互独立。静态 LED 显示器的亮度较高，但占用 I/O 口线多，显示一位数字或字符就需要一个 8 位输出口控制。多位共阴极 LED 显示器的静态电路如图 9-25 所示。

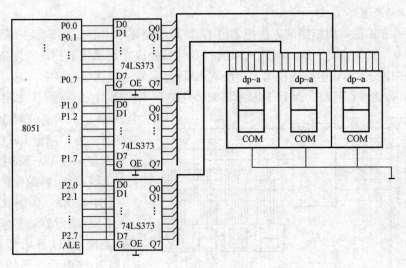

图 9-25 LED 显示器静态显示电路图

【例 9-7】 如图 9-26 所示电路，通过 P1 口连接一个共阴极 LED 显示器，编程使显示器上显示的数字由 0 到 F 循环变化，每秒变化一次。

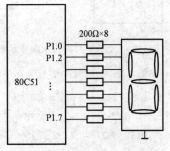

图 9-26 LED 显示电路

解 编写出数字由 0 到 F 的段选码，利用查表的方法查询到数字由 0 到 F 的段选码，并用 LED 显示器显示即可。

程序清单：

```
        ORG    0030H
START:  MOV    P1,#00H            ;显示全灭
        MOV    DPTR,#TAB          ;共阴极段码表首地址
NEXT1:  MOV    R0,#00H
NEXT2:  MOV    A,R0               ;取要显示的数据
        MOVC   A,@A+DPTR          ;查表求共阴极段码
        MOV    P1,A               ;送 P1 口输出
        ACALL  DELAY              ;延时 1s 子程序
        INC    R0                 ;修改显示数据
        CJNE   R0,#10H,NEXT2      ;不到 F,继续加 1 循环显示
        SJMP   NEXT1
TAB:    DB     3FH,06H,5BH,4FH,66H,6DH,7DH,07H
        DB     7FH,6FH,77H,7CH,39H,5EH,79H,71H
DELAY:  MOV    R5,#04H            ;延时 1s 子程序
DELAY1: MOV    R6,#0FAH
DELAY2: MOV    R7,#0FAH
        DJNZ   R7,  $
        DJNZ   R6,DELAY2
        DJNZ   R5,DELAY1
        RET
```

2. LED 动态显示方式

动态显示方式是采用扫描的方法把多位 LED 显示器逐个点亮。对于某一位 LED 显示器来说，每隔一段时间点亮一次，利用人眼的视觉暂留效应在足够快的扫描速度条件下，可以看到不闪烁的字符显示。电路连接时，将所有 LED 显示器的段选线并联在一起，由一个 8 位 I/O 口控制，称为段选控制。而 LED 显示器的公共端 COM 分别由相应的 I/O 线控制，实现每个 LED 显示器的分时选通，称为位选控制。为了避免 LED 显示器显示字符重复，在某一瞬时必须只能使一个 LED 显示器的位选有效。

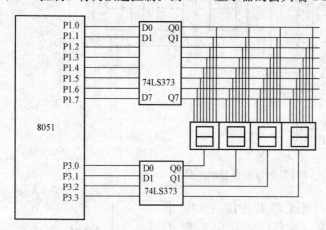

【例 9-8】 如图 9-27 所示电路为 LED 显示器动态显示电路。采用共阴极 LED 显示器显示从片内 RAM 30H 单元开始的单字节 BCD 码。其中 P3.0、P3.1、P3.2、P3.3 作为位选信号。P1 口作为段选信号。为增加显示器亮度，LED 显示器用驱动器 74LS373 驱动。

图 9-27　LED 显示器动态显示电路图

解　程序清单：

```
DIS:    MOV     R0,#30H          ;显示缓冲区首地址
        MOV     R2,#0FEH         ;首位位选送 P3.0 = 0
DIS1:   MOV     A,R2
        MOV     P3,A             ;送 P3 口
        MOV     A,@R0            ;取显示数据
        MOV     DPTR,#TAB        ;段选码首地址
        MOVC    A,@A+DPTR        ;求其段选码
        MOV     P1,A             ;段选码通过 P1 口送出
        ACALL   DELY             ;延时 100ms
        INC     R0               ;指向下一个显示缓冲区
        MOV     A,R2             ;判断 4 位轮流显示是否完毕
        JNB     ACC.3,NEXT
        RL      A                ;左移一位,使下一个位选线为"0"
        MOV     R2,A
        SJMP    DIS1
NEXT:   RET
TAB:    DB   3FH,06H,5BH,4FH,66H,6DH,7DH,07H
        DB   7FH,6FH,77H,7CH,39H,5EH,79H,71H
DELY:   MOV     R2,#100          ;延时 100ms 子程序
DELY1:  MOV     R3,#0FAH
        DJNZ    R3,$
        DJNZ    R2,DELY1
        RET
```

9.4.3 LED 显示器的译码接口

从 LED 显示器的原理可知,为了显示字母或数字,必须要转换成相应的段选码。这种转换可以通过硬件译码器或软件进行译码。

1. LED 显示器硬件译码接口

LED 显示器硬件译码接口电路如图 9-28 所示。MC14495 是硬件译码芯片,$\overline{LE}$ 为低电平时工作,P1 口的低 4 位 P1.0~P1.3 输出段选码,经 MC14495 译码后输出给数码管。由 P1 口高 3 位 P1.4~P1.6 通过译码器 74LS138 进行位选通控制(P1.7 为高电平时,译码器 74LS138 才能工作)。

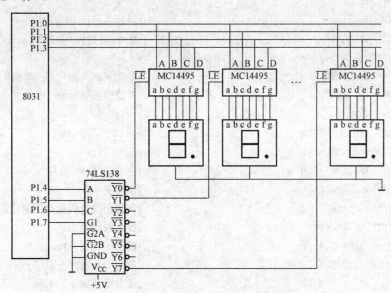

图 9-28 LED 显示器硬件译码接口电路

例如,P1 口输出为 10010010B,那么选通第 1 个 MC14495 芯片,使第 1 个数码管显示字符"2",而其余数码管无显示。硬件译码器 LED 显示器接口操作简单。

2. LED 显示器软件译码接口

LED 显示器软件译码接口电路如图 9-29 所示。图中用 8255A 扩展并行 I/O 接口连接 6

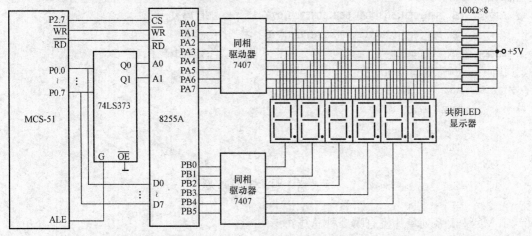

图 9-29 LED 显示器软件译码接口电路

个共阴极 LED 数码管，数码管采用动态显示方式。6 位数码管的段选线并联，与 8255A 的 A 口通过同相驱动器 7407 相连，6 位数码管的公共端通过同相驱动器 7407 分别与 8255A 的 B 口低 6 位相连。即 8255A 的 B 口输出位选码选择要显示的数码管，8255A 的 A 口输出字段码使数码管显示相应的字符。P2.7 作为 8255A 的片选信号，8255A 的 A 口、B 口、C 口和控制口地址分别为 7FFCH、7FFDH、7FFEH 和 7FFFH。设 6 个数码管的显示缓冲区为片内 RAM 的 40H～45H 单元。

程序清单：

```
            ORG  0030H
DISPLAY：MOV  A,♯80H                      ;设置 A 口、B 口为输出
            MOV  DPTR,♯7FFFH              ;使 DPTR 指向 8255A 控制寄存器端口
            MOVX  @DPTR,A
            MOV  R0,♯40H                  ;动态显示初始化,使 R0 指向缓冲区首址
            MOV  R3,♯0FEH                 ;首位位选码送 R3
LD0：    MOV  A,R3
            MOV  DPTR,♯7FFDH              ;使 DPTR 指向 PB 口
            MOVX  @DPTR,A                 ;送出位选码
            MOV  DPTR,♯7FFCH              ;使 DPTR 指向 PA 口
            MOV  A,@R0                    ;读要显示数
            ADD  A,♯0DH                   ;调整距段选码表首的偏移量
            MOVC  A,@A+PC                 ;查表取得段选码
            MOVX  @DPTR,A                 ;段选码从 PA 口输出
            ACALL  DL1MS                  ;调用 1ms 延时子程序
            INC  R0                       ;指向缓冲区下一单元
            MOV  A,R3                     ;位选码送累加器 A
            JNB  ACC.5,LD1                ;判断 8 位是否显示完毕,显示完返回
            RL  A                         ;未显示完,把位选字变为下一位选字
            MOV  R3,A                     ;修改后的位选字送 R3
            AJMP  LD0                     ;循环实现按位序依次显示
LD1：    RET
DSEG：  DB  3FH,06H,5BH;4FH,66H,6DH,7DH,07H      ;段码表
            DB  7FH,6FH,77H,7CH,39H,5EH,79H,71H
DL1MS：MOV  R7,♯02H                      ;延时 1ms 子程序
DL：     MOV  R6,♯0FFH
DL0：   DJNZ  R6,DL6
            DJNZ  R7,DL
            RET
            END
```

思 考 题 与 习 题

1. MCS-51 系列单片机有哪 3 种总线？

2. 程序存储器和随机存储器有哪几种类型，其性能各有什么特点？

3. 在扩展有多个存储器的应用系统中，说明线选法及译码法编址的方法和特点。

4. 与 EPROM 相比，E^2PROM 有哪些特点？

5. 8255A 有几种工作方式？如何进行选择？8255A 有几个控制字？写出各控制字的格式。

6. 什么是键抖动？如何消除键抖动？

7. 采用 6116 静态 RAM 芯片在 8031 片外扩展 2KB 数据存储器。

8. 用一片 EPROM2716 在 8031 单片机上扩展 2KB 的程序存储器。

9. 设 8255A 的 A 口为方式 1 输入，B 口为方式 0 输出，C 口高 4 位为输入，C 口低 4 位为输出。试编写初始化程序。

10. 画出 MCS-51 与 8255A 的接口电路，要求 8255A 片内 4 个端口地址（A 口、B 口、C 口及控制口）分别为 0BFFCH～0BFFFH。

11. 设计一个 2×2 行列式键盘电路，并编写键扫描子程序。

12. 用 MCS-51 系列单片机 P1 口作为 4×4 行、列的键盘接口，P2 口连接一个共阴极 LED 显示器，可在 LED 显示器上显示按键值。设计电路，并编写程序。

实训十五　　MCS-51 系列单片机存储器的扩展

1. 实训目的

（1）掌握外部数据存储器和程序存储器的扩展方法。

（2）学会根据不同的要求选择不同的芯片和电路，并编制出相应的程序。

2. 实训内容与步骤

（1）数据存储器的扩展。按图 9-30 连接电路，在 P1.0 端口接一个发光二极管，发光二极管阳极经 5kΩ 电阻接 +5V，负端接 P1.0 口。

将下列程序键入 6116RAM 芯片中：

```
ORG  0000H
MOV  A,#0FEH
MOV  DPTR,#0200H
MOVX @DPTR,A
CLR  A
MOVX A,@DPTR
MOV  P1,A
SJMP $
```

执行该程序，检查 P1.0 引脚上的发光二极管的亮灭情况是否与程序相符合。再将 0001H 单元内容改变为 0FFH，连续执行该程序，检查二极管的亮灭如何。

（2）程序存储器的扩展。按图 9-31 连接电路，在 P1.0 端口接一个发光二极管，发光二极管阳极经 5kΩ 电阻接 +5V，负端接 P1.0 口。

将下列程序固化在 2764EPROM 芯片中：

```
      ORG  0030H
MAIN: MOV  A,#0FEH
      MOV  P1,A
```

```
        LCALL  DLE
        MOV  A,#0FFH
        MOV  P1,A
        LCALL  DLE
        LJMP  MAIN
        ORG  0200H
D100ms:MOV  TMOD,#01H
        MOV  TH0,#3CH
        MOV  TL0,#0B0H
        SETB  TR0
L0:     JBC  TF0,RE
        LJMP  L0
RE:     RET
DLE:    MOVX  R6,#05H
L1:     LCALL  D100ms
        DJNZ  R6,L1
        RET
```

执行该程序，检查 P1.0 引脚上的发光二极管的亮灭情况是否与程序相符合。如果不符合，检查故障，直到最后相符为止。

3. 实训原理图

4. 思考题

(1) 图 9-30 和图 9-31 中的 74LS373 起什么作用，为什么 P2 口不需要连接 74LS373？

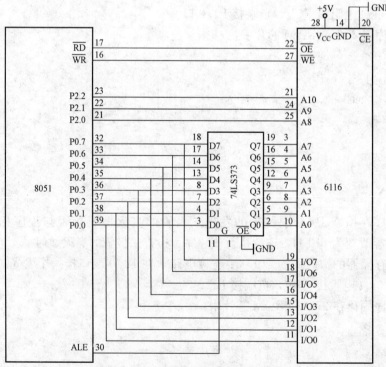

图 9-30　数据存储器扩展实训电路

（2）芯片 6116 和芯片 2764 的地址范围分别为多少？

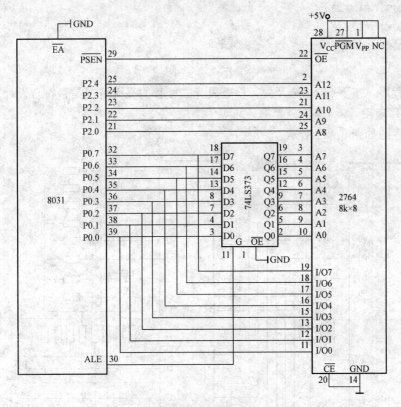

图 9-31　程序存储器扩展实训电路

实训十六　MCS-51 系列单片机并行接口的扩展

1. 实训目的

（1）熟悉 74LS273、74LS244 的应用接口方法。

（2）掌握编写接口程序的方法。

2. 实训内容与步骤

设计电路且编程实现以下功能：8 个按键分别对应 8 个发光二极管，当按下任意一个按键时，与其对应的发光二极管点亮。

按图 9-32 连接电路，执行下面的程序：

```
        ORG  0030H
LOOP:   MOV  DPTR,#0FEFFH
        MOVX A,@DPTR
        MOVX @DPTR,A
        ACALL DELAY
        SJMP LOOP
DELAY:  MOV  R0,#0FH
DLY1:   MOV  R5,#0FFH
```

```
DLY2:  MOV   R4,#0FFH
DLY3:  DJNZ  R4,DLY3
       DJNZ  R5,DLY2
       DJNZ  R6,DLY1
       RET
```

执行该程序,按下 S0～S7 开关,检查发光二极管的亮灭情况是否符合设计要求。

3. 实训原理图

实训原理图如图 9-32 所示。

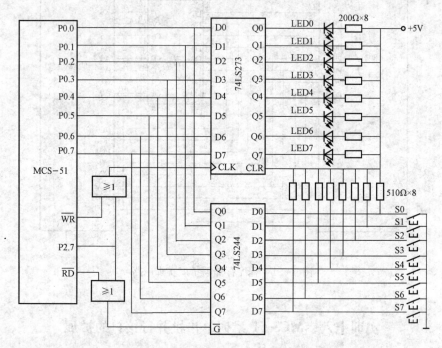

图 9-32　单片机并行接口扩展电路图

4. 思考题

(1) 图 9-32 中 74LS273 和 74LS244 的作用是什么?

(2) 芯片 74LS273 和芯片 74LS244 的地址范围分别为多少?

MCS-51 系列单片机的接口技术

实训十七　ADC0809 芯片与单片机接口设计

1. 实训目的

（1）了解模/数转换器 ADC0809 工作原理。

（2）学习模/数转换器 ADC0809 的使用。

2. 实训内容

（1）ADC0809 工作原理。在单片机实时控制和智能仪表等应用系统中，被控制或被测量对象的有关参量往往被转换成一些连续变化的模拟量，这些模拟量必须转换成数字量后才能输入到计算机进行处理。实现模拟量转换成数字量的设备称为模/数转换器（A/D），常用的芯片是 ADC0809，ADC0809 与单片机接口电路设计如图 10-1 所示。

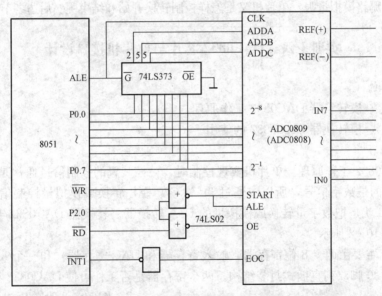

图 10-1　单片机与 ADC0809 的连接原理图

ADC0809 是 8 路模/数转换器，采用 28 引脚双列直插封装式 CMOS 工艺，结构简单，图 10-1 中单片机 P0 口低位地址信号经锁存器 74LS373 锁存后，接在其模拟通道选择端用来选择转换的模拟通道，利用单片机读、写指令产生的读、写信号控制 ADC0809 启动模数转换，转换结束后可通过中断、查询等方式采集结果。

（2）实训内容。利用查询方式对 ADC0809 的 8 路模拟信号进行采集，转换的数字量结果存放在首地址为 30H 的片外数据 RAM 中。

图中用 P2.0 作为启动信号和锁存信号，P0 口低 8 位地址经过锁存器与 ADC0809 三位地址选通输入端相连，则 A/D 转换器的 8 通道地址为 0FEF8H～0FEFFH。通过查询引脚 P3.3 状态判断是否已经把模拟量转换为数字量。

程序清单：

```
        ORG     0030H
MAIN:   MOV     DPTR,#0FEF8H        ;P2.0=0,且指向 IN0
        MOV     R1,#30H             ;置数据区首地址
        MOV     R7,#08H             ;置转换通道数
READ:   MOVX    @DPTR,A             ;启动 A/D
HERE:   JB      P3.3,HERE           ;查询 EOC 转换是否完成
        MOVX    A,@DPTR             ;读转换结果
        MOVX    @R1,A               ;存放数据
        INC     R1                  ;指向下一个存储单元
        INC     DPTR                ;指向下一通道
        DJNZ    R7,READ             ;8 路未采集完继续
        RET
```

3. 思考题

利用上一章讲的方法选择单片机的其他口作为 ADC0809 的片选信号，但怎样确定 ADC0809 转换哪路模拟量呢？单片机又是怎样控制转换开始和结束呢？后边各节将具体讲述。

实训十八　DAC0832 芯片与单片机接口设计

1. 实训目的

(1) 了解数/模转换器 DAC0832 工作原理。

(2) 学习数/模转换器 DAC0832 的使用。

2. 实训内容

(1) DAC0832 工作原理。单片机实现控制时，被控装置的控制信号通常是模拟量信号，但单片机输出的是数字信号，所以应通过 D/A（数/模）转换成模拟量控制信号实现控制。芯片 DAC0832 就是把数字量转换成模拟量的 D/A 转换器。转换器 DAC0832 与单片机接口电路设计如图 10-2 所示。

DAC0832 主要由两个 8 位寄存器（输入寄存器和 DAC 寄存器）和一个 8 位 D/A 转换器组成，它为 20 脚双列直插式封装结构。两个寄存器是否工作可使 DAC0832 有多种工作方式，图 10-2 为单缓冲方式的连接。图中，ILE 接+5V，片选信号 $\overline{CS}$ 和转移控制信号 $\overline{XFER}$ 都连到地址线 P2.7，使两个寄存器之一处于直通状态，输入寄存器和 DAC 寄存器地址都是 2FFFH。通过单片机写操作指令控制输入数据经过一级缓冲送入 D/A 转换器，完成 D/A 转换。

(2) 实训内容。在一些控制应用中，需要一个线性增长的电压（锯齿波）来控制检测过程、移动记

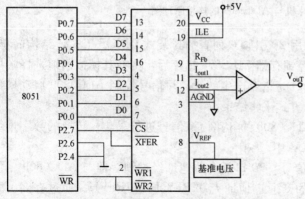

图 10-2　DAC0832 与单片机的接口电路图

录笔或移动电子束等。对此可通过在 DAC0832 的输出端接运算放大器，由运算放大器产生锯齿波来实现。参考程序如下：

```
        MOV     DPTR,♯2FFFH         ;设置 D/A 口地址
        MOV     A,♯00H              ;输入数字量 00H 到 A
L1:     MOVX    @DPTR,A             ;输出对应于 A 内容的模拟量
        INC     A                   ;修改 A 的内容
        AJMP    L1                  ;循环
```

实验方法如下：

1) 程序每循环一次，A 加 1，实际上锯齿波的上升边是由 256 个小台阶构成的，宏观上可画成线性增长的锯齿波。

2) 锯齿波的周期可通过增加延时的方法来改变，延时不同，锯齿波的斜率就不同。

3) A 加 1 可得到正向锯齿波，减 1 则可得到负向锯齿波。

4) 程序中 A 值变化范围为 0～255，得到的锯齿波是满幅值的。如要求任一幅值的波形，则可通过在程序中设定初值并判断终值的方法实现。

3. 思考题

利用上一章讲的方法选择单片机的其他口作为 DAC0832 的片选信号，但它的输入和输出寄存器是怎样工作的呢？单片机又是通过什么指令来控制它呢？后边各节将具体讲述。

10.1　系统前向通道的配置及接口技术

单片机组成测控系统时，系统中必须有前向通道作为被测电信号的输入通道，用来采集输入信息。被测对象的测量，一般都离不开传感器或敏感器件。利用传感器将非电量转换成电信号后，再经过放大并经 A/D 转换为数字量后才能由单片机进行有效的处理。

A/D 转换电路的种类很多，如计数比较型、逐次逼近型、双积分型等。选择 A/D 转换器主要从速度、精度和价格上考虑。逐次逼近型 A/D 转换器在精度、速度和价格上都适中，是最常用的 A/D 转换器。

1. 逐次逼近型 A/D 转换器工作原理

逐次逼近型 A/D 转换器通过最高位（D_{N-1}）至最低位（D0）的逐次检测来逼近被转换的输入电压。启动转换时，控制逻辑电路置 N 位寄存器最高位（D_{N-1}）位 "1"，其余位 "0"，N 位寄存器的内容经 D/A 转换后得到整个量程一半的模拟电压 U_N，与输入电压 U_X 比较。若 $U_X \geqslant U_N$ 时，则保留 $D_{N-1}=1$；若 $U_X < U_N$ 时，则 D_{N-1} 位清零。然后，控制逻辑使寄存器下一位 D_{N-2} 置 "1"，与上次的结果一起经 D/A 转换后与 U_X 比较，重复上述过程，直到判别出 D0 位为止，此时 DONE 发出信号表示转换结束。这样经过 N 次比较后，N 位寄存器的状态就是转换后的数字量，经输出缓冲器读出。整个过程的转换速度由时钟频率决定，一般在几微秒到上百微秒之间。

ADC0809 的其电路技术指标如下：

(1) 分辨率为 8 位。

(2) 最大不可调误差小于 1LSB。

(3) 单一＋5V 供电，模拟输入范围 0～5V。

（4）具有锁存控制的 8 路模拟开关。

（5）可锁存三态输出，输出与 TTL 兼容。

（6）功耗为 15mW。

（7）不必进行零点和满度调整。

（8）转换速度取决于芯片的时钟频率。时钟频率范围为 10Hz～1280kHz，当时钟为 500kHz 时，转换速度为 128μs。

2. 逐次逼近型 A/D 转换器 ADC0809 的引脚

ADC0809 采用 28 引脚双列直插封装式 CMOS 工艺，是逐次逼近法的 8 位 A/D 转换芯片，它由 8 路模拟开关、8 位 A/D 转换器、三态输出锁存器及地址译码器组成，片内除 A/D 部分外还有多路模拟开关部分。其引脚及内部结构逻辑如图 10-3 所示。

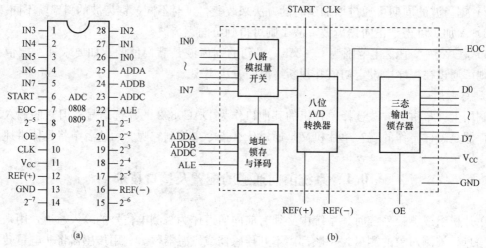

图 10-3　ADC0809 的引脚图及内部结构逻辑图
（a）ADC0809 引脚；（b）ADC0809 内部结构逻辑

各引脚功能如下：

（1）IN0～IN7：8 个通道的模拟量输入端。

（2）D0(2^{-8})～D7（2^{-1})：8 位数字量输出端。

（3）START：转换启动信号。在上升沿时，所有内部寄存器清"0"，下降沿时，开始进行 A/D 转换。在 A/D 转换期间，START 应保持低电平。

（4）ALE：地址锁存信号。在上升沿时，把三位地址选通信号送入地址锁存器，并经译码器得到地址输出，以选择相应的模拟输入通道。

（5）EOC：转换结束信号。转换开始时，EOC 信号变低；转换结束后，它返回高电平。该信号可以作为 A/D 转换器的状态信号来查询，也可以直接用作中断请求信号。

（6）OE：输出允许控制端。用来控制三态输出锁存器向单片机输出转换得到的数据。

（7）CLK：时钟信号，最高允许频率为 640kHz。

（8）$V_{REF(+)}$ 和 $V_{REF(-)}$：A/D 转换器的参考电压，用来与输入的模拟信号进行比较，作为逐次逼近的基准。其典型值为 $V_{REF(+)}=+5V$，$V_{REF(-)}=0V$。

（9）V_{CC}：电源电压。

（10）ADDA～ADDC：8 路模拟开关的 3 位地址选通输入端，用来选择对应的输入通道。其对应关系见表 10 - 1。

表 10 - 1　　　　　　　　　　　8 位 模 拟 开 关 功 能 表

ADDA	ADDB	ADDC	通道	ADDA	ADDB	ADDC	通道
0	0	0	IN0	1	0	0	IN4
0	0	1	IN1	1	0	1	IN5
0	1	0	IN2	1	1	0	IN6
0	1	1	IN3	1	1	1	IN7

3. ADC0809 与单片机接口

实训十七中图 10 - 1 为单片机与 ADC0809 的连接原理图,图中用单片机的 P2.0 作为 ADC0809 的片选信号,P0 口提供的低 8 位地址经过锁存器与 ADC0809 三位地址选通输入端相连,若未使用地址线取高电平,则 8 通道模拟量的地址为 0FEF8H～0FEFFH。因 ADC0809 内部有地址锁存器,三位地址选通输入端也可直接与 P0 口相连。

ADC0809 模数转换的过程如下:

首先选通道地址到 ADDA～ADDC 中,再执行一条"MOVX@DPTR,A"指令,产生 $\overline{\text{WR}}$ 信号,上升沿使 ALE 信号有效锁存通道地址,下降沿使 START 信号有效启动 A/D 开始转换。A/D 转换完毕,EOC 信号变成高电平,执行"MOVX A,@DPTR"产生 $\overline{\text{RD}}$ 信号,使 OE 信号有效,打开输出锁存器三态门,转换完成的 8 位数字量即可读入到 CPU 中。

单片机和 ADC0809 的数据传送有三种方式:

(1) 定时传送方式。对于一种 A/D 转换器来说,转换时间是已知和固定的,可据此设计一个延时子程序,A/D 转换启动后即调用这个子程序,延时时间一到,转换已经完成,接着可进行数据传送。

(2) 查询方式。A/D 芯片数据转换完成后 EOC＝1,可以通过查询方式,测试 EOC 状态,即可确定转换是否完成,进而确定是否进行数据传送。

(3) 中断方式。把转换完成的信号 EOC 作为中断请求信号,以中断方式进行传送。

【例 10 - 1】　设计一个单通道模拟量检测系统,每隔 100ms 采样一次模拟量,转换的数字量结果依次存放在外部 RAM30H～40H 中,利用 P2.7 作为 ADC0809 的片选信号。

解　若把该模拟量接在 IN0 通道,则通道地址为 7FF8H。把转换完成的信号 EOC 作为外部中断 1 请求信号,以中断方式把数据传送给 CPU。

程序清单:

```
          ORG       0000H
          LJMP      MAIN
          ORG       0013H
          LJMP      NT1
```

主程序:

```
          ORG       0030H
MAIN:     SETB      IT1              ;外部中断边沿触发方式
          SETB      EX1              ;允许外部中断 1
          SETB      EA               ;开放总中断
```

```
        MOV     DPTR,#7FF8H              ;P2.7=0,且指向 IN0
        MOV     R1,#30H                  ;置存储数据区首地址
        MOV     R7,#0FH                  ;转换次数
        MOVX    @DPTR,A                  ;启动 A/D
        SJMP    $                        ;等待 A/D 转换完成产生中断
```

中断程序：

```
NT1:    MOVX            A,@DPTR          ;读转换结果
        MOVX            @R1,A            ;存放数据
        INC     R1                       ;指向下一个存储单元
        ACALL   DELAY                    ;延时 100ms
        DJNZ    R7,NT2                   ;未采集完,继续
        CLR     EA
        SJMP    DONE
NT2:    MOVX            @DPTR,A          ;启动 A/D
DONE:   RETI
```

10.2　系统后向通道的配置及其接口技术

在单片机系统中，单片机要输出各种信号，控制被控装置动作。这一一通道称为输出通道或后向通道，也称为控制接口。输出通道是单片机与被控装置之间的连接桥梁。

单片机输出信号的电平和功率都比较小，而被控装置所要求的信号电平和功率往往比较大，在输出通道中一般要有功率放大即驱动装置。

另外，单片机实现控制时，被控装置的控制信号可以是数字量或模拟量信号。对数字量的控制可直接通过开关量驱动接口来实现，但对于模拟量控制系统，则应通过 D/A 转换成模拟量控制信号实现控制。

10.2.1　后向通道中的常用开关器件

1. 功率开关接口器件及电路

在单片机应用系统中，大量驱动控制的是开关量。常用的功率开关接口器件及电路有功率开关驱动电路、功率型光电耦合器、集成驱动芯片及固体继电器等。

（1）集成电路驱动器。一些集成电路驱动器的驱动能力比标准的 TTL 电路要大得多。例如：六反相缓冲/驱动器 7406、六同相缓冲/驱动器 7407（都是 OC 门）在低电平下的吸收电流为 40mA；4-2 输入与非缓冲器 7437、7438（后者为 OC 门）为 48mA；双与非外部设备驱动器 SN75452、SN75462 的最大输出电流为 300mA。它们都能够直接驱动相应的继电器或开关量控制装置，如图 10-4 所示。

在图 10-4 中，单片机的 P1.0 口通过缓冲/驱动器 7407 驱动 JZC-6F 小型继电器，继电器线圈额定电压是直流 12V，内阻约 400Ω，缓冲/驱动器 7407 每路低电平的最大吸收电流为 40mA。通过计算可以得出，当缓冲/驱动器 7407 输出低电

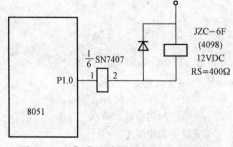

图 10-4　集成电路驱动器与继电器接口

平时，其吸入电流为 30mA，此时继电器输入控制端加入 +12V 电压，使得继电器吸合。继电器线圈上并联二极管的作用是在缓冲/驱动器 7407 截止瞬间，使继电器线圈放电以免反向峰值电压击穿缓冲/驱动器 7407 的输出晶体管。

（2）功率晶体管类驱动电路。晶体管也是单片机输出接口中常用的驱动元件，驱动电路中的晶体管都工作在开关状态。由于晶体管的放大作用，其输入电流一般只有输出电流的几十分之一。图 10-5 所示为常用的几种典型的晶体管驱动电路，该电路简单，价格便宜。

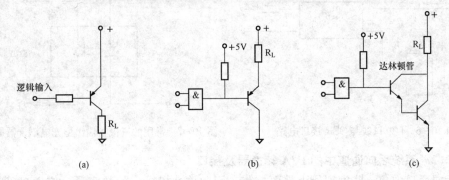

图 10-5　晶体管驱动电路
（a）简单晶体管驱动电路；（b）TTL 门控晶体管驱动电路；（c）达林顿管驱动电路

图 10-5（a）为简单的晶体管驱动电路，由单片机总线提供基极信号。图 10-5（b）晶体管的基极电流由门电路的输出提供，因此该电路的驱动能力高于图 10-5（a）所示电路。图 10-5（c）为达林顿驱动电路，由两个晶体管组成达林顿驱管。采用多级放大可以增加输出电流而避免增加输入电流。

2. 固态继电器（SSR）

固态继电器是一种无触点通断功率型电子开关，又名固态开关，当施加触发信号后其主回路呈导通状态，无信号时呈阻断状态。它没有任何可动部件或触点，其功能相当于一般电磁继电器，正日益得到广泛的使用。

固态继电器通常是一个四端器件，有两个输入端和两个输出端。由输入电路、隔离部分和输出电路三部分组成。当输入控制端没有触发信号时，输出回路呈阻断状态；当输入控制端施加控制信号后，输出回路导通。

固态继电器有许多类型。按输出功能或负载电源类型划分为直流型和交流型，交流型又有过零型和非过零型；按隔离方式划分为变压器隔离和光隔离。

固态继电器与普通电磁继电器和磁力开关相比，它具有开关速度快、工作频率高、体积小、寿命长、工作可靠、无机械噪声、耐冲击等一系列特点。由于其输入控制端和输出端用光电耦合隔离，所需控制驱动电压低、电流小，一般可用 TTL 电路驱动，也可直接接入单片机 I/O 口。图 10-6 为单片机 I/O 口与固态继电器 SSR 的接口电路。

当 P1.0 输出高电平时，SSR 输出相当于通路（相当于开关闭合）；当 P1.0 输出低电平时，SSR 输出相当于开路。

3. 光电隔离与接口驱动器件

在单片机检测和控制系统中，往往要求将强电回路和计算机部分隔离，以防止强电磁场或工频干扰电压通过输出通道影响控制系统。信号的隔离，最常用的是光电技术，因为光信号的传送不受电场、磁场的干扰，可以有效地隔离电信号。

光电耦合器的内部包括发光部分和受光部分，组装在一个密封管壳内。发光部分为发光二极管，作为输入端。受光部分为光敏元件，作为输出端。图 10-7 为常用的三极管型光电耦合器原理图。它由发光二极管和受光三极管组成。当输入端加上电信号，发光二极管导通发光，光敏元件受到光照后产生光电流，CE 导通。这样以光为媒介，实现了电信号的传输。

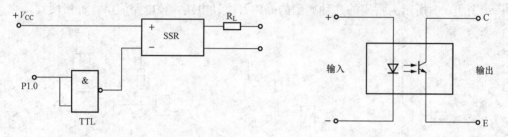

图 10-6　I/O 口线与 SSR 接口电路　　　　图 10-7　常用的三极管输出型光电耦合器原理图

10.2.2　系统后向通道中的 D/A 转换器及接口

在后向通道中，一些模拟量也需要控制。因此单片机输出的数字量，应通过 D/A 转换器，转换成模拟控制信号后再实现控制。D/A 转换器常用芯片 DAC0832。

DAC0832 是采用 CMOS 工艺制造的 R−2R T 型电阻网络 8 位单片 D/A 转换器，其精度为 8 位，稳定时间 $1\mu s$，为电流输出型；DAC0832 片内带输入数字锁存器。它的主要特性参数如下：

（1）分辨率为 8 位。

（2）只需在满量程下调整其线性度。

（3）可与单片机或微处理器直接接口。

（4）电流稳定时间为 $1\mu s$，可双缓冲、单缓冲或直通数据输入。

（5）功耗低，约为 200mW。逻辑电平输入与 TTL 兼容。

（6）单电源供电（+5V～+15V）。

DAC0832 的引脚与内部结构如图 10-8 所示。

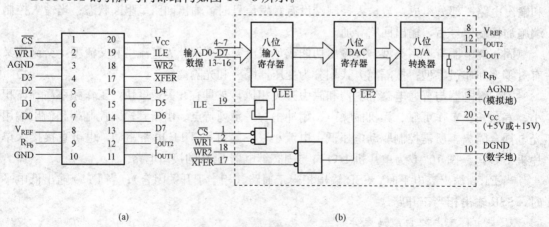

(a)　　　　　　　　　　　　(b)

图 10-8　DAC0832 的引脚及内部结构

(a) DAC0832 引脚；(b) DAC0832 框图

　　DAC0832 主要由两个 8 位寄存器（输入寄存器和 DAC 寄存器）和一个 8 位 D/A 转换器组成，使用两个寄存器的好处是能在某些硬件电路设计中简化电路。它为 20 脚双列直插式封装结构。各管脚的功能如下：

（1）DI0～DI7：8 位数据输入端。

（2）ILE：数据允许锁存信号。

（3）$\overline{\text{CS}}$：输入寄存器选择信号。

（4）$\overline{\text{WR1}}$：输入寄存器写选通信号。输入寄存器的锁存信号 $\overline{\text{LE1}}$ 由 ILE、$\overline{\text{CS}}$、$\overline{\text{WR1}}$ 的逻辑组合产生，$\overline{\text{LE1}}$ 为高电平时，输入寄存器状态随输入数据线变化，$\overline{\text{LE1}}$ 为低电平时将输入数据锁存。

（5）$\overline{\text{XFER}}$：数据传送信号。

（6）$\overline{\text{WR2}}$：DAC 寄存器的写选通信号。DAC 寄存器的锁存信号 $\overline{\text{LE2}}$ 由 $\overline{\text{XFER}}$ 和 $\overline{\text{WR2}}$ 的逻辑组合而成。$\overline{\text{LE2}}$ 为高电平时，DAC 寄存器的输出随寄存器的输入而变化，$\overline{\text{LE2}}$ 为低电平时，输入寄存器的内容输入 DAC 寄存器，并开始 D/A 转换。

（7）V_{REF}：基准电源输入端。

（8）R_{FB}：反馈信号输入端。

（9）I_{OUT1}：电流输出端 1，其值随 DAC 内容线性变化。

（10）I_{OUT2}：电流输出端 2，$I_{\text{OUT1}} + I_{\text{OUT2}}$＝常数。

（11）V_{CC}：电源输入端。

（12）AGND：模拟地。

（13）DGND：数字地。

　　在 D/A 转换电路中，输入是数字量输出为模拟量，模拟信号很容易受到电源和数字信号等干扰引起波动。因此，模拟信号必须采用高精度基准电源 V_{REF} 和独立的地线，一般把数字地和模拟地分开。

　　由图 10-8 可以看出，控制引脚接入电平的不同决定了 DAC0832 不同的工作方式。可以将 DAC0832 连接成直通工作方式、单缓冲工作方式和双缓冲工作方式。

　　1. 直通工作方式

　　直通工作方式，如图 10-9 所示。

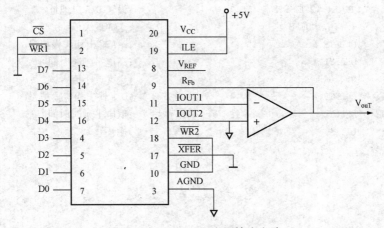

图 10-9　DAC0832 电压输出电路

在这种工作方式中，由 ILE、$\overline{CS}$、$\overline{WR1}$的逻辑组合产生的$\overline{LE1}$为高电平，输入寄存器状态随输入数据线变化；由$\overline{XFER}$和$\overline{WR2}$的逻辑组合而成的$\overline{LE2}$为高电平，DAC 寄存器的输出随输入而变化，因而两个寄存器均处于直通状态，数字量 D0～D7 直接通过 D/A 转换器转换成模拟量并输出。由图 10-9 可以看出这种工作方式的逻辑关系：$\overline{CS}$、$\overline{WR1}$、$\overline{WR2}$和$\overline{XFER}$端都接数字地，ILE 接高电平。

2. 单缓冲工作方式

当不需要多个模拟量同时输出时，可采用这种方式。这时两个寄存器之一处于直通状态，输入数据只经过一级缓冲就送入 D/A 转换器。这种方式只需一次写操作，即可完成 D/A 转换。由图 10-8 可以看出这种工作方式的逻辑关系：若$\overline{WR2}$、$\overline{XFER}$为"0"，ILE ＝ 1，DAC 寄存器为直通状态；$\overline{CS}$、$\overline{WR1}$接负脉冲信号即可完成一次转换；或者$\overline{CS}$、$\overline{WR1}$为"0"，ILE ＝ 1，输入寄存器为直通状态，$\overline{WR2}$、$\overline{XFER}$接负脉冲信号即可完成一次转换。

3. 双缓冲工作方式

双缓冲工作方式是指数据经过双重缓冲后再送入 D/A 转换器，执行两次写操作才能完成 D/A 转换。这种方式可在 D/A 转换的同时，进行下一个数据的输入，可提高转换效率。更为重要的是，这种方式适用于要求同时输出多个模拟量的场合。

上述三种工作方式中，单缓冲方式应用较广，实训十八为这种方式下通过在 DAC0832 的输出端接运算放大器，由运算放大器产生锯齿波程序。在图 10-2 所示电路中，ILE 接＋5V，片选信号$\overline{CS}$和转移控制信号$\overline{XFER}$都连到地址线 P2.7。这样，输入寄存器和 DAC 寄存器地址都是 2FFFH。"写"选通线$\overline{WR1}$和$\overline{WR2}$都和单片机的"写"信号线$\overline{WR}$连接，当$\overline{WR}$＝1 时，数据进入寄存器被锁存；当 CPU 对 DAC0832 进行一次"写"操作时，即$\overline{WR}$＝0，把锁存的数据写入 DAC 寄存器，DAC0832 的输出模拟信号随之发生变化。下面举一个电机脉宽调速的例子。

【例 10-2】 在实践中，对于小功率直流电机可通过控制电机定子电压接通和断开时间的比值（占空比）来驱动和改变电机的转速，这种方法称为脉宽调速。脉宽调速波可通过单片机与 DAC0832 芯片连接，输出不同占空比的矩形波获得。连接图如图 10-2 所示，程序清单如下：

解

```
        ORG     0030H
        MOV     DPTR,#2FFFH          ;设置 D/A 口地址
L1:     MOV     A,#0FFH              ;送 A 最大值
        MOVX    @DPTR,A              ;D/A 输出相应模拟量
        ACALL   DEALY1               ;高电平延时时间
        MOV     A,#00H               ;送 A 最小值
        MOVX    @DPTR,A              ;D/A 输出相应模拟量
        ACALL   DEALY2               ;低电平延时时间
        AJMP    L1                   ;循环
        RET
```

思 考 题 与 习 题

1. 判断对错，并改正错误

（1）ADC0809 只要启动，就可以不停地轮流采集各通道模拟量。

（2）为了防止干扰，一般把数字地和模拟地分开。

（3）可以使用片外数据传送类指令寻址模数转换器。

（4）因为 ADC0809 内部有地址锁存器，与单片机连接时可以不外加地址锁存器。

2. 程序设计

（1）在一个晶振频率为 12MHz 的单片机系统中接有一片 ADC0809，地址范围为 7FF8H～7FFFH。试画出有关连接电路图，并编写 ADC0809 初始化程序和定时采样通道 3 的程序（假设采样频率为 1ms 一次，每次采样 4 个数据，存于 8051 内部 RAM 70H～73H 中）。

（2）在单片机与一片 ADC0809 组成的应用系统中，ADC0809 的地址范围为 7FF8H～7FFFH。编写每隔 1min 轮流采集一次 8 个通道数据的程序。共采集 100 次，其采集值存入片外 RAM 3000H 开始的存储单元中。

（3）用单片机内部定时器来控制对模拟信号的采集。要求每分钟采集一次模拟信号。写出对 8 路模拟信号采集一遍的程序，单片机时钟频率为 6MHz。

（4）在一个晶振频率为 12MHz 的单片机系统中接有一片 DAC0832，它的地址为 7FFFH，输出电压为 0～5V。请画出有关电路图，并编写程序，使其运行后，能在示波器上显示锯齿波。

（5）在单片机与一片 DAC0832 组成的应用系统中，DAC0832 的地址为 7FFFH，输出电压为 0～5V。试编程实现输出占空比为 1∶4，高电平电压为 2.5V，低电平电压为 1.25V 的矩形波。

（6）在单片机应用系统中扩展一片 2764、一片 8255、一片 ADC0809、一片 DAC0832，试画出其系统连接框图，并指出所扩展的各个芯片的地址范围。

（7）试设计一个通用数据采集与控制系统。要求能对 8 路模拟量进行采集，并能由键盘控制采集哪一个通道的模拟量的值，并显示该模拟量。

参 考 文 献

[1] 刘华冬. 单片机原理与应用. 北京：电子工业出版社，2006.

[2] 彭介华. 单片机技术课程设计指导. 北京：高等教育出版社，1997.

[3] 石文华. 单片机原理及应用. 北京：中国电力出版社，2006.

[4] 刘迎春. MCS-51单片机原理及应用教程. 北京：清华大学出版社，2007.

[5] 孙涵芳，徐爱卿. MCS-51系列单片机原理及应用. 北京：北京航空航天大学出版社，2000.

[6] 王秀玲. 微型计算机 A/D、D/A 转换接口技术及数据采集系统设计. 北京：清华大学出版社，2004.

[7] 朱一纶，等. 单片机实用教程. 上海：上海交通大学出版社，2002.

[8] 潘新民. 微型计算机控制技术. 北京：电子工业出版社，2003.

[9] 陈国先. 用单片机驱动微型打印机. 无线电，2008，7：97～98.

[10] 林蔚天. 微机控制 PWM 直流调速. 上海电机技术高等专科学校学报，2001，12（4）：29～33.

[11] 李响初. 基于 MCS-51 单片机的智能时钟控制系统设计. 世界电子元件，2007，4：50～52.

[12] 蒋庆斌，张建生. 用 89C52 单片机实现反应式步进电机变细分驱动. 现代驱动与控制，2005，7：54～56.

[13] 张振宝. 一种实现串行异步通信的软件方法. 山东建筑工程学院学报，2003，18（4）：74～78.

[14] 孙艳菱. 基于 AT89S51 与 V/F 转换器的新型温度采集系统. 科技广场，2008，5：186～189.

[15] 欧全梅. 基于 89C51 的 IC 卡读写器设计与实现. 单片机开发与应用，2006，22（8-2）：122～124.

[16] 刘小兵，刘任庆. 单片机在直流电机转速控制系统中的应用. 电气开关，2008，4：54～57.